EDITION
M

Das Buch

Sie weiß, wer du bist. Und sie weiß, was du getan hast.

»Warum sind meine Hände blutig? Wem gehört die zerrissene Perlenkette, die ich bei mir habe?«

Acht Jahre später. Kristina jobbt in einem Pub, weit weg von den albtraumhaften Geschehnissen. Doch plötzlich taucht eine Fremde auf, verfolgt sie und macht unheimliche Andeutungen über jene entsetzliche Nacht. Sie versucht sogar, ihr einen Mord an einem Gast anzuhängen. Was weiß diese Frau, das Kristina vergessen hat? Sie muss endlich herausfinden, welche Schuld sie vor acht Jahren auf sich geladen hat – und ahnt nicht, wie tödlich die Spur ist, der sie folgt.

Die Autorin

Saskia Calden wurde 1977 südlich von München geboren. Ihre Leidenschaft für das Schreiben und Erzählen von Geschichten entstand schon in der Kindheit. Seit eine ihrer Kurzgeschichten dem Nachbarsjungen eine schlaflose Nacht bescherte, war ihr Eifer geweckt. Sie veröffentlicht erfolgreich in verschiedenen Genres.

Saskia Calden

Die Rach- süchtige

Psychothriller

Deutsche Erstveröffentlichung bei
Edition M, Amazon Media EU S.à r.l.
38, avenue John F. Kennedy, L-1855 Luxembourg
April 2020

Umschlaggestaltung: zero-media.net, München
Umschlagmotiv: © Groundback Atelier © optimarc / Shutterstock ;
© Hanka Steidle / ArcAngel
Lektorat und Korrektorat: VLG Verlag & Agentur, Haar bei München,
www.vlg.de
Gedruckt durch:
Amazon Distribution GmbH, Amazonstraße 1, 04347 Leipzig /
Canon Deutschland Business Services GmbH, Ferdinand-Jühlke-Str. 7,
99095 Erfurt /
CPI books GmbH, Birkstraße 10, 25917 Leck

ISBN 978-2-49670-396-2

www.edition-m-verlag.de

Für Tristan

»Je weniger er uns bewusst ist, desto dunkler und
dichter ist der Schatten, den wir werfen.«
Carl Gustav Jung

In jener Nacht

Mein Herz klopft rasend schnell, jeder Atemzug schmerzt. Trotzdem höre ich nicht auf, zu rennen. Ich muss hier weg. Das ist alles, was ich denke. Alles, was ich fühle. Ich muss hier weg.

Ohne zu wissen, warum.

Ich werde langsamer, bleibe stehen, warte, bis sich mein Atem beruhigt. Mir ist kalt und es ist dunkel, Nacht. Die Luft riecht nach Moder und feuchtem Zement, obwohl links und rechts nur Bäume sind. Ich schaue mich um, ob mir jemand folgt. Ich bin allein. Nur Wald, die Straße und ich. Warum habe ich Angst, dass mir jemand folgt? Was ist passiert? Warum weiß ich das nicht mehr?

Ein scharfer Schmerz durchzuckt mein linkes Knie. Ich blicke an mir hinab. Die Hose ist zerrissen und voller Dreck. Hektisch wische ich mir ein paar Haarsträhnen aus dem Gesicht, um besser sehen zu können, da bemerke ich, dass sich meine Finger um einen Gegenstand klammern. Eine gerissene Perlenkette. Sie gehört mir nicht. Oh Gott, was ist mit meinen Händen los? Überall klebt schwarzes Zeug. Wie eine Kruste, die sich bis unter meine Fingernägel drückt. Ich bringe die Hände an mein Gesicht und rieche Eisen, Blut. Plötzlich verkeilt sich ein Schuldgefühl in meiner Brust, steigt mir in die Kehle, lässt mich wimmern.

Von hinten trifft mich grelles Licht. Ich drehe mich um und sehe ein Auto näher kommen. Schnell wende ich mich wieder nach vorn, gehe weiter, stecke die Hände unter mein Top und hoffe, dass der Fahrer nichts bemerkt. Der Motor wird langsamer, tuckert hinter mir her. *Hör nicht auf, zu gehen.* Ich starre auf meinen Schatten, der im Scheinwerferlicht aussieht wie der riesige Docht einer Kerze. Weiß der Fahrer, was passiert ist? Oder fragt er sich, was ich allein auf der Landstraße mache? Mitten in der Nacht. Ich weiß es selbst nicht. Ich hab's vergessen. Einfach so. Das Letzte, woran ich mich erinnere, ist der Streit mit meinen Eltern. Meine Mutter war ausgeflippt, weil sie in meiner Hosentasche ein paar Gramm Haschisch gefunden hat. Dabei mischt sie sich sonst auch nie in mein Leben ein. Aber als ich die Haustür wütend hinter mir zugeknallt habe, war es noch hell. Ich hatte kein Blut an den Händen und keine fremde Kette in der Hand – das weiß ich ganz genau.

Endlich überholt mich der Wagen. Nein. Er fährt jetzt neben mir her. Ich blinzle hinüber und sehe am Steuer einen jungen Mann, nicht viel älter als ich. Um die zwanzig. Er blickt mich an, als wäre ich ein streunender Hund.

Ich weiche auf den Seitenstreifen aus, bleibe stehen und hoffe, dass er weiterfährt. Aber das tut er nicht. Er hält ebenfalls an, beugt sich auf die Beifahrerseite und schubst die Tür auf. Der Puls rast in meinen Ohren.

»Soll ich dich mitnehmen?« Er klingt besorgt.

Ich schüttle den Kopf und bewege mich nicht von der Stelle. Er soll einfach weiterfahren.

Kurz blickt er in den Rückspiegel, dann sieht er wieder mich an. »Steig ein. Hier draußen ist es gefährlich allein.«

Ich betrachte seine Hände, die sich um das Lenkrad klammern. Dann schaue ich ebenfalls zurück. Wie weit bin ich schon gelaufen?

»Steigst du jetzt ein?«, fragt er ungeduldig.

Ich studiere sein Gesicht, die Brille, die dunklen Augen, mit denen er mich fragend ansieht, die blonden, leicht gewellten Haare. Vielleicht ist es besser, wenn er mich von hier wegbringt.

Unauffällig stopfe ich die Perlenkette in die Tasche meiner Cargohose, setze mich in den Wagen und ziehe die Tür zu.

Er mustert mich von oben bis unten, betrachtet die Stachelnieten an den Trägern meines Gothic-Oberteils. Für einen kurzen Moment verfängt sich sein Blick an der tätowierten Rose über meinem Dekolleté, dann bemerkt er meine blutverkrusteten Hände und reißt die Augen auf.

»Ich bin hingefallen. Es hat schon aufgehört zu bluten. Alles halb so schlimm«, sage ich und schiebe die Hände unter meine Oberschenkel, als könnte ich so das Blut vor ihm verstecken. Aber es ist überall.

Er schluckt und blickt wieder auf die Straße. Ich glaube, das viele Blut hat ihm Angst gemacht. Vermutlich spürt er, dass irgendetwas mit mir nicht stimmt. Er ist kreidebleich.

»Ich bin Kristina. Danke, dass du mich mitnimmst«, sage ich.

Ich muss sein Vertrauen gewinnen. Mich normal verhalten. Ich will nicht, dass er Angst vor mir hat. Nie wieder will ich, dass jemand Angst vor mir hat.

Er nickt. »Ich bin David.«

Ich sehe auf die Uhr am Armaturenbrett. Es ist zwanzig nach vier.

»Wo wolltest du hin?«, frage ich.

»Zu meinem Onkel. Nach Bremen.«

»So früh?«

»Ich muss um zehn Uhr dort sein.«

»Nimmst du mich mit?«

Er sieht mich skeptisch an. »Zu meinem Onkel?«

»Nach Bremen. Ich hatte Streit mit meinen Eltern. Ich will für eine Weile untertauchen. Egal wo.«

»Okay.« Er spricht das Wort bedächtig aus. »Bist du dir sicher, dass du nicht lieber ins Krankenhaus willst?«

»Nein, es ist wirklich nicht schlimm«, beschwichtige ich.

Er nickt.

Ich glaube, er ist nicht gerade begeistert darüber, mich so eine weite Strecke mitzunehmen. Von Hanau nach Bremen sind es bestimmt vier bis fünf Stunden. Vielleicht traut er sich nicht, Nein zu sagen. Ich sollte ihn später bitten, an einer Raststätte Halt zu machen, damit ich nachsehen kann, was mit meiner Wunde am Bein ist, dann kann ich auch das Blut von meinen Händen waschen.

Mit einem leisen Atemzug verscheuche ich das hartnäckige Schuldgefühl in meiner Brust und versuche noch einmal, mir darüber klar zu werden, was passiert ist. Die Erinnerung an den Streit mit meinen Eltern fühlt sich so weit weg an.

»Welcher Tag ist heute?«

Er sieht mich stirnrunzelnd an. »Samstag. 29. August.«

Samstag? Der Streit mit meinen Eltern war an einem Montag, genauer gesagt am 24. August. Ein flaues Gefühl macht sich in meinem Magen breit. Es kann doch nicht sein, dass mir fast eine ganze Woche fehlt. Ob das Gras nicht sauber war? Vicki hatte schon öfter einen Blackout, wenn sie zu viel davon geraucht hat. Es ist, als hätte sich ein schwarzes Loch aufgetan, das einen Teil meines Lebens einfach so verschluckt hat. Ob das bei Vicki auch so war?

Ich blicke durch das Seitenfenster. Was, zum Teufel, hatte ich auf der Straße nur zu suchen?

8 JAHRE SPÄTER

1

Ich schiebe die Bierdeckel beiseite und breite den Plan aus, auf dem ich meine Ideen skizziert habe. Zwei DIN-A4-Blätter, notdürftig aneinandergeklebt. Der Grundriss entspricht nicht ganz dem des Pubs, aber ich denke, David wird verstehen, was mir ungefähr vorschwebt. Wir wollen beide in eine ganz neue Richtung gehen – sowohl was die Speisekarte betrifft als auch die Einrichtung. Moderner und schlichter soll es werden, um auch jüngere Gäste anzusprechen. Die alten Holzmöbel müssen auf jeden Fall raus und die verschnörkelten Lampenschirme auch.

»Ich habe im Internet Loungesessel gefunden, die würden perfekt passen«, sage ich. »Und wir könnten ein paar dieser schwarzen quadratischen Bodenvasen in den Eingangsbereich stellen.«

David betrachtet meine Skizze und schaut dann durch den Gastraum. Noch sind nicht viele Gäste im Pub, sodass es leichter fällt, sich alles vorzustellen. An dem Tisch, an dem wir sitzen, habe ich eine kleine Bühne geplant. Sollten wir mal eine Band engagieren oder Karaoke veranstalten wollen.

So ganz überzeugt wirkt David noch nicht. Er beäugt meine Skizze und kaut auf seiner Lippe herum. Ich hoffe, er bereut es nicht, dass er mich vor wenigen Wochen gefragt hat, ob ich den Pub zusammen mit ihm leiten möchte.

»Statt Loungesessel könnten wir auch gepolsterte Sitzbänke nehmen«, sage ich. Manchmal ist David jemand, den man ein bisschen anschubsen muss, damit er in die Gänge kommt.

»Doch, ich mag Loungesessel. Solange sie nicht bunt gemustert sind«, sagt er und trinkt seinen Kaffee.

Ich muss schmunzeln, weil er beim Halten der Tasse immer den kleinen Finger abspreizt. Irgendwie passt das zu seiner ruhigen, unaufdringlichen Art. David ist ein attraktiver Mann, schlank und gepflegt. Sein dunkelblondes Haar ist noch so voll wie vor acht Jahren, als er mich nach Bremen mitgenommen hat. Er ist für mich wie ein Hafen, bei dem ich mich von Beginn an angekommen fühlte. Wie oft schon habe ich mich gefragt, ob wir als Paar eine Zukunft hätten.

»Und was ist das da?« Er deutet auf die kleinen Kringel und rückt seine schwarz gerahmte Brille zurecht.

»Ich dachte, wir könnten ein paar Bullaugen an den Wänden anbringen. Das würde zu den Fischgerichten passen, die wir auf die Speisekarte setzen wollen.«

David liebt die nordische Küche und ich das Meer. Es ist für mich der Inbegriff von Freiheit. Irgendwann hatten wir uns mal zum Ziel gesetzt, eine kleine Strandbar auf Sylt zu eröffnen. Spartanisch eingerichtet, mit Livemusik von unentdeckten Künstlern. Aber bislang fehlte uns beiden der Mut, es einfach zu tun. Allein den Pub umzugestalten ist ein gewagter Schritt. Schließlich ist es erst zwei Monate her, dass David das Lokal von seinem Onkel geerbt hat. Karls Herzinfarkt kam für uns alle überraschend. Er war einer der großzügigsten Menschen, die ich kannte, und ein Chaot, dem man alles hinterherräumen musste. Der Gedanke an ihn stimmt mich traurig. Bestimmt fällt es David nicht leicht, alles abzureißen, was ihn an seinen Onkel erinnert. Vielleicht ist er deshalb so verhalten.

»Wenn es für dich noch zu früh ist, sag es mir. Ich will dich nicht drängen.«

»Nein, schon okay. Es war schließlich meine Idee, dass wir im Pub etwas verändern sollten. Aber alles der Reihe nach. Zuerst muss ich das Haus losbekommen, dann können wir uns um den Pub kümmern.«

Ich nicke. Solange nicht gewiss ist, ob er für das Haus seines Onkels einen guten Preis bekommt, können wir ohnehin keine großen Pläne schmieden. Denn keiner konnte ahnen, dass David mit Haus und Pub auch einen gewaltigen Berg Schulden erben würde.

»Es sind ja nur Vorschläge. Die laufen uns nicht davon.« Auch wenn ich am liebsten sofort loslegen würde.

»Ich finde deine Vorschläge sehr ausgereift. Du hast wirklich ein Händchen für so was. Das wird bestimmt gut werden.«

»Ich hoffe nur, dass wir das auch ohne Maurice hinbekommen.«

David schaut mich überrascht an. »Kristina, er hat einen alten Mann verprügelt und bestohlen. Denkst du wirklich, ich will noch was mit dem zu tun haben?«

»Aber die Tat ist drei Jahre her.«

»Das ist doch egal. Ich kann so einem Menschen nicht mehr vertrauen, und schon gar nicht kann ich ihn auf unsere Gäste loslassen. Es war die einzig richtige Entscheidung, ihm zu kündigen.«

»Und ihn bei der Polizei anzuzeigen.«

»Hättest du das nicht getan?«

»Doch.« Ich nicke. »Natürlich. Du hast ja recht.«

Für Adam und mich war es trotzdem ein Schock. Vor allem für mich. Ich will mir gar nicht ausmalen, was passieren könnte, würde David von meiner Vergangenheit erfahren. Aber das wird er nicht.

»Wahrscheinlich steigt mir die neue Verantwortung einfach zu Kopf«, sage ich.

Er legt die Hand auf meine und streift mit dem Daumen über mein Handgelenk. Nur für eine Sekunde, trotzdem fängt es sofort zu kribbeln an. Ich sehe ihm in die Augen und wende den Blick als Erste wieder ab.

»Du bist mir eine große Hilfe, Kristina. Ich bin froh, dass du mich unterstützt«, versichert er mir.

»Aber du hast recht, wir sollten nichts überstürzen. Alles der Reihe nach.«

Der Gastraum füllt sich langsam, es geht auf den Feierabend zu. Ein Mann in schwarzen Lederklamotten hat sich ans Fenster gesetzt. Ich habe Mühe, mich seinen dunklen Augen zu entziehen, aus denen er mich sekundenlang ansieht. David rückt den Stuhl zurück, nimmt seine leere Kaffeetasse und steht auf.

»Die Arbeit ruft«, spreche ich seine offensichtlichen Gedanken aus und falte meine Skizze zusammen.

»Kommt ihr heute ohne mich zurecht?«, fragt er zerknirscht.

»Ich denke schon. Aber hast du nicht gesagt, der Makler kommt erst nächste Woche?«

»Am Montag, ja. Ich muss noch das Gerümpel in der Garage wegbringen, und den Keller wollte ich auch noch ausmisten. Deshalb will ich gleich los.«

»Ich habe am Wochenende nichts vor, ich könnte dir helfen.«

»Das wäre wirklich nett von dir.«

David schenkt mir ein Lächeln, bevor er den Pub durch die Küche verlässt.

Während ich unseren Tisch wieder in Ordnung bringe, wandert mein Blick zu dem Mann am Fenster. Er hat die Speisekarte geöffnet und sieht mir direkt in die Augen.

2

Seit dieser Mann den Pub betreten hat, habe ich ein ungutes Gefühl im Bauch. Die Art, wie er mich ansieht, diese Mischung aus Erstaunen und Gier in seinen Augen – aus irgendeinem Grund macht mich das nervös. Normalerweise stört es mich nicht, wenn mir Gäste beim Kellnern zusehen, wenn sie jeden meiner Handgriffe verfolgen oder mein Gesicht studieren. Die meisten sind sich ihrer Blicke gar nicht bewusst, sondern starren nur gedankenverloren durch jemanden hindurch. Aber bei ihm ist das anders. Er beobachtet mich schon den ganzen Abend. Als wäre ich ein Tier, das jeden Moment in eine Falle tritt.

Ich reiße mich zusammen und bringe den Zettel mit den Essensbestellungen zu Adam in die Küche.

»Das sind die letzten für heute«, sage ich und klemme den Zettel in die Leiste über dem Tresen.

»Gut.« Er wischt sich mit einem Geschirrtuch den Schweiß von der Stirn. »Ich müsste noch die Getränke kontrollieren, aber ich weiß nicht, wann ich das schaffen soll.«

»Das kann ich auch morgen machen. Ich komme eine Stunde früher.«

»Danke, Kristina. David kann sich glücklich schätzen, dich hier im Laden zu haben.«

»Nicht nur mich. Dich auch.«

Er hält mir die Handfläche hin und ich schlage ein. Ich schätze Adam sehr. Obwohl unsere Gespräche meist oberflächlich sind und er aussieht wie eine zu groß geratene Bulldogge, weiß ich, dass sich unter dieser Hülle ein höchst sensibler und emotionaler Mensch verbirgt – auch wenn er das nicht gern zeigt.

Ich kehre in den Gastraum zurück, nehme ein Glas aus dem Regal und schenke das Bier ein, das der Fremde bestellt hat. Nancy Sinatras verruchte Stimme dröhnt aus der Jukebox und mischt sich mit dem Stimmengewirr der Gäste. Ganz automatisch wandert mein Blick zu dem Mann. Er schaut jetzt durch das Fenster in die Nacht und umkreist mit der Fingerspitze den kleinen Brandfleck auf dem Tisch vor ihm. Sein Haar ist gegelt, dadurch wirkt es noch schwärzer als meines. Ich schätze ihn auf Anfang dreißig. Er trägt einen rot-weiß emaillierten Ohrring und auf seinem Arm prangt eine Tätowierung, so groß, dass man zwei Hände bräuchte, um sie abzudecken. Ein Dreiecksymbol, das in Flammen steht. Früher hatte ich oft mit solchen Leuten zu tun. Tätowiert, Lederklamotten, dunkle Aura. Ich fühlte mich zu ihnen hingezogen, wollte sein wie sie. Alles, was etwas Gefährliches ausstrahlte, war willkommen.

Ich versuche, die Vergangenheit aus meinem Kopf zu bekommen, und stelle das Bier zu den anderen Getränken aufs Tablett. Während ich die Bestellungen an die Tische bringe und mit den Gästen scherze, fühle ich seine Blicke auf mir, als würden sie sich tief in meine Haut einbrennen. Viel zu früh habe ich nur noch ein Glas auf dem Tablett. Seines. Würde Maurice noch bei uns arbeiten, könnte ich ihn jetzt fragen, ob er den Tisch für mich übernimmt. Ich könnte auch Adam darum bitten, aber er hat heute in der Küche genug zu tun, außerdem würde er mich auslachen, wenn ich sage, dass mir der Mann dort hinten Angst einjagt. So schnell macht mir normalerweise keiner Angst.

Ich straffe die Schultern, schüttle das beklemmende Gefühl ab und bringe ihm das Bier.

»Bitte sehr«, sage ich freundlich lächelnd und will wieder gehen. Doch noch bevor ich die Hand wegziehen kann, umklammern seine Finger mein Gelenk. So fest, dass ich sie bis auf die Knochen spüre. Eine Sekunde lang starre ich in die fast schwarzen Augen.

Seine Stimme klingt leise und gefährlich rau, durchfährt mich wie ein kaltes Schwert. »Wie lange arbeitest du schon hier?«

Ich räuspere mich. »Seit ein paar Jahren.«

»Wie viele Jahre?«

Ich rechne nach, kann mich aber kaum konzentrieren, weil er mich immer noch festhält. »Acht.«

Er zieht einen Mundwinkel nach oben und mustert mich abschätzig. Warum will er das wissen? Und wieso schaut er mich die ganze Zeit so prüfend an?

Mit einer beängstigenden Gelassenheit tippt sein Zeigefinger immer wieder auf den Brandfleck, dann endlich gibt er meine Hand frei. Ich streife sie an meiner Jeans ab, unauffällig, mit festem Druck. Ich will das Gefühl loswerden, das er in mir erzeugt.

»Wieso fragen Sie?«

Er grinst. »Weil ich es wissen will.«

Sein Lächeln wird breiter. Gezwungen lächle ich zurück. Geh einfach, warnt eine Stimme in mir. Ich wende mich ab und stoße die angehaltene Luft aus. Auf meinen Schläfen bildet sich ein dünner Schweißfilm. Was will der Mann von mir?

Ich gehe zur Theke, ohne mich noch einmal umzudrehen. Vielleicht möchte er mir nur Angst einjagen. Es gibt Leute, die Spaß an so was haben. Ich weiß das, weil ich selbst einmal so war.

Hinter dem Tresen angelangt, rast mein Herz immer noch. Beinahe schmerzhaft schlägt es gegen meine Rippen. Ich greife nach dem Barmesser, nehme eine Zitrone aus dem Obstkorb und halbiere sie. Eine Frau mit schulterlangen braunen Haaren und schwarzer Bluse sitzt an der Bar und schaut zu mir herüber.

»Möchten Sie etwas trinken?«, frage ich. Meine Stimme vibriert vor Aufregung. Ich hole tief Luft, um ruhiger zu werden.

Sie schüttelt den Kopf. »Ich möchte nur ein bisschen plaudern.«

Ich lächle ihr zu, bin fast schon dankbar für die Ablenkung. Viele, die sich allein an diese Bar setzen, haben niemanden, mit dem sie den Abend verbringen können. Deshalb kommen sie mit mir ins Gespräch.

»Sind Sie neu in Bremen?«, frage ich, denn ich habe sie im Pub noch nie gesehen, außerdem wirkt sie nicht wie jemand, der allein ist.

»Ich bin nur hier, um ein paar Dinge zu erledigen.«

»Verstehe.« Mein Blick fällt auf die schwarze Feder, die sie in ihrem Haar festgesteckt hat. Irgendetwas irritiert mich daran, aber ich weiß nicht, was.

Sie schaut sich kurz um, ehe sie sich wieder auf mich konzentriert. »Der Kerl dort hinten sieht gefährlich aus.«

Instinktiv werfe ich einen Blick zu dem Fremden am Fenster, dem Adam gerade ein Rumpsteak serviert. Schnell wende ich mich wieder der Frau zu. Bestimmt hat sie uns beobachtet, als ich das Bier an seinen Tisch gebracht habe. Vielleicht hat sie auch gesehen, wie der Mann mein Handgelenk gepackt hat.

Sie beugt sich zu mir, als wolle sie verhindern, dass uns jemand belauscht. »Irgendwas stimmt mit dem nicht.«

Ich lege das Barmesser beiseite. Adam steht noch immer bei dem Mann. Sie reden. Den Gesten nach über Gott und die Welt. *Nicht über mich.*

»Ich kenne solche Männer«, sagt sie. »Diese Kerle können nie genug bekommen.«

Ich atme erleichtert auf. Wahrscheinlich glaubt sie, dass er mich nur ins Bett bekommen will, und hofft, in mir jemanden gefunden zu haben, mit dem sie über diese Art von Männern ablästern kann.

»Es gibt ein paar, die versuchen es auf jede Tour«, pflichte ich ihr leichthin bei und wische mit dem Geschirrtuch über die Ablage. Es fühlt sich besser an, dem Typen zu unterstellen, er wolle nur ein bisschen Spaß haben, als darüber nachzudenken, warum er wirklich hier ist. Möglicherweise hat sie sogar recht.

»Und wenn man nicht aufpasst, erobern sie dein Herz und brechen es dir.« Sie sieht mich bedeutungsvoll an. »Wir sollten ihn töten, bevor ihm das gelingt.«

Meine Hand verharrt in der Bewegung. Ich muss aufpassen, dass mir nicht die Kinnlade herunterklappt. Das kann sie unmöglich ernst gemeint haben. Ich bemühe mich um ein Lächeln. Ganz sicher hat sie das nicht ernst gemeint.

»Wir sollten ihn einfach ignorieren«, schlage ich vor, lasse das Geschirrtuch liegen und räume die Sodaflaschen in das Kühlfach.

Ihr Blick lässt mich nicht los. »Haben Sie schon mal jemanden sterben sehen?«

Ein Teil von mir will das Thema wechseln, will über etwas Unverfängliches wie das anhaltend warme Wetter im Norden Deutschlands reden oder wie lange sie vorhat, in Bremen zu bleiben.

»Nein«, sage ich.

Sie sieht mich eine Weile an, dann inspiziert sie ihre roten Fingernägel. »Ich glaube, das Sterben selbst ist nicht das Schlimme. Das Schlimme ist das, was davor passiert. Der Moment, in dem man begreift, dass man sterben wird und es keinen gibt, der einem hilft. Die Angst, die Qual, die

Einsamkeit, die man in diesen Sekunden oder Minuten durchlebt.« Sie hebt den Blick und sieht mich mit einer Intensität an, dass sich sämtliche Härchen in meinem Nacken aufstellen.

Jetzt lächelt sie. »Ich wollte Ihnen keine Angst einjagen.«

Ich lächle zurück. »Haben Sie auch nicht.«

Es erstaunt mich vielmehr, wie ungezwungen sie über dieses Thema spricht. Wahrscheinlich hätte ich das früher auch getan. Aber das ist lange her.

Sie dreht sich noch einmal zu dem Typen. Bevor ich ihrem Blick folgen kann, wendet sie sich wieder mir zu und sieht mich so scharf an, als würde ein kleiner Stich meine Brust durchbohren. Als wolle sie mich eindringlich davor warnen, hinzuschauen.

»Wie würden Sie ihn töten?«

Ich zucke zusammen. »Gar nicht.«

»Ich meine nicht, ob Sie es tun würden, sondern wie. Man könnte ihn vergiften. Ein paar Tropfen Desinfektionsmittel ins nächste Bier. Aber das würde ihm vermutlich nur einen verdorbenen Magen bescheren. Sicherer wäre …« Sie denkt nach.

»Ein Stich ins Herz«, sage ich, ohne zu überlegen. Es ist wie bei diesen Quizshows, man kennt die Antwort und will sie einfach sagen.

Sie schaut zum Barmesser, das neben den Zitronenhälften auf dem Schneidebrett liegt.

»Das ist totaler Schwachsinn«, revidiere ich meinen Vorschlag. »Niemand hat das Recht, über Leben und Tod zu entscheiden.«

»Natürlich nicht.« Ihre Stimme ist nur ein sanfter Hauch, umspielt von einem Lächeln. Sie nimmt den Blick vom Barmesser und steht vom Hocker auf. »Ich könnte jetzt einen Wodka auf Eis vertragen.« Mit diesen Worten dreht sie sich um und steuert auf einen der Fensterplätze zu.

»Ich bringe ihn gleich«, sage ich und gebe mir Mühe, das Gespräch aus dem Kopf zu bekommen.

Mechanisch hole ich ein Glas aus dem Regal. Wie konnte ich mich nur dazu hinreißen lassen, einen potenziellen Mord zu planen? Überhaupt einen Gedanken daran zu verschwenden, wie man jemanden töten könnte? Das ist absurd.

Ich gieße den Wodka ins Glas und begebe mich damit zu ihrem Platz. Dabei huscht mein Blick zu dem Typen, der nur einen Tisch von ihr entfernt sitzt. Er schiebt seinen leeren Teller beiseite und taxiert mich. Ich stelle das Glas vor der Frau ab und kehre zur Theke zurück. Da bemerke ich aus dem Augenwinkel, dass er aus irgendeinem Grund die Brauen zusammenzieht und den Kopf schüttelt. Aber sein Blick gilt nicht mir, sondern ihr.

»Ich mach noch die Küche sauber, dann bin ich weg. Den Schlüssel hast du, oder?«, höre ich Adam. Seine Stimme vernehme ich wie ein fernes Rauschen.

Ich nicke.

Er berührt meine Schulter, wie er es immer tut, wenn er sich Sorgen um mich macht. »Alles paletti?«

»Ja, ich komm schon klar.«

Er schaut durch den Pub, in dem nur noch zwei Leute sitzen. Der Typ und die Frau. »Mach dir wegen dem Kerl dort hinten nicht ins Hemd. Der ist harmloser, als er aussieht.«

Da fällt mir ein, dass Adam und der Mann sich unterhalten haben. »Worüber habt ihr gesprochen?«

»Über alles Mögliche. Wie es im Pub so läuft, was man in der Gegend alles unternehmen kann …«

»Er wollte von mir wissen, wie lange ich schon hier arbeite.«

Adam zieht eine Augenbraue nach oben. »Wer weiß, vielleicht ist er ein verdeckter Ermittler vom Gewerbeaufsichtsamt. Die Tarnung ist ihm jedenfalls gelungen.«

Er lacht und ich lache mit, weil ich die Angelegenheit nicht unnötig dramatisieren möchte. Bestimmt mache ich mir umsonst Gedanken.

»Ach ja, meine Frau bringt die Kinder am Wochenende zu ihrer Schwester. Wir könnten mal wieder zum Bowling gehen. Vielleicht hat David ja auch Zeit.«

»Soweit ich weiß, wollte er am Wochenende den Keller renovieren, denn am Montag kommt der Makler. Aber ich hatte sowieso vor, ihm zu helfen. Vielleicht klappt es ja dann doch.«

Adam streckt den Daumen hoch und lässt mich in der Bar zurück.

Ich räume die leeren Flaschen in den Träger und wische die Theke sauber. Solange ich das Klappern in der Küche höre, fühle ich mich sicher. Ich kann jederzeit nach Adam rufen, wenn was ist.

Doch alles bleibt ruhig. Während ich abkassiere, grinst mich der Typ nur an. Als ich sage, dass wir jetzt schließen, steht er auf und verlässt den Pub, als wäre nie etwas gewesen.

Die Frau sieht ihm hinterher, dann steht auch sie auf. Ich bringe das Geld zur Kasse und mache die Abrechnung. Als ich mich umdrehe, ist sie plötzlich neben mir. Ich bin so überrascht, dass ich rückwärts gegen die Anrichte stoße.

»Ist das nicht merkwürdig, dass er einfach so geht?«, fragt sie.

»Ich weiß nicht.« Im Augenblick beschäftigt mich mehr, warum sie bei mir hinter der Bar steht, und nicht davor.

Sie lächelt. »Zumindest brauchen wir jetzt keine Angst mehr vor ihm zu haben.«

»Stimmt«, pflichte ich ihr bei.

»Ich wünsche eine gute Nacht.«

»Danke, gleichfalls.«

Ich warte, bis sie gegangen ist, verharre noch eine Minute in der Stille, dann räume ich die Tische ab, schütte den Wodka, von dem sie nichts getrunken hat, in den Ausguss und schalte die Spülmaschine ein. Ich bin froh, wenn der Tag vorbei ist.

Nachdem ich die Routinearbeiten erledigt habe, nehme ich meine Jacke, mache die Lichter aus und verlasse den Pub. Draußen ist es kühl und ruhig. Als ich die Tür hinter mir zuziehe, höre ich ein Rascheln. Ich fahre herum und starre auf die Büsche, die den Weg zum Eingang säumen. Die Laternen tauchen den Gehsteig in gelbliches Licht. Ein Windhauch trägt frischen Teergeruch herbei. Die Straße und die Häuser gegenüber liegen im Dunkeln. Wahrscheinlich war es nur der Wind, der durch die Blätter rauschte.

Eine Weile bleibe ich noch stehen, dann, als ich nichts Auffälliges mehr bemerke, beschließe ich, zu gehen.

3

Die Nacht über schlafe ich tief und fest, und als ich die Augen öffne, ist es stockdunkel. Einzig die rot leuchtenden Ziffern meines Weckers zeigen mir, dass es fünf Uhr achtunddreißig ist. Viel zu früh, trotzdem wundere ich mich, dass es draußen noch so dunkel ist. Vielleicht ist mein Wecker kaputt. Ich taste nach der Nachttischlampe und knipse das Licht an, sehe zum Fenster und stelle erschrocken fest, dass die Vorhänge zugezogen sind. Von jetzt auf gleich bin ich hellwach. Das war nicht ich!

Erschrocken blicke ich durch den Raum und horche. Spüre mein Herz, wie es hämmert.

So geräuschlos wie möglich krieche ich aus dem Bett, lasse das Licht brennen, tappe in den Flur und von dort aus in die Küche, die in blaues Dämmerlicht getaucht ist. Hier sieht alles aus wie immer. Der Esstisch mit der Blumenschale und dem Kerzenständer, das Regal mit den Fotos und dem Sparschwein, die aufgeräumte Küchenzeile. Innerlich angespannt werfe ich einen Blick ins angrenzende Wohnzimmer und bleibe wie angewurzelt stehen.

Die Terrassentür ist offen. Ich hatte sie gekippt. So wie ich es immer mache, wenn die Witterung es zulässt, damit der modrige Geruch, den die Wohnung schon seit meinem Einzug verströmt, irgendwann einmal verschwindet. Nie und nimmer habe ich die Tür zum Garten ganz geöffnet – oder die Vorhänge im Schlafzimmer zugezogen.

Vorsichtig betrete ich das Wohnzimmer. Niemand scheint drin zu sein. Dann trete ich auf etwas, das sich anfühlt wie Papier.

Ich schalte das Licht an, und noch während mein Verstand die Lage erfasst, schnappe ich laut nach Luft. Der komplette Parkettboden und auch der Teppich sind mit Gedichten übersät, die ich geschrieben habe. Ohne Zweifel, jemand war in meiner Wohnung. Tausend kleine Splitter scheinen sich durch meinen Körper zu bohren – was, wenn der Einbrecher noch hier ist? Wenn er sich irgendwo versteckt hält?

Ich eile zur Terrassentür, überfliege den Garten und registriere mit einem flüchtigen Blick das Windspiel, das David mir letztes Jahr von Amrum mitgebracht hat. Wie ein Häufchen Elend liegt es auf den Steinen, der Fisch aus Glas ist zerbrochen. Wut keimt in mir auf und verdrängt für einen Augenblick die Angst. Ich schlucke sie hinunter und verschließe die Terrassentür.

Leise stehle ich mich in die Küche, tappe von dort aus in den Flur und versuche, mir weiter Überblick zu verschaffen. Die Tür zum Badezimmer ist geschlossen. Ein ungutes Gefühl beschleicht mich, ein paranoider Gedanke. Hatte ich sie wirklich zugemacht?

Ich bewaffne mich mit dem Schirm, der an der Garderobe lehnt, bleibe einige Sekunden lang stehen und horche in die Stille. Auf leisen Sohlen gehe ich hinüber und umfasse mit der freien Hand die Klinke, jede Sehne in mir ist angespannt. Noch zwei Atemzüge, dann stoße ich die Tür mit Schwung auf. Den Schirm wie einen Baseballschläger in den Händen überblicke ich den weiß gefliesten Raum.

Nichts. Einzig ein Handtuch liegt auf dem Boden. Das könnte aber auch von der Halterung gerutscht sein.

Mit der Spitze des Schirms schiebe ich den sandgelben Duschvorhang beiseite und stelle erleichtert fest, dass auch hier niemand ist. Ich steige über das Handtuch, trete in den Flur und mache die Tür zu, wappne mich erneut und gehe ins angrenzende Schlafzimmer, schaue in jeden Winkel. Auch hier ist niemand.

Sicherheitshalber überprüfe ich noch den Schrank und schlage die Bettdecke zur Seite, sehe ein letztes Mal durch den Raum. Bei der Vorstellung, dass der Einbrecher nachts hier gestanden und mich beobachtet hat, wird mir ganz flau. Ich verdränge den Gedanken, reiße die Vorhänge auf und lösche das Licht der Nachttischlampe, dann kehre ich zum Wohnzimmer zurück.

Im Türrahmen bleibe ich stehen und starre auf die beschriebenen Blätter, die kreuz und quer auf dem Boden verteilt sind – als wolle mir jemand vor Augen halten, wer ich bin.

Vielleicht will er das wirklich.

Die ersten Monate in Bremen habe ich mein altes Leben und die schlechten Gefühle in all diese Gedichte gebannt. Etwa zwanzig oder dreißig an der Zahl. Nie wieder wollte ich der Mensch sein, der ich früher war. Nie wieder wollte ich in meine alte Heimat zurück. Zu groß waren Scham und schlechtes Gewissen. In Bremen konnte ich von jetzt auf gleich jemand anderes sein. David hat mir geholfen, Fuß zu fassen, ohne zu wissen, wer ich bin. Er, sein Onkel Karl, Adam, meine neuen Nachbarn, sie alle mochten mich. Mir schlug eine Herzenswärme entgegen, wie ich sie bis dahin kaum gekannt hatte. Ich war glücklich, ein neuer Mensch. Doch jetzt, mit Blick auf die Gedichte, habe ich den Eindruck, meine Vergangenheit holt mich gnadenlos ein.

Ich fühle mich nicht mehr sicher. In meiner eigenen Wohnung, dem Ort, von dem ich dachte, dass alles, was ich hier verstecke, nie jemand zu Gesicht bekommen würde.

Hastig steige ich über die Blätter und gelange zum Schrank, reiße die Schublade auf, in der die Gedichte lagen, und taste die Stelle hinter den Stoffservietten ab, überzeuge mich davon, dass … Sie ist nicht mehr da. Die Perlenkette ist weg! Atemlos blicke ich umher. Hat der Einbrecher sie mitgenommen?

Plötzlich entdecke ich sie auf dem Beistelltisch. Daneben ein Blatt Papier.

Ich trete näher und lese die zwei Worte, die darauf geschrieben sind.

Du Mörderin

Erschrocken fasse ich mir an die Brust, spüre den Herzschlag, der gegen meine Finger pocht. Wie betäubt sinke ich auf die Couch und denke zurück an jene Nacht, sehe das Blut an meinen Händen bildlich vor mir. Ich weiß bis heute nicht, was damals geschehen ist. Ganze sechs Tage sind wie aus meinem Gedächtnis gelöscht. Nach meiner Flucht habe ich im Internet tagelang die Nachrichten verfolgt, um zu wissen, ob ich in Hanau in irgendwas verwickelt gewesen sein könnte. In eine Schlägerei oder einen Überfall vielleicht. Gefunden habe ich nichts. Das beruhigte mich. Aber gibt es mir Gewissheit? Gerade jetzt, wo jemand in meine Wohnung eingebrochen ist? Gerade jetzt, wo diese Nachricht auf meinem Tisch liegt und mir sagen will, dass ich eine Mörderin bin?

Ich schließe die Augen und lasse meine Jugend in Hanau Revue passieren, die Zeit mit Julian – meinem ersten festen Freund, die schönen Momente. Und die schlimmen. Der Schock, als er sich das Leben nahm, weil ich seine Liebe nicht mehr wollte, weil ich … Gänsehaut breitet sich auf meinen Armen aus. Ab da fing alles an. Ich lernte Vicki kennen, sie brachte mich in Kreise, die mich auffingen. Drogen und Alkohol machten alles leichter, erträglicher. Wir fanden uns cool und meinen Eltern war es ohnehin egal, wo und mit wem ich mich herumtrieb. Eine Party jagte die andere. Noch mehr Drogen, noch mehr Alkohol. Ich genoss die pure Euphorie, wenn wir uns grölend und jaulend Autorennen auf offener Straße lieferten oder bis oben hin bekifft über die Mauern privater Villengrundstücke kletterten und splitternackt im Pool schwammen. Ich geriet auf die schiefe Bahn, traute mich mit der Zeit mehr und mehr, und das nur, um überhaupt wahrgenommen zu werden.

Bin ich damals zu weit gegangen? Viel zu weit?

Ich betrachte die Kette. Wie eine Drohung liegt sie auf dem Tisch. Die türkis marmorierten Perlen sind mit Knoten dazwischen auf einen hellen Faden aufgezogen, der an einer Stelle gerissen ist. An einigen Stellen sieht der Faden schmutzig aus. Das ist allerdings kein Schmutz, sondern Blut. Und wer auch immer in meine Wohnung eingedrungen ist und diese Kette gesucht und gefunden hat, weiß vermutlich, von wem das Blut stammt.

4

Regungslos sitze ich in meinem Sessel und versuche zu begreifen, was das alles zu bedeuten hat. Die Nachricht habe ich zerrissen, bis nur noch winzige Schnipsel übrig waren, und trotzdem gehen mir die Worte nicht mehr aus dem Kopf. Vielleicht ist das alles nur ein Irrtum. Oder besser noch ein Traum, aus dem ich nur aufwachen muss.

Ich lasse meine Blicke durchs Wohnzimmer schweifen. Über die Couch, den Tisch, das Strandbild an der Wand. Alles sieht aus wie immer. Die Gedichte und die Perlenkette habe ich ins Schlafzimmer geräumt, sie sind jetzt in einem besseren Versteck. Ich hätte die Perlen nach meiner Flucht entsorgen sollen, aber ein innerer Widerstand hielt mich davon ab. Lieber bewahrte ich sie an einem Ort auf, über den ich die Kontrolle hatte – so glaubte ich jedenfalls.

Ich träume nicht. Jemand war hier und behauptet, ich hätte einen Menschen getötet. Der Eindringling hat sich alle Mühe gegeben, mir das unbestreitbar vor Augen zu führen. Ich sehe zur Terrassentür. Wie hat er es überhaupt geschafft, hereinzukommen? Ich springe auf und hetze rüber, drehe den Griff zur Seite und öffne sie. Lasse den Blick am hölzernen Türrahmen entlanggleiten und suche ihn nach Einbruchspuren ab. Ich finde keine, vielleicht sieht man so was nicht auf Anhieb. Oder hatte ich die Tür doch offen stehen lassen? Nein, auf keinen Fall.

Ich blicke durch den kleinen Garten bis hin zur kniehohen Buchsbaumhecke, über die er wahrscheinlich gestiegen ist. Dahinter ist ein Gehweg, der das Mietshaus, in dem ich wohne, von dem der Nachbarn trennt. Die Morgensonne steht knapp über den Dächern, als wolle sie erkunden, was hier vor sich geht.

Das wüsste ich auch gern.

Warum liegt hier überall Erde? Neben der Gartenbank ist der Topf mit dem Heidelbeerstrauch umgekippt, und die Erde hat sich auf dem Boden verteilt.

Ich gehe zur Terrasse hinüber, um ihn wieder aufzustellen, und bleibe abrupt stehen. Dort sind zwei Fußabdrücke. Zwar nicht sehr ausgeprägt, doch sie beweisen, dass hier jemand entlanggegangen ist. Aber sind die Abdrücke nicht zu klein für einen Mann?

Ich gehe in die Hocke und betrachte sie genauer. Sie sind etwa so groß wie meine. Unwahrscheinlich, dass sie von einem Mann stammen, eher von einer Frau oder von einem Jugendlichen.

Ein »Guten Morgen!« reißt mich so jäh aus den Gedanken, dass ich beinahe rücklings umfalle. Herr Seibold steht an der Buchsbaumhecke und sieht zu mir herüber, während irgendetwas an seinem Arm zerrt und kläfft. Mir fällt ein, dass die Familie seit Kurzem einen Pudel hat.

»Guten Morgen«, sage ich und erhebe mich widerwillig, denn ich weiß, dass der Redefluss meines Nachbarn nur schwer zu bremsen ist.

»So früh schon wach?« Ruckartig zerrt er an der Leine, um seinen Hund in Schach zu halten, der auf den Hinterbeinen steht, bellt und unbedingt zu mir rüberwill.

Eigentlich bin ich nicht in der Stimmung für einen Plausch, will aber auch nicht unhöflich sein. Ich gehe hinüber, beuge mich zu dem weißen Fellknäuel hinab und streichle ihm über den Kopf. Er hört auf zu bellen, schnüffelt und leckt an meiner Hand, als wolle er, dass sie zu zittern aufhört.

»Ich konnte nicht mehr schlafen«, sage ich.

»Ach, ich wäre gerne noch eine Weile im Bett geblieben, aber Peggy gehört eindeutig zu den Frühaufstehern. Das hat man davon, wenn man den Kindern jeden Wunsch erfüllt. Ein Hamster hätte es auch getan.« Er lächelt so breit, dass sich die Falten um Mund und Augen vertiefen. »Na ja, ich werde mir angewöhnen müssen, früher ins Bett zu gehen. Bei Ihnen brannte aber heute Nacht auch ganz schön lang das Licht.«

Ein kleiner, elektrisierter Funke rast durch meine Brust. »Haben Sie was gesehen?«

Seine linke Augenbraue zuckt schelmisch nach oben. »Das volle Programm.« Er lacht so schallend, dass der Hund wieder zu bellen anfängt. »Keine Sorge, so genau habe ich nicht hingeschaut. Um diese Zeit laufen solche Sachen ohnehin auf allen Kanälen, da bräuchte ich nicht beim Nachbarn zu spannen.«

Ich lache auch, um zu signalisieren, dass ich seinen Jux verstanden habe, doch die Laute, die aus meinem Mund kommen, klingen nicht echt. Eher unbeholfen, wie ein hysterisches Ersticken. »Ich meinte, ob Sie gesehen haben, wer in meiner Wohnung war.«

Er sieht mich ratlos an. »Ich verstehe nicht ganz.«

»Jemand ist eingebrochen.« Es hat keinen Sinn, um den heißen Brei herumzureden.

»In Ihre Wohnung?«

»Durch die Terrassentür, die eigentlich nur gekippt war.«

»Na, dann hatte er aber leichtes Spiel. Die Fenster sind bestimmt schon so alt, dass man sie einfach öffnen kann, wenn sie gekippt sind. Sie brauchen nur von außen durch den Spalt greifen und den Griff umlegen, dann ziehen Sie das Fenster zu sich und öffnen es. Da zahlt auch keine Versicherung. Wurde was gestohlen?«

»Nein, ich glaube nicht.«

Mein Laptop und das Sparschwein mit dem Trinkgeld waren noch da. Das wären die einzigen Gegenstände, bei denen es sich lohnen würde, sie mitzunehmen. Aber dem Einbrecher ging es um etwas anderes.

Herr Seibold setzt einen betretenen Blick auf. »Ehrlich gesagt habe ich mir nichts dabei gedacht. Ich bin wirklich keiner, der am Fenster steht und die Nachbarschaft ausspioniert. Ich habe nur zufällig gesehen, dass Licht brannte und jemand im Zimmer umherlief.«

»Um welche Zeit war das etwa?«

»Halb drei rum.« Er denkt nach. »Ja, es müsste ungefähr halb drei gewesen sein. Um die Zeit bin ich ins Bett.«

»Und Sie haben nicht erkannt, wie die Person ausgesehen hat?«

Er spitzt die dünnen Lippen und schüttelt den Kopf.

»Auch nicht, ob es eine Frau war?«

Eine Weile denkt er wieder nach. »Kann sein. Ehrlich gesagt: Ich weiß es nicht. Ich bin einfach davon ausgegangen, dass Sie das wären. Es tut mir wirklich leid, ich habe nicht erkannt, wer da in Ihrer Wohnung war. Sie sollten die Polizei verständigen.«

Ich kann der Polizei nicht sagen, was geschehen ist. Sie werden wissen wollen, warum dieser Jemand eingebrochen ist. Ich kann doch nicht erzählen, dass der Einbrecher mich allem Anschein nach kennt und behauptet, ich sei eine Mörderin. All die Schandtaten aus meiner Vergangenheit würden ans Licht kommen und jeder würde für möglich halten, dass an der Beschuldigung was Wahres dran sein könnte.

»Yellow Submarine« von den Beatles ertönt. Mein Handy. Es liegt in der Küche. Den Klingelton habe ich aus dem Internet heruntergeladen und David zugeordnet, nachdem er mir hatte verklickern wollen, es sei das beste Lied der britischen Kultband. Warum ruft er mich um diese frühe Uhrzeit an?

»Ich muss da ran«, sage ich.

»Lassen Sie mich wissen, wenn die Polizei den Einbrecher gefunden hat.«

Ich nicke, dann gehe ich zum Haus zurück, schließe die Tür hinter mir zu, laufe in die Küche und nehme den Anruf entgegen.

»Kristina?« David klingt aufgebracht. Im Hintergrund höre ich Stimmengewirr.

»David. Was ist denn los?«

»Die Polizei ist hier. Vor dem Pub ist jemand erstochen worden.«

»Erstochen?«

»Hinter den Büschen. Passanten haben heute Morgen die Polizei alarmiert. Hier ist alles abgesperrt.«

Ich halte mich am Esstisch fest. »Wer …?«

»Ich weiß es nicht. Soweit ich das vorhin mitbekommen habe, soll ihn wohl jemand mit einem einzigen Stich ins Herz getötet haben.«

Wie versteinert halte ich das Telefon ans Ohr und bekomme nur noch vage mit, was David sagt. *Mit einem Stich ins Herz?* Das Gespräch mit der Frau drängt sich in meine Gedanken. *Wie würdest du ihn töten?*

»Die Polizei will alle befragen. Adam ist schon auf dem Weg.«

»Mit mir wollen sie auch sprechen?«, frage ich überflüssigerweise. Natürlich wollen sie das. Schließlich arbeite ich dort. Warum habe ich plötzlich so ein mulmiges Gefühl? Ich habe doch nichts getan. Nur weil jemand getötet wurde, wie ich es vorgeschlagen habe, trifft mich noch lange keine Schuld.

»Du musst –« Er spricht nicht weiter. Stattdessen höre ich eine fremde Stimme hinter ihm. In der Leitung raschelt es kurz, dann bekomme ich nur mehr dumpfes Gemurmel mit.

»David?«

Wieder raschelt es. »Entschuldige, hier herrscht ein einziges Chaos. Kannst du bitte herkommen? Am besten jetzt sofort.«

»Ich bin in zwanzig Minuten da.«

5

Die ganze Fahrt über flackert eine nervöse Unruhe in mir. Ständig muss ich an die Frau denken. An das, was sie im Pub gesagt hat, und an das, was ich gesagt habe. Es war, als wollte sie es aus meinem Mund hören. *Wie würdest du ihn töten?*

Ich biege an der nächsten Kreuzung ab. Vielleicht ist das alles nur ein Zufall. Es könnte auch eine stinknormale Messerstecherei gewesen sein. Zwei Jugendliche, die sich nicht grün waren. Wäre nicht das erste Mal in diesem Viertel. Aber so viele Zufälle auf einmal?

Als ich an der Kreuzung unweit des Pubs halten muss, sehe ich schon die Kolonne von Polizeibussen. Schaulustige säumen das rot-weiße Absperrband. Es geht zu wie auf einem Straßenfest. Sogar kleine Kinder wuseln zwischen den Beinen der Leute hindurch.

Dann parke ich meinen Beetle eine Straßenecke weiter unter einer großen Eiche, steige aus – und sehe sie. Die Frau von gestern. Sie steht in der Nähe der Kreuzung, als habe sie auf mich gewartet. Ein Lächeln umspielt ihre Lippen, ein unechtes Lächeln, das ihre Augen nicht erreicht. Sie kommt auf mich zu.

Ich lehne mich an den Wagen und habe das Bedürfnis, mich von meiner stärksten Seite zu zeigen, obwohl ich ihre Absichten noch gar nicht kenne. »Warum sind Sie hier?«

Sie streift sich eine Haarsträhne hinters Ohr. »Ich möchte dich warnen.«

»Vor was?«

»Vor dem, was auf dich zukommt.« Ihre Stimme klingt im Gegensatz zu meiner ruhig und bedacht, als habe sie sich im Vorfeld genau überlegt, was sie mir sagen will. Noch dazu duzt sie mich plötzlich. Mich fröstelt es.

»Wer sind Sie?«

»Du müsstest mich kennen. Und das nicht erst seit gestern.« Ihr Lächeln wird breiter.

Ich suche in ihrem Gesicht nach vertrauten Zügen, finde aber keine. Vielleicht ist sie mir in der Woche begegnet, an die ich mich nicht erinnern kann.

»Woher sollte ich Sie kennen?«

»Von früher. Als wir beide noch jung waren und uns alles egal war.«

Mein Blick verfängt sich wieder in der schwarzen Feder in ihrem Haar, die mir merkwürdig vertraut vorkommt, aber ich weiß noch immer nicht, wieso.

»Du erinnerst dich nicht mehr«, stellt sie nüchtern fest.

»Wie heißt du?«

Eine Sekunde lang sieht sie mich abschätzig an. »Nenn mich einfach Candy. *Er* hat mich immer so genannt.«

Ihr Name löst etwas in mir aus. Als sie ihn ausgesprochen hat, durchfuhr ein winzig kleiner Stich mein Herz. Aber ich kann mir nicht erklären, wieso.

»Wer ist *er?*«, frage ich.

Wieder durchbohrt mich ihr Blick, so, als wolle sie prüfen, ob ich mich tatsächlich nicht erinnere. »Luc.«

Wer ist Luc? »Ich kenne keinen Luc.«

Noch während mich die leise Ahnung beschleicht, dass sie den Typen im Pub meinen könnte, sagt sie: »Na, der Mann von gestern. Ist das nicht ein Zufall? Er ist genauso gestorben, wie du es gesagt hast.«

Ich betrachte ihr tückisches Lächeln. »Du hast ihn umgebracht?«

Sie grinst, dann schürzt sie die Lippen und tippt sich ans Kinn. »Wie lange, denkst du, wird es dauern, bis die Polizei das Messer findet? Immerhin sind deine Fingerabdrücke am Griff.«

Ich starre sie an. Das glaube ich jetzt nicht. Will sie mir den Mord anhängen? »Wo hast du es versteckt?«

Sie verzieht das Gesicht zu einer scheinheiligen Miene. »Das fragst du mich?« Es folgt ein boshaftes Lachen, das mir bis an die Knochen geht.

Instinktiv weiche ich einen Schritt zurück. »Was soll das? Man wird mir nichts anlasten können, weil ich es nicht war.«

»Die Polizei wird dich fragen, ob du mit Luc ein Verhältnis hattest. Ob er nicht gut genug im Bett war ...«

»Ich hatte nie etwas mit diesem Mann.«

»Bist du dir da wirklich sicher?«

Ich starre sie an, überlege, ob er jemand war, den ich damals als reizvoll empfunden haben könnte. Als Teenager hatte ich mit vielen Männern meinen Spaß. Meistens waren es nur Knutschereien, nur hin und wieder Sex. Nie etwas wirklich Ernstes. Ich hatte ein Faible für geheimnisvolle Männer, die düster und gefährlich wirkten. Vom Typ her passte er durchaus in mein Beuteschema, doch ob wirklich etwas mit ihm lief, kann ich nicht sagen. Ich erinnere mich nicht.

»Was soll das werden?« Ich verschränke die Arme vor der Brust und gebe mich selbstbewusst, auch wenn es in mir drin ganz anders aussieht. »Willst du mir eine Affäre andichten?«

»Das brauche ich nicht. Man wird dich nach deiner Vergangenheit fragen. Sie werden wissen wollen, warum du nach Bremen gezogen bist. Sie werden all die Leute befragen, mit denen du zu tun hattest. Deine Eltern, Vicki ...«

»Woher kennst du Vicki?«

»Ist das wichtig? Viel wichtiger ist doch, was sie inzwischen über dich denkt. Was sie wohl der Polizei erzählen wird. Über dich.«

Ich betrachte ihr anmaßendes Grinsen und spüre, wie es unter meiner Haut ganz kalt wird. Sie will mir schaden. Aber warum? Wegen damals? »Du warst in meiner Wohnung. Deshalb die Fußspuren in meinem Garten. Du hast die Kette auf den Tisch gelegt. War es deine?«

»Nein. Es war nicht meine.«

»Das, was auf dem Zettel stand, ist eine Lüge. Ich habe den Mann nicht umgebracht.«

»Damit war auch nicht Luc gemeint, aber das weißt du ganz genau. Die Perlenkette und das Blut an ihr sagen doch alles. Mit der Nachricht wollte ich dich nur daran erinnern.«

»An was?«

»An das, was du vor acht Jahren getan hast.«

Ich höre ein Rumpeln und blicke mich um. Auf der gegenüberliegenden Straßenseite hievt ein Mann einen Müllsack in die Tonne und schaut zu uns herüber. Ein Krankenwagen kommt aus der Straße, die zum Pub führt. Wir stehen an einer Stelle, wo uns die Polizei nicht sieht.

»Was willst du von mir?«

»Ich will, dass du dafür bezahlst.«

»Wofür?«

»Du hörst mir nicht zu.«

Ich schüttle heftig den Kopf. »Ich weiß nicht, was damals passiert ist ...«

»Dann wird es Zeit, dass du dich erinnerst. Ich nehme an, dein hübscher Chef ahnt nichts. Er hatte bestimmt keine Ahnung, wozu du fähig bist, als er dich damals auf der Landstraße aufgegabelt hat.«

»Halte David da raus!«

»Oh. Zu spät.«

Ich muss mich zwingen, sie nicht am Kragen zu packen und ihr ins Gesicht zu schreien. »Was hast du getan? Was willst du von mir?«

Sie lacht. »Du glaubst doch nicht, dass du so davonkommst? Du wirst bald merken, wie alles über dir zusammenbricht. Deine Fassade ist dabei, einzustürzen. Deine Freunde werden bald sehen, was für ein Mensch du bist. Glaubst du, sie werden dir noch über den Weg trauen, wenn sie wissen, was du getan hast? Nein, du bist dir darüber bewusst, dass sie das nicht tun werden, und deshalb gibst du vor, unschuldig zu sein. Du willst nicht, dass David davon erfährt, weil du weißt, dass du ihn dann verlieren wirst. Habe ich recht?«

Ich beiße die Zähne so fest aufeinander, dass mein Kiefer schmerzt.

»Habe ich recht?«, wiederholt sie boshaft.

»Ich habe niemanden getötet!«

»Das glaubst du dir doch selbst nicht.«

»Du willst mir einen Mord anhängen. Ich habe nichts damit zu tun!«

»Ob das die Polizei auch so sehen wird?« Wieder tippt sie sich ans Kinn und zeigt ihr dreistes Lächeln. »Ich befürchte, dir steht einiges bevor.«

»Du willst mein Leben zerstören.«

»Das nennst du Leben?« Sie lacht spöttisch.

»Warum tust du das?«

»Fürs Erste weißt du jetzt genug. Ich wünsche dir noch einen besonders schönen Tag.« Sie dreht mir den Rücken zu und geht.

»Was habe ich dir getan?«, rufe ich ihr hinterher. Mein Handy klingelt. Es ist David.

Candy dreht sich nicht mehr um, sie hebt nur die Hand und winkt zum Abschied, bevor sie hinter der nächsten Hecke verschwindet.

Mit bebenden Fingern ziehe ich mein Handy aus der Tasche und nehme den Anruf entgegen.

»Wo bleibst du denn?«, fragt mich David.

»Ich bin ... Ich bin gleich da.«

»Sie ist gleich da«, höre ich ihn zu jemandem sagen, dann legt er auf.

6

Eine Minute verharre ich noch neben meinem Auto und realisiere, in welcher Scheiße ich gerade sitze. Wenn sie die Tatwaffe irgendwo bei mir versteckt hat, dann braucht sie nur einen anonymen Hinweis zu geben, und ich stehe unter Mordverdacht. Solange ich keine Beweise habe, werde ich der Polizei nicht glaubhaft machen können, dass diese Frau den Mann getötet hat. Ich darf der Polizei nichts sagen, denn sonst werden sie eine Verbindung suchen zwischen dieser Candy und mir. Man wird meine Vergangenheit durchleuchten und ich weiß nicht, was sie in der Woche entdecken werden, an die ich mich nicht erinnere. Ich muss erst selbst herausfinden, was in jener Nacht geschehen ist. Denn was, wenn es wahr ist, was Candy sagt? *Was, wenn ich damals wirklich jemanden getötet habe?*

Mit einem unguten Gefühl und dem Entschluss, der Polizei vorerst nur das Allernötigste zu sagen, überquere ich die Straße und nähere mich der Menschenmenge.

Am Pub angekommen, bleibe ich hinter einer Gruppe Schaulustiger stehen und überblicke die Rasenfläche, die an den Pub grenzt. Neben den Büschen wurde ein Zelt aufgestellt, um das herum einige Leute von der Spurensicherung in weißen Plastikanzügen ihre Arbeit verrichten. Sie suchen alles ab, picken hier und da etwas auf und stecken es in kleine, durchsichtige Kunststoffbeutel. David steht mit Adam und einem grauhaarigen beleibten Mann am Eingang.

Im Gegensatz zu den Polizisten und den Leuten von der Spurensicherung ist der Mann normal gekleidet, trägt Jeans und ein blau kariertes Hemd. Eine schwarze Windjacke hängt über seinem Arm. Ob er von der Kripo ist? Ständig deutet er in Richtung Zelt und Büsche und erklärt etwas. David nickt und rückt seine schwarz gerahmte Brille zurecht. Er wirkt angespannt. Seine feinen Gesichtszüge sind starr wie eine Maske, das Haar sieht am Ansatz leicht verschwitzt aus. Vielleicht wegen der schwülen Hitze, aber wahrscheinlicher ist, dass ihm die Situation zusetzt. Wie ich ihn kenne, kommt er mit so was überhaupt nicht klar.

Ich gerade auch nicht, ich wäre am liebsten gar nicht hier.

Adam hat mich entdeckt und winkt mir zu. Ich hebe ebenfalls die Hand und merke, wie sie zittert. Der Mann mit dem karierten Hemd wechselt ein paar Worte mit Adam, dann kommt er auf mich zu.

Ich gehe zum Absperrband, und als der Mann bei mir ist, sage ich, dass ich hier arbeite. Er hebt das Band und lässt mich durch.

»Folgen Sie mir bitte.« Er deutet den Gehweg entlang zum Pub, möchte mir offenbar zeigen, wo ich gehen darf, ohne die Spuren zu verwischen. Wie in Trance folge ich dem Mann, der nach einem herben Aftershave riecht, und frage mich, wo genau ich gestern Nacht entlanggelaufen bin. Ob sie auch Candys Spuren finden werden? Es muss ziemlich viel Arbeit sein, sie alle auszuwerten. Hier verkehren jeden Abend Dutzende von Leuten. Ich möchte nicht wissen, wie viele sich schon hinter den Büschen vergnügt, sich vom Alkohol erleichtert oder einfach nur eine Abkürzung genommen haben.

»Wir gehen rein«, sagt er, als wir bei David und Adam angekommen sind.

David und ich schauen uns an. Er versucht zu lächeln, aber ich kann nicht einschätzen, was er denkt. Ob Candy ihre Andeutung wahr gemacht hat? Jedenfalls scheint er sich nicht wohlzufühlen. Sogar Adam ist das Entsetzen ins Gesicht geschrieben. Mir bestimmt auch. Keiner von uns dreien sagt etwas. Als würde alles, was es zu sagen gäbe, in Form einer schweren, dunklen Wolke über uns dräuen.

Im Pub sind zwei weitere Männer. Einer in Polizeiuniform, der andere in Zivil. Beide um die vierzig. Sie unterbrechen ihr Gespräch, woraufhin es ganz still im Raum wird. Normalerweise mache ich Musik an, sobald ich den Pub aufschließe, doch heute ist kein normaler Tag. Warum ich überhaupt daran denke, Musik anzumachen, weiß ich nicht. Vielleicht sind meine Gedanken auf der Flucht, weil ich Angst habe, dass bald alle Spuren zu mir führen werden, so wie Candy es geplant hat. Mir kommt das Barmesser in den Sinn. Am liebsten würde ich auf der Stelle nachsehen, ob es noch da ist.

»Kriminalhauptkommissar Bruno Schweigert«, stellt sich der Mann vor, der mich reingebracht hat, und reicht mir die Hand. Seine herbe Stimme klingt abgeklärt, gelangweilt. Sie passt zu seinem Rasierwasser. »Danke, dass Sie gekommen sind. Es wird nicht lange dauern. Nur ein paar Routinefragen. Wir ermitteln in einem Tötungsdelikt gegen unbekannt. Sie sind dazu verpflichtet, wahrheitsgemäße Angaben zu machen, soweit Sie sich nicht selbst belasten, dann nämlich steht es Ihnen zu, die Aussage zu verweigern. Ich muss fragen, ob Sie das so weit verstanden haben.«

»Ja.«

»Dann geben Sie mir mal Ihre Personalien.« Er holt ein Notizbuch aus der Jackentasche und schlägt es auf. Routiniert zückt er einen Kugelschreiber, den er in der Hemdtasche stecken hatte. »Ihr vollständiger Name bitte.«

»Kristina Kersten.« Mein Gesicht kribbelt, als wäre das ganze Blut aus ihm entwichen. Ich muss Ruhe bewahren, sonst mache ich mich noch verdächtig.

»Ihre Anschrift?«

»Ahauser Straße 3a.«

»Ort?«

»Mahndorf, Bremen.«

»Familienstand?«

»Ledig.«

Während ich alle Fragen wahrheitsgemäß beantworte, spähe ich immer wieder zu David und Adam. David steht bei dem Polizisten und fährt sich in Dauerschleife durchs Haar. Er hat sich eine klare Flüssigkeit eingeschenkt, die er jetzt in einem Zug trinkt. Wahrscheinlich nur Wasser, denn solange ich ihn kenne, trinkt er keinen Alkohol. Aber sicher bin ich mir gerade nicht. Ich weiß, welche Abneigung er gegen Kriminelle hat, wie nah ihm das hier alles gehen muss. Adam unterhält sich mit dem Beamten in Zivil. Ich frage mich, worüber.

»Ihr Kollege hat gesagt, dass Sie die letzte Person waren, die das Lokal verlassen hat«, reißt mich Kommissar Schweigert aus meinen Gedanken.

»Ich … Ja, ich habe zugesperrt. Da war Adam – also Herr Berling – schon weg.«

»Wann war das?«

»Kurz nach Mitternacht.«

Er schreibt alles auf. Bloß nichts Falsches sagen.

»Haben Sie etwas beobachtet?«

»Nein, aber ich habe ein kurzes Rascheln gehört.«

»Von wo kam das Rascheln?«

»Von den Büschen.«

»Und Sie haben nicht nachgesehen?«

»Ich dachte, es wäre nur der Wind. Es war nicht besonders laut.«

Er legt das Notizbuch auf den Tisch und holt eine Digitalkamera aus der Jackentasche und drückt ein paar Knöpfe. Dann hält er mir das Display entgegen. »Kennen Sie den Mann?«

Ich sehe auf das Foto und schrecke unwillkürlich zurück. Er ist es. Obwohl ich das schon wusste, bin ich geschockt. Sie hat es wirklich getan. Sie meint es wirklich ernst.

»Wollen Sie sich setzen?«

Ich muss kreidebleich geworden sein.

»Nein, es geht schon«, sage ich schnell. »Ich bin nur ... Ich weiß auch nicht, ich glaube, ich habe noch nie einen Toten gesehen.« Das ist gelogen. Seit ich mit siebzehn ein Praktikum bei einem Bestatter gemacht habe, weiß ich, wie der Tod aussieht. Verstorbene Menschen blicken oft ein wenig erstaunt drein, wenn Augen und Mund offen sind. Ihre Haut ist blass und die Gesichtszüge sind schlaff. Für die, die den Toten zu Lebzeiten gekannt haben, sieht er fremd aus, weil ihm jegliche Mimik fehlt. Auch der Mann auf dem Foto wirkt fremd ohne diesen durchdringenden Blick, mit dem er mich im Pub bedacht hat. Trotzdem, er ist es. Das schwarze Haar, der rot-weiße Ohrring, die Gesichtskontur.

»Ihr Kollege hat gesagt, dass er gestern Abend dort hinten gesessen hat.« Schweigert deutet zum Fenster.

»Ja.« Ich nicke benommen. »Das stimmt.«

»Wissen Sie noch, wann er das Lokal verlassen hat?«

»Er war fast bis zum Schluss hier und ist etwa zehn Minuten vor zwölf gegangen.« Acht Minuten vor. Ich weiß es ganz genau. Jede Minute habe ich auf die Uhr gesehen und gehofft, dass er endlich geht.

»Allein?«

»Ja.«

»Gab es jemanden, mit dem er sich im Lokal unterhalten hat?«

»Soweit ich das mitbekommen habe, nur mit Adam und mir. Ich habe ihn bedient.« Und er hat mich angefasst.

»Wie hat er sich verhalten?«

Ich stocke. »Normal. Er hat nur ein Bier und Essen bestellt.«

Schweigert runzelt die Stirn, was mich sofort verunsichert. Hat er mein Zögern bemerkt?

»Ist Ihnen sonst nichts aufgefallen?«

Ich schürze die Lippen – als wäre ich ernsthaft in der Lage nachzudenken – und schüttle den Kopf.

»Seit wann ist der Mann tot?«, frage ich und spüre die Hitze auf meinen Wangen. Mir kommt es vor, als könne man mir ansehen, dass meine dunkle Vergangenheit eine Rolle spielt.

»Den genauen Todeszeitpunkt kann ich nicht sagen, aber er lag wohl schon die ganze Nacht hier.«

Mir kommt der Moment in den Sinn, als Candy bei mir hinter der Bar gestanden hat. Genau da muss sie das Barmesser an sich genommen haben. Hatte sie Handschuhe an? Ich muss endlich nachsehen, ob es noch da ist.

»Kann ich mir kurz etwas zu trinken holen?«

Er blickt von seinem Notizbuch auf. »Sicher. Wir sind so weit durch. Allerdings benötigen wir noch einen Speicheltest. Wenn Sie damit einverstanden sind.«

»Kein Problem.« Ich lächle, drehe mich um und gehe an David vorbei, der auf einem Barhocker sitzt und fassungslos vor sich hin stiert. Er schaut nur kurz zu mir auf. Ich berühre im Vorbeigehen seine Schulter, um zu signalisieren, dass ich für ihn da bin, und um zu sehen, wie er reagiert. Sein Gesicht bleibt ausdruckslos, als könne er das alles nicht begreifen.

»Wissen Sie denn schon, wer der Tote ist?«, höre ich Adam fragen, nachdem sich Kommissar Schweigert zu ihnen gesellt hat.

»Noch nicht. Wir haben die Schlüsselkarte eines Hotels bei ihm gefunden, dem werden wir nachgehen.«

Ich husche hinter die Bar und lasse den Blick über die Arbeitsfläche gleiten. Nur beiläufig bekomme ich mit, was Adam und der Kommissar miteinander reden. Ich nehme ein Glas aus dem Regal und versuche, mich daran zu erinnern, wo ich das Messer hingeräumt habe. Hatte es nicht die ganze Zeit auf dem Schneidebrett gelegen? Ich erinnere mich ganz deutlich, wie Candy es betrachtet hat.

Ich öffne die Schublade, in der die anderen Messer liegen, krame darin herum. Auch dort ist es nicht. Offenbar hat sie es wirklich mitgenommen.

Als ich kurz aufsehe, schaue ich Kommissar Schweigert direkt in die Augen. Keine Ahnung, wie lang er mich schon beobachtet. Kurzerhand greife ich nach dem Flaschenöffner und mache die Schublade wieder zu, gehe zum Kühlfach und hole eine Cola heraus. Meine Hand zittert so sehr, dass ich beim Eingießen mit dem Flaschenhals mehrmals an den Rand des Glases stoße.

Ich hebe den Blick und treffe wieder auf den des Kommissars.

»Möchten Sie auch was trinken?«, frage ich und hoffe, dass er die Nervosität in meiner Stimme nicht bemerkt.

»Ich bin bedient, danke.« Er deutet auf die Kaffeetasse, die vor ihm auf dem Tresen steht.

Ich lächle krampfhaft und trinke von meiner Cola. Wie angespannt ich bin, würde wahrscheinlich ein Blinder sehen, aber ich kann nichts dagegen tun, die Worte der Frau lassen mich einfach nicht los.

7

Wie eine Verrückte wühle ich in der Erde, schaufle, bis ich nur noch auf Lehm stoße. Die Sonne sticht mir in den Nacken und brennt auf meinen Hinterkopf. Hektisch wische ich mir den Schweiß von der Stirn und nehme das nächste Beet in Angriff. Wo könnte es nur sein? Mehrere Stunden bin ich schon auf der Suche nach dem Messer. Davor habe ich schon meine ganze Wohnung auf den Kopf gestellt, weil ich mir sicher bin, dass Candy es irgendwo in meiner Umgebung versteckt hat. Mehrmals habe ich alles um- und ausgeräumt, die Schränke verrückt und jeden Teppich angehoben. Sogar an Stellen, wo ein Messer nicht einmal Platz hätte, habe ich nachgesehen. Ich habe *alles* durchsucht. Also muss es im Garten sein, und der ist nicht gerade winzig. Vielleicht hat sie es zwischen den Kräutern vergraben. Plötzlich entdecke ich an der Hecke Herrn Seibold mit seinem kläffenden Hund an der Leine. Weil mir gerade wirklich nicht der Sinn nach Small Talk steht, lächle ich ihm nur kurz zu und grabe weiter, in der Hoffnung, dass er wieder geht.

»Wurde der Einbrecher denn schon geschnappt?«, ruft er mir zu.

Ich schließe die Augen, seufze leise, dann stehe ich auf und wende mich ihm zu. »Sie suchen noch.«

»Immerhin tun sie etwas. Wird das was Größeres?« Er weist mit dem Kopf in Richtung Blumenbeet. Tatsächlich sieht es aus, als wäre ein Riesenmaulwurf am Werk gewesen.

»Äh ja, ich überlege noch. Ich weiß noch nicht ... Vielleicht ...« Ein schrilles Läuten dringt aus dem Haus. Jemand ist an der Wohnungstür. Ich zucke bedauernd mit den Achseln. »Ich muss leider rein. Man sieht sich.«

Schnell laufe ich zum Haus, wasche mir in der Küche die Erde von den Händen und eile in den Flur. Ein kurzer Blick in den Spiegel sagt mir, wie furchtbar ich aussehe. Meine Wangen sind gerötet, meine Augen übermüdet, und mein Haar ist strähnig und zerzaust. Ich streiche es notdürftig hinter die Ohren, dann öffne ich die Tür.

David steht vor mir, was mich erleichtert, aber auch irritiert. Es ist ungewöhnlich, dass er einfach so vorbeischaut. Normalerweise ruft er kurz vorher an.

Er hat die Hände auf dem Rücken verschränkt und blickt mich unsicher an, bevor ein leises »Hey« über seine Lippen huscht.

»Hi!« Ich lasse ihn eintreten. »Was machst du hier?« Ein ungutes Gefühl beschleicht mich. Nachdem die Polizei mit der Befragung fertig war, hat er mir noch versichert, dass alles in Ordnung sei. Doch danach sieht es jetzt gerade nicht mehr aus.

»Ich habe heute Mittag versucht, dich zu erreichen, aber du bist nicht ans Telefon gegangen.«

Das ist merkwürdig, denn eigentlich habe ich mein Handy immer griffbereit. Ich werfe einen Blick auf den Esstisch in der Küche, wo ich es meistens deponiere. Aber bis auf die Blumenschale und den Kerzenständer ist dort nichts.

Ich taste die Taschen meiner Hose ab. Sicherheitshalber kontrolliere ich auch meine Jackentasche und klopfe ein weiteres Mal die Hose ab. David schaut mich fragend an. Noch während Panik mein Blut in Wallung bringt, entdecke ich das Handy auf dem Schlüsselkasten. Erleichtert stöhne ich auf. Ich muss es dort abgelegt haben, bevor ich wie eine Verrückte die Wohnung durchkämmt habe.

»Tut mir leid, ich hab's nicht gehört.« Ich nehme das Handy und schalte das Display ein. Zwei Anrufe in Abwesenheit. Beide von David.

»Schon okay … Ich wollte nur Bescheid geben, dass ich den Pub bis Ende des Monats auf jeden Fall geschlossen lasse.«

»Oh, okay. Aber deswegen bist du nicht hier, oder?«

Denn dazu hätte er mir auch eine Nachricht schicken können. Irgendetwas stimmt nicht mit ihm. Das erkenne ich an seinem unsicheren Blick. Und warum hält er die Hände hinter dem Rücken versteckt?

Er macht den Mund auf – und wieder zu. Ich spüre, dass es sich um etwas Ernstes handeln muss.

Plötzlich zieht er einen gefalteten Zettel hinter seinem Rücken hervor. Er lässt den Blick über mein Gesicht wandern, als suche er darin eine Erklärung. »Hast du das vor meine Tür gelegt?«

Vor seine Tür gelegt?

Er reicht mir den Zettel.

Von Kristina, steht darauf in nach links geneigter Schrift.

»Das habe ich nicht geschrieben.«

Ich falte das Papier auseinander und stoße einen Schreckenslaut aus. Es ist eines meiner Gedichte. Der in Schreibschrift gehaltene Text stammt von mir. »Böses Blut«, lautet der Titel. Es handelt von einem Mädchen, das sich selbst nicht mag. Das Mädchen bin natürlich ich.

»Wenn du es nicht warst, wer war es dann?«, fragt mich David.

»Sie.« Ich falte das Papier wieder zusammen und betrachte meinen Namen. Denn wenn mich nicht alles täuscht, ist dieser in derselben Schrift geschrieben wie die Nachricht von heute Morgen. Sie hat ein Gedicht ausgewählt, das deutlich macht, dass ich etwas zu verbergen habe, hat meinen Namen auf die Rückseite geschrieben und es dann vor seine Tür gelegt. Sie will mir zeigen, wie ernst es ihr ist. Sie will, dass meine Maske fällt.

»Wer sie?«, unterbricht David meine Gedanken.

»Gestern war eine Frau im Pub. Sie ist heute Nacht in meine Wohnung eingebrochen.«

Besser, ich erzähle David von ihr, denn ich weiß nicht, was sie sonst noch aushecht.

»Moment mal. Jemand aus dem Pub ist in deine Wohnung eingebrochen, und du sagst es keinem? Warum? Was will diese Frau von dir?«

»Keine Ahnung.« Mir wird mit einem Mal ganz flau im Magen, ich muss mich dringend hinsetzen.

David folgt mir in die Küche.

Wie oft schon habe ich mit dem Gedanken gespielt, mein Schweigen zu brechen und ihm anzuvertrauen, warum ich tatsächlich nach Bremen gegangen bin. Doch ich schämte mich für das, was ich anderen angetan habe. Zudem bin ich mir darüber bewusst, wie er auf meine Vergangenheit reagieren würde. Der Vorfall mit Maurice hat es mir wieder mal deutlich gezeigt. Ich habe David stets beteuert, dass ich seine Ansicht teile. Deshalb verstanden wir uns auch von Anfang an so gut. Er besorgte mir den Job im Pub seines Onkels und eine Wohnung, ohne zu wissen, wie ich wirklich war. Er vertraute mir, weil er glaubte, wir seien auf einer Wellenlänge.

Ich sinke auf einen der Küchenstühle und reibe mir nervös über die Stirn. »Sie will mir den Mord anhängen.«

Das ist alles, was ich ihm dazu sagen kann und möchte. Es entspricht der Wahrheit, und sollte Candy weitere Intrigen spinnen, kann ich alles darauf schieben.

Davids Gesicht wird leichenblass. »Den Mord?«

»An dem Mann, der hinter den Büschen gelegen hat.«

»Warum?«

Weil ich vor acht Jahren etwas getan habe, das sie mir anscheinend nicht verzeiht. »Ich weiß es nicht. Ich werde es der Polizei melden.«

Was natürlich nicht stimmt. Auf keinen Fall werde ich es der Polizei melden, aber ich weiß, dass David es von mir erwartet. Kriminelle gehören schließlich bestraft.

Er nickt, durchpflügt sein Haar mit den Händen und geht auf und ab. »Wie sieht die Frau aus?«

Ich denke kurz nach. »Sie hat braune Haare, leicht wellig. Etwa bis hier hin.« Ich halte die Hand auf Höhe meiner Schulter. »Sie ist schlank und ungefähr so groß wie ich.«

David blickt nachdenklich umher, als versuche er zwanghaft, sich eine Person ins Gedächtnis zu rufen, zu der die Beschreibung passt. »Und du weißt nicht, wie sie heißt?«

»Candy. Sie nennt sich Candy. Aber das ist nicht ihr echter Name.«

Er schüttelt den Kopf. Offenbar kann er diesen Namen niemandem zuordnen. Weshalb sollte er auch? Sie stammt aus meinem alten Leben und kennt mich von damals.

Ich stehe auf und gehe zum Kühlschrank, um mir ein Glas Orangensaft einzuschenken. Das untätige Herumsitzen macht mich ganz nervös. Viel lieber würde ich jetzt herausfinden wollen, wer sie ist.

Ein leises Klimpern ertönt. David steht am Fensterbrett und hat das Windspiel aufgehoben.

»Das ist beim Einbruch passiert«, sage ich und spüre den scharfen Schmerz der Wehmut. Sein Geschenk hat mir viel bedeutet. Ich fühle mich schuldig, dass es jetzt kaputt ist, obwohl ich nichts dafürkann.

Er legt es auf den Tisch und schiebt die einzelnen Teile des Fisches wie ein Puzzle zusammen. »Was hat sie hier gewollt? Sie wird ja nicht nur wegen eines Gedichts bei dir eingedrungen sein.«

»Ich nehme an, sie wollte das Messer verstecken, mit dem sie ihn getötet hat. Aber ich habe es noch nicht gefunden.« Was sie sonst noch hinterlassen hat, behalte ich für mich.

»Warum tut sie das?«

»Wenn ich das wüsste.« Meine Wangen glühen, ich wünschte, er würde mir jetzt keine weiteren Fragen dazu stellen.

»Vielleicht hat sie dich mit jemandem verwechselt.«

»Mit wem denn?«

Eine Pause entsteht. David blickt umher und denkt nach.

»Was hat sie dir erzählt?«, fragt er dann.

»Am Parkplatz?«

»Ja, was hat sie da zu dir gesagt?«

»Nicht viel.«

»Aber wie kommst du dann darauf, dass sie dir den Mord anhängen will?«

»Weil sie das gesagt hat.« Ich merke selbst, wie merkwürdig das klingt. Als würde ein Mörder zu einer wildfremden Person gehen und sagen: Ach ja, ich werde die Polizei denken lassen, du warst es.

»Warum hat sie ihn getötet?«

»Ich weiß es nicht. Ich weiß es einfach nicht, okay?« Ich balle eine Faust, drücke so fest zu, dass sich meine Nägel in den Handballen bohren. Bitte David, hör endlich auf, mich zu löchern.

»Es muss doch einen Grund geben …«

Ich falle ihm ins Wort. »Vielleicht ist sie eine psychopathische Irre, die sich einfach nur ein Opfer sucht. Können wir uns darauf einigen?«

Ich halte den Druck kaum noch aus, den er auf mich ausübt. Das Gefühl, jeden Moment aufzufliegen, die Furcht, dass er herausfindet, wer und wie ich einmal war, und mir ins Gesicht sagt: Du bist es nicht wert, dass man dich mag.

Das ist meine größte Angst, und genau darum geht es ihr. Sie will mein Leben ruinieren. Deshalb hat sie auch mein Gedicht vor Davids Tür gelegt. Deshalb ist er jetzt hier und fragt mich aus.

Ich fange seinen bekümmerten Blick ein. Ich darf meine Panik nicht an ihm auslassen.

»Entschuldige, dass ich dich so angefaucht habe. Ich weiß, du machst dir Sorgen, das rechne ich dir sehr hoch an, aber die Polizei wird sich um alles kümmern. Es wird sich bestimmt bald klären.«

Ich glaube mir kein Wort. Und nicht nur das. Jedes meiner Worte macht mir Angst.

Ich trinke den Saft und stelle das leere Glas ab, da bemerke ich, dass David das Gedicht anschaut. Er legt zwei Fingerspitzen auf das Papier und schiebt es wenige Zentimeter über den Tisch. »Das hast du geschrieben, oder?«

Ich nicke, bin immer noch ganz zittrig.

Sein Blick wandert über mein Gesicht. Ich muss ihm eine Antwort geben.

»Es war mal so eine Phase.«

Er sagt nichts, wartet, bis ich weiterspreche. Als ich das nicht tue, kommt er zu mir und nimmt mich in den Arm. Dankbar seufze ich.

»Es wird alles wieder gut«, verspricht er mir.

Ich nicke und atme in sein T-Shirt, das sich warm an meine Wange schmiegt. Es riecht nach ihm, angenehm herb und nach einer Spur Waschmittel. Ich frage mich, ob er mich auch umarmen würde, wenn sich herausstellte, dass ich wirklich etwas Unverzeihliches getan habe.

Als David mir damals in meiner Not geholfen hat, keimte eine Zuneigung zwischen uns auf, über die wir nie ein Wort verloren haben. Keiner von uns beiden wagte den ersten Schritt. Ich kann nicht genau sagen, was mich die ganzen Jahre daran gehindert hat. Vermutlich die Angst, alles zu zerstören, was zwischen uns besteht. Die Verbundenheit, die guten Gespräche über Essen, Musik und die Welt an sich, die Segeltörns auf der Weser und nicht zuletzt die Meinung, die er von mir hat. David gibt mir das, was ich früher nie bekommen habe. Wertschätzung, Geborgenheit und sehr viel Anerkennung. Im Frühjahr hat er mich sogar zu einer Gartenmesse begleitet, obwohl er mit Blumen und Sträuchern nichts anfangen kann. Er tat es einzig meinetwegen. Ich spüre, dass auch er meine Nähe mag, trotzdem hat er noch nie versucht, die Grenzen zu überschreiten. Unsere Freundschaft ist ein zu kostbares Gut, das ich keinesfalls aufs Spiel setzen will. Er ist der beste Freund, den ich mir wünschen kann. Ich darf ihn nicht verlieren.

Mein Handy klingelt. David löst die Umarmung und wartet darauf, dass ich das Telefonat annehme.

Anonymer Anruf steht auf dem Display.

»Hallo?«, melde ich mich.

»Spreche ich mit Frau Kristina Kersten?«

»Ja.«

»Kommissar Schweigert von der Bremer Kriminalpolizei. Wie Sie wissen, ermitteln wir in einem Tötungsfall und hätten nun ein paar weitere Fragen an Sie. Ich würde Sie bitten, morgen um vierzehn Uhr ins Präsidium zu kommen.«

»Was möchten Sie denn wissen?«

»Das klären wir besser, wenn Sie hier sind.«

»In Ordnung«, sage ich, obwohl er schon aufgelegt hat. Ich brauchte ein paar Sekunden, um das Telefonat zu verdauen. Wieso will er noch mal mit mir sprechen?

»Wer war das?«, fragt David, als er meinen betretenen Blick auffängt.

»Das war ... die Hausverwaltung. Sie müssen morgen das Wasser abstellen, irgendwo scheint etwas undicht zu sein.«

Eine Weile schweigen wir beide.

Vielleicht ist meine Sorge unbegründet, und es geht nur um weitere Routinefragen.

»Hat sich eigentlich die Polizei noch mal bei dir gemeldet?«, frage ich beiläufig.

»Nein. Bei dir etwa?«

»Nein.« Ich schüttle den Kopf und lege das Telefon weg.

Es fühlt sich grausam an, David belügen zu müssen, aber die Vernunft sagt mir, es ist besser so. Vielleicht klärt sich alles von allein. Oder auch nicht. Denn Schweigerts Anruf bedeutet mit Sicherheit nichts Gutes.

8

Mit verschränkten Fingern sitze ich auf einem der Plastikstühle und starre auf den grau melierten Linoleumboden des Polizeipräsidiums. Rechts von mir die gläserne Eingangstür und gegenüber eine kahle weiße Wand. Es ist so ruhig hier im Flur, dass ich nur das Klappern von Schranktüren, das Klicken von Computertasten und das Ächzen und Knirschen eines Schreibtischstuhls aus den angrenzenden Räumen höre.

Der Beamte am Empfang hatte mich gebeten, hier zu warten, denn Kommissar Schweigert sei gerade im Gespräch. Inzwischen ist es sechs Minuten über Termin. Lässt er mich absichtlich warten, um meine Nerven unter Spannung zu setzen? Damit ich es kaum erwarten kann, mir alles von der Seele zu reden?

Eine Tür geht auf. Nur wenige Meter von mir entfernt. Heraus kommt eine junge Frau mit raspelkurzen blonden Haaren, die in ihrem Kostüm wie eine Anwältin aussieht. Sie dreht sich noch mal um, hebt kurz ein Blatt Papier hoch und bedankt sich. Ich sehe den gewölbten Bauch ihres Gegenübers im Türrahmen und erkenne an der Stimme, dass es Kommissar

Schweigert ist, der ihr noch einen schönen Tag wünscht. Unwillkürlich setze ich mich aufrecht hin.

Schweigert tritt auf den Flur heraus. Er trägt Jeans und ein braunes Hemd mit ausgebeulter Brusttasche, in der wahrscheinlich eine Geldbörse oder eine Zigarettenschachtel steckt. Hat er eigentlich bei unserem ersten Treffen geraucht? Wohl nicht.

Als er mich auf dem Stuhl bemerkt, bleibt er stehen und nickt mir kurz zu. »Frau Kersten. Danke, dass Sie hier sind. Kommen Sie am besten gleich mit.« Noch klingt er normal.

Er reicht mir die Hand und fragt höflich: »Wollen Sie etwas zu trinken? Ein Glas Wasser?«

»Danke, das ist sehr nett, aber ich trinke kein Wasser.«

»Kann ich verstehen, ich bin auch kein Fan davon. Lieber reichlich Kaffee. Wollen Sie Kaffee?«

Ich schüttle den Kopf, weil ich das Ganze möglichst schnell hinter mich bringen möchte. Wenn er mir allerdings etwas zu trinken anbietet, bedeutet das vermutlich, dass unsere Unterredung länger dauern wird und er wohl mehr wissen will, als mir lieb ist.

Er bringt mich in einen kleinen Raum mit hellgelben Wänden, in dem lediglich ein runder Tisch und zwei mit orangefarbenem Kunstleder bezogene Stühle stehen. An den Fenstern hängen weiße Gardinen und der Boden ist mit dunkelblauer Teppichware ausgelegt. Die Atmosphäre wirkt ernst und beängstigend intim.

»Nehmen Sie doch bitte Platz.« Er deutet auf einen der Stühle.

Während ich seiner Aufforderung folge, setzt er sich auf den anderen Stuhl, nimmt die graue Mappe vom Tisch und klappt sie auf.

»Stört es Sie, wenn wir das Gespräch fürs Protokoll aufzeichnen?«

Ich schüttle den Kopf, denn ich will mich nicht von vornherein verdächtig machen. Die gesamte Situation ist unbehaglich genug, vor allem, als er mich wieder über meine Rechte aufklärt. Obwohl ich weiß, dass er dazu verpflichtet ist.

»Sagt Ihnen der Name Lukas Barke etwas?« Geradezu beiläufig blättert er in der Mappe, während sein Blick keine meiner Regungen verpasst, die zweifellos verraten, wie nervös ich bin.

»Nein.«

»Sie haben den Namen noch nie gehört?«

»Noch nie.«

»Lukas Barke ist der Name des Mannes, der in der Nacht vom vierten auf den fünften September vor dem Lokal, in dem Sie arbeiten, getötet wurde.«

Ich fühle mich, als hätte ich Fieber. »Der Name sagt mir nichts.«

Abgesehen davon, dass Candy den Toten Luc genannt hat.

»Seinem Vater gehört Lions Investment. Ein geleckter Kerl mit breitem Grinsen und dickem Bankkonto. Den haben Sie bestimmt schon mal in der Zeitung gesehen. Vor zehn Jahren hat er sich eine Frau geschnappt, die kaum so alt ist wie sein Sohn. Die wird sich jetzt freuen, dass sie das Imperium mal erben wird. Aber gut, das geht uns ja nichts an.«

»Ich kenne weder die Firma noch seinen Vater«, sage ich.

»Sie lesen wohl keine Zeitung.«

»Nein.«

»Na, dann …« Schweigert kratzt sich an der Nase. »Ihnen ist also vorgestern an Herrn Barke nichts aufgefallen?«

»Er hatte eine tiefe Stimme und einen leichten Akzent. Und er war tätowiert, irgendein Symbol mit Flammen.« Ich weiß nicht, was er von mir hören will.

Er nickt und blickt wieder in seine Akten. »Ihr Kollege Adam Berling meinte, dass der Mann Sie beobachtet hat.«

Das ist Adam aufgefallen? »Ich habe bemerkt, dass er mich hin und wieder angesehen hat. Aber ich habe mir nichts dabei gedacht. Ich werde häufiger von Gästen angestarrt, insbesondere von Männern.«

Mit dem letzten Satz bin ich vermutlich übers Ziel hinausgeschossen. Schweigert könnte ein falsches Bild von mir bekommen. Er mustert mich eine Weile. Hält er mich jetzt für eine Männerhasserin? Warum will er das alles überhaupt wissen?

»Sie erwähnten, dass Ihnen seine tiefe Stimme aufgefallen ist. Kam sie Ihnen vertraut vor?«

Unwillkürlich zögere ich. »Nein, ich bin dem Mann noch nie begegnet.«

Er sieht mich einen Tick zu lange an, bevor er leise brummend einen Vermerk in die Akten setzt. Warum hat er mich das gefragt? Und warum hat er mich so prüfend angesehen? Weiß er irgendwas?

»Schildern Sie bitte noch einmal ganz genau, was geschah, nachdem der Mann das Lokal verlassen hat.«

Meine Beine zittern. Unauffällig lege ich die Hände darauf ab. Tief atmen. Ruhig und tief atmen. Ich muss keine Angst haben, ich habe ihn nicht umgebracht.

»Eigentlich habe ich das getan, was ich immer tue. Die Kassenabrechnung gemacht und die Tische in Ordnung gebracht. Das restliche Geschirr in die Spülmaschine geräumt und alles sauber gewischt. Dann bin ich raus und habe die Tür abgeschlossen. Mehr war da nicht.«

»Und dann sind Sie einfach so nach Hause gefahren?«

»Ja. Es war ein Abend wie jeder andere.« Mir kommt es vor, als würden alle meine Knochen zittern.

»Ihnen ist nichts aufgefallen?« Seine Stimme klingt freundlich, ohne ein Zeichen von Misstrauen, trotzdem liegt etwas in seinem Blick. Jedes Mal, wenn er mir eine Frage stellt, kneift er die Augen ein klein wenig zusammen, als begegne er meiner Antwort von vornherein mit Skepsis.

»Dass es in den Büschen geraschelt hat, habe ich Ihnen schon erzählt. Ansonsten ist mir nichts aufgefallen. Ich bin wie immer zu meinem Wagen und nach Hause gefahren.«

Er blättert in den Akten, schlägt eine Seite auf und dreht die Mappe so, dass ich hineinsehen kann. Mir stockt der Atem.

9

Mit klopfendem Herzen betrachte ich das ausgedruckte Foto, das ein Barmesser zeigt. Es hat eine Doppelspitze – wie das Messer, das ich zum Halbieren der Zitrone benutzte, bevor Candy es gestohlen hat. Aber der Griff ist aus Holz, nicht aus Kunststoff. Es ist nicht dasselbe Messer.

»Wir haben die Leiche obduziert. Anhand des Einstichs ließ sich das Profil der Schneide sehr genau bestimmen. Wir können also mit Sicherheit sagen, dass es so ein Messer gewesen sein muss, mit dem der Mann getötet wurde. Kommt Ihnen diese Art von Messer vertraut vor?«

»Ja.« Ich muss bei der Wahrheit bleiben. Aber was, wenn sie herausfinden, dass es nicht mehr in der Bar ist?

»Arbeiten Sie mit einem solchen Messer?«

»Ja.«

»Haben Sie am Abend, bevor der Mord passierte, so ein Messer benutzt?«

»Ja.« Ich spüre, wie sich die Schlinge um meinen Hals enger zieht.

»Wir haben nachgesehen. Haben jede Schublade, jedes Fach und jeden Kasten durchsucht. Doch wir haben es nicht gefunden. Ihr Kollege kann das bestätigen.«

Er sieht mich eine Weile an. Ich schlucke schmerzhaft und wünschte, ich hätte das Glas Wasser angenommen. Meine Kehle ist staubtrocken.

Er zieht die Augenbrauen hoch. »Haben Sie dafür eine Erklärung?«

Ich muss es sagen. Ich habe keine Wahl. Auch wenn ich damit riskiere, dass die Spur am Ende zu mir führt, ich muss es ihm jetzt sagen. »Es war eine Frau im Pub, die sich zu mir an die Bar gesetzt und über den Mann gesprochen hat. Sie sagte, dass man sich vor Männern wie ihm in Acht nehmen muss und es besser wäre, ihn zu töten. Sie hat zugesehen, als ich mit dem Messer eine Zitrone zerteilt habe.«

»Eine Frau.«

Ich nicke.

»Interessant. Und wie hat diese Frau ausgesehen? Wie war ihr Name?« Er sieht mich so erstaunt an, dass ich nicht einschätzen kann, ob er mir glaubt.

»Sie hat sich Candy genannt. Ich weiß aber nicht, wie sie mit richtigem Namen heißt. Sie war zum ersten Mal im Pub. Ist ungefähr so groß wie ich, hat braune schulterlange Haare eine schlanke Figur.«

»Und Sie denken, diese Frau könnte etwas mit dem Mord zu tun haben?«

»Ich bin mir ziemlich sicher. Nachdem der Mann gegangen war, stand sie plötzlich bei mir hinter der Bar. Sie meinte, dass wir keine Angst mehr vor ihm haben müssen, weil er jetzt weg ist.«

»Sie hatten Angst vor ihm?«

»Nein«, sage ich schnell. »Sie dachte wohl, ich hätte Angst, weil er mich unentwegt angestarrt hat.«

»Das heißt also, diese Frau hat das Lokal verlassen, nachdem der Mann gegangen ist, und zwar mit dem Messer?«

»Das habe ich nicht gesehen, aber sie muss es genommen haben, als sie bei mir hinter der Bar gestanden hat.«

»Warum haben Sie das vorhin nicht erwähnt?«

»Was?«

»Das mit der Frau.«

»Weil … Ich dachte, es geht nur um den Mann.«

»Das ist richtig, es geht um den Mann, und Sie sagten, die Frau hat über ihn gesprochen. Das ist etwas, was Sie mir hätten sagen müssen.« Er muss mich für vollkommen bescheuert halten. Oder für eine gottverdammte Lügnerin.

»Ich hab nicht mehr daran gedacht.«

»Weil es Ihnen nicht so wichtig erschien?«

Ist das eine Fangfrage?

»Mir ist es erst jetzt wieder eingefallen«, flunkere ich. »Ich weiß nicht, ich bin, seitdem das alles passiert ist, einfach durcheinander.«

Kommissar Schweigert notiert etwas. Ich nutze die Zeit, um durchzuatmen. Im Auto hatte ich mir noch zurechtgelegt, was genau ich sagen will und was nicht. Aber ich hatte nicht damit gerechnet, dass sie schon wissen, wie das Messer aussieht und die Bar durchsucht haben. Meine Gedanken schwimmen, orientierungslos und aufgescheucht.

»Sie denken also, diese Frau, deren richtigen Namen Sie nicht kennen, hat das Messer gestohlen?« Wieder dieser skeptische Blick.

»Ich gehe davon aus, nachdem es nicht mehr da ist.«

Es ärgert mich, dass ich nicht gleich von ihr erzählt habe. Aber die Angst, dass meine Vergangenheit zum Vorschein kommt, war einfach zu groß. Ich dachte, wenn ich mich ahnungslos und nur das Nötigste zu Protokoll gebe, würde mich das schützen. Jetzt klingt alles so, als hätte ich mir das nur ausgedacht, um den Verdacht von mir zu lenken.

»Eines verstehe ich nicht«, sagt er und presst kurz die Lippen aufeinander. »Warum sollte diese Frau ausgerechnet Ihnen, einer fremden Person, Details erzählen, mit denen sie sich selbst belastet?«

Wahrscheinlich, damit ich nicht auf die Idee komme, zur Polizei zu gehen. Denn so bin ich automatisch ihre Verbündete. »Ich weiß nicht, warum sie mir das erzählt hat.«

Eine ganze Weile sieht er mich an. Er ahnt etwas, das spüre ich.

»Hm.« Er lehnt sich zurück, verschränkt die Arme vor der Brust und tut, als würde er nachdenken. Das Schweigen hängt wie ein unheilvoller Schatten im Raum. Der Impuls, einfach aufzustehen und das Zimmer zu verlassen, ist enorm. Die Luft hier drin erdrückt mich, aber noch viel mehr seine undurchschaubare Art.

Er nimmt die Mappe wieder in die Hand, blättert kurz darin, schlägt sie zu und knallt sie auf den Tisch. Das Geräusch des Aufpralls geht mir durch und durch.

»Wir haben an der Leiche des Mannes Spuren gefunden, die von Ihnen stammen«, sagt er mit einer kaum merklichen Schärfe in der Stimme.

Ich nicke schnell. »Er hat mich angefasst.«

»Er hat Sie angefasst?« Jetzt klingt er überrascht. Vielleicht aber tut er auch nur so.

»Er hat mich hier am Handgelenk gepackt, nachdem ich das Bier abgestellt habe. Er hielt mich zurück, weil er noch was wissen wollte.«

»Was wollte er denn wissen?«

»Er hat gefragt, wann der Pub schließt.« Die Lüge schießt genauso schnell aus meinem Mund, wie sie mir in den Sinn gekommen ist.

»Was haben Sie ihm gesagt?«

»Dass wir um zwölf zumachen.« Mein Gesicht glüht. Der Puls pocht in meinem Nacken.

Schweigert nickt und brummt etwas vor sich hin. Dann legt er den Kopf schief, als wäre ihm gerade etwas eingefallen. »Warum sind Sie eigentlich nach Bremen gezogen?«

»Das hatte mehrere Gründe. Ich wollte eigentlich studieren ...« Was rede ich da nur für einen Bullshit? »Aber viel wichtiger war mir, meine Freiheit zu genießen. Ich war erst neunzehn und wollte auf eigenen Beinen stehen. Dass ich nach Bremen gekommen bin, war purer Zufall.«

»Was meinen Sie mit Zufall?«

»Ich bin getrampt. David hat mich aufgelesen, und da er nach Bremen wollte, bin ich einfach mit.«

»David Fendt? Ihr jetziger Chef?«

»Ja, er hat mir den Job besorgt, als der Pub noch seinem Onkel gehörte.«

»Wussten Sie, dass Lukas Barke ebenfalls in Hanau lebte? So wie *Sie* damals?«

»Nein.« Ich schüttle den Kopf.

»Kennen Sie eine Shisha-Bar namens Lima Lounge?«

»Sie meinen die in Hanau?«

»Waren Sie schon einmal dort?«

»Ich weiß, dass sie neu eröffnet hatte, aber ich war nie drin.«

»Das ist seltsam, denn wir haben einem Angestellten aus der Shisha-Bar Ihr Foto gezeigt, und der hat Sie erkannt. Sie waren dort zusammen mit Lukas Barke. Vor etwa acht Jahren.«

»Ich kann mich nicht erinnern.« Mir kommt es vor, als tue sich ein Abgrund vor mir auf, der mich jeden Moment verschluckt.

»Das ist bedauerlich.«

»Ich habe den Mann nicht umgebracht!«

»Wie gesagt, es ist alles ein wenig seltsam.«

»Ich habe ihn noch nie zuvor gesehen, ich kenne keinen Lukas Barke. Das müssen Sie mir glauben!«

»Wir werden dem nachgehen. Früher oder später kommt die Wahrheit immer ans Licht.«

10

Seit acht Jahren versuche ich, ein guter Mensch zu sein, doch gerade fühlt sich mein Leben an wie eine einzige Lüge.

Als Teenager hatte ich keine Angst, ins Gefängnis zu kommen, obwohl es genügend Gründe gab, mich zu verknacken. Mir war alles egal. Aber jetzt ist das anders. Ich habe Angst, dass man mich für etwas verurteilt, das ich nicht begangen habe. Ich habe Angst, dass jeder erfährt, was für ein Mensch ich früher war. Nach meinem Neustart habe ich Freunde gefunden, die mich vorbehaltlos in ihr Herz geschlossen haben, allen voran David. Ich habe mir ein neues Leben aufgebaut, eine Ausbildung zur Restaurantfachfrau gemacht und fühle mich rundum wohl in meinem Job. Letzten Monat habe ich ein Laternenfest organisiert, zu dem all meine Freunde und Nachbarn kamen. Sie mögen mich so, wie ich bin. Es gibt noch so vieles, was ich im Leben erreichen will. Den Pub umgestalten und auf Erfolgskurs bringen, zu allen Meeren der Welt reisen, zusammen mit David, und vielleicht ja doch mal eine Bar auf Sylt eröffnen. Im Gegensatz zu damals habe ich plötzlich etwas zu verlieren.

Ich reibe mir über die Stirn, muss nachdenken. Candy hat Luc getötet, um es mir anzuhängen. Aber warum? Woher kennt mich Candy, was hatte ich mit ihr zu tun? Und wer ist dieser Luc? Es macht mich wahnsinnig, mich nicht zu erinnern. Ich muss herausfinden, wer sie ist und was damals in Hanau passiert ist. Solange die Polizei keinen Haftbefehl gegen mich hat, kann ich machen, was ich will.

Also hole ich meinen Laptop und suche bei Airbnb nach einer Privatunterkunft in meiner Heimatstadt. Damals hatte ich noch bei meinen Eltern gewohnt. Aber nach acht Jahren kann ich unmöglich bei ihnen aufkreuzen und fragen, ob sie mir ein paar Tage Unterschlupf gewähren. Ich will es auch nicht. Wie oft habe ich meine Mutter sagen hören, dass wir *eine Familie* sind, aber gespürt habe ich es nie. Wenn ich sie brauchte, waren sie nicht da.

In Hanau-Kesselstadt finde ich ein Ferienapartment mit eigenem Eingang und getrenntem Schlaf- und Wohnbereich. Auf meine Anfrage hin teilt mir der Vermieter mit, dass es kein Problem sei, wenn ich heute Abend noch anreise. Also packe ich das Nötigste zusammen und mache mich auf den Weg.

Fünf Stunden später erreiche ich das Ortsschild von Hanau. Es ist ein merkwürdiges Gefühl, jetzt durch die Stadt zu fahren, die einmal meine Heimat war. Ich komme mir vor wie eine Verstoßene, die hier nichts mehr zu suchen hat. Alles wirkt vertraut und doch auch irgendwie fremd. Früher habe ich der Umgebung kaum Beachtung geschenkt. Ich suchte lieber die dunklen Ecken auf: Unterführungen mit Graffiti-Schmierereien, Clubs und Hinterhöfe, in denen man das beste Gras zum besten Preis bekam. Wenn ich mit Vicki unterwegs war, trafen wir uns mit Leuten, denen wie uns alles egal war. Wir kannten sie kaum, hatten aber alle dasselbe Ziel: grenzenlosen Spaß. Nie haben wir darüber nachgedacht, wo der Spaß mal enden könnte.

Mein Gewissen macht mich fertig, wenn ich nur daran denke. Sosehr ich erfahren möchte, was damals passiert ist, so sehr fürchte ich mich vor dem, was ich Entsetzliches über mich herausfinden könnte.

Das Apartment, das ich gebucht habe, befindet sich in einem Gehöft, nahe dem Staatspark Wilhelmsbad. Eine Einliegerwohnung in einem alten Fachwerkhaus, das der Vermieter, ein schlaksiger Mann mittleren Alters, mit seiner Familie bewohnt.

Er händigt mir den Schlüsselbund aus und begleitet mich zur Eingangstür, die sich neben einem großen Scheunentor befindet. Über zwei Stufen gelangt man in eine kleine Diele mit Blick auf die angrenzende Küche. Zu unserer Linken führt jeweils eine Tür ins Bad und Schlafzimmer. Ich folge ihm in die Küche. Neben der Theke steht ein Holztisch mit zwei Stühlen, und hinter einem Mauervorsprung entdecke ich ein geblümtes Sofa und den Fernseher. Alles ist liebevoll dekoriert mit Kräutertöpfen und gestreiften Vorhängen. Es riecht nach Rosmarin und Zitrus.

Das Apartment ist nicht besonders groß, aber für meine Zwecke reicht es. Der Vermieter zeigt mir noch, wo ich Geschirr, Besteck und Kaffeepads finde, dann lässt er mich allein.

Ich packe meine Sachen aus und mache mich fertig fürs Bett. Die Aufregung, die ich die ganze Fahrt über gespürt habe, kribbelt immer noch in meinem Bauch. Morgen will ich Vicki aufsuchen. Nachdem Candy von ihr gesprochen hat, müssen sich die beiden kennen.

Ich hoffe, dass meine ehemals beste Freundin nicht nachtragend ist. Als ich vor acht Jahren das letzte Mal mit Vicki telefoniert habe, war sie ziemlich sauer auf mich. Ich hatte sie von einer Tankstelle aus angerufen, an der David Halt machte, damit ich mir das Blut von den Händen waschen konnte. Aus irgendeinem Grund war sie maßlos enttäuscht von mir, hat mich angeschrien und wollte wissen, was zum Henker mit mir los sei. Aber ich war zu durcheinander und wusste nicht, wie ich meine Lage erklären sollte. Ich konnte mich ja nicht einmal mehr daran erinnern, was in der Woche zuvor geschehen war.

»Ich ruf dich in ein paar Tagen an«, hatte ich versprochen, doch getan habe ich es nie.

Ich habe keine Ahnung, wie sie morgen auf mich reagieren wird, aber wenn mir jemand sagen kann, was in jener Woche passiert ist, bevor ich nach Bremen aufgebrochen bin, dann sie.

11

Die erste Nacht im Apartment ist grauenvoll. Draußen pfeift der Wind, und die Fensterläden klappern, als würde ein Verrückter daran rütteln. Während ein Blitz über den Himmel zuckt, schrecke ich hoch und bilde mir sogar ein, die Stehlampe neben dem Fenster sei Candy, die mich im Schlaf überrascht. Es donnert und regnet, als hätte der Himmel die Schnauze voll von der Dürre des Sommers.

Ich wage mich in die Küche und schalte die Lampe an, damit ihr Schein ins Schlafzimmer fällt und ich nicht mehr rätseln muss, was sich hinter den unheimlichen Schemen verbirgt. Dann lässt der Regen irgendwann nach, und es gelingt mir, bis kurz vor zehn zu schlafen.

Nachdem ich geduscht und mich fertig gemacht habe, steige ich in meinen Beetle und fahre Richtung Innenstadt. Vicki wohnte vor acht Jahren in der Daimlerstraße, einer Gegend, die nicht gerade zu den begehrtesten der Stadt gehörte und ein sozialer Brennpunkt war. Heruntergekommene Wohnblöcke mit verdreckten Wänden und Müllhalden am Straßenrand. Genau genommen war es die Wohnung ihres Ex-Freundes, der, nachdem er sich mit einer anderen vergnügt hatte, von Vicki kurzerhand vor die Tür gesetzt wurde. Ihre Entschlossenheit und ihr Temperament haben mir immer Respekt eingeflößt, und ich schätzte sie dafür sehr.

Ich biege in die Daimlerstraße ein und stelle den Wagen hinter einem alten Ford am Gehsteig ab. Das nächtliche Gewitter hat die Temperatur deutlich abkühlen lassen, ein frischer Wind streift mich, als ich aussteige. Ich nehme einen tiefen Atemzug und gehe zu dem Wohnblock, in dem ich hoffe, Vicki noch vorzufinden.

Die Eingangstür steht offen und gibt den Blick auf eine Reihe Briefkästen frei. So wie damals. Beim Überfliegen der Klingelschilder stelle ich fest, dass Vickis Name tatsächlich noch an Ort und Stelle klebt. Daneben immer noch der durchgestrichene Name ihres Ex, als wäre die Zeit in Hanau vor Jahren stehen geblieben. Einzig das aufgeregte Flattern in meinem Bauch beweist, dass dem nicht so ist.

Ich klingle und warte, ob sich jemand rührt. Ein junger Mann mit Wuschelkopf hebt sein Fahrrad neben mir über die Schwelle und schiebt es zu den Briefkästen. Er riecht frisch geduscht, was nicht so ganz zu seinem schmuddeligen Outfit passen will. An seinem grünen T-Shirt kann man sogar die Salzränder vom getrockneten Schweiß erkennen.

»Auf die Klingel können Sie lange drücken, die sind seit zwei Tagen im Arsch«, sagt er, als ich den Finger ein zweites Mal darauf zubewege.

»Oh.« Ich ziehe die Hand zurück.

»Zu wem wollen Sie denn?«

»Zu Vicki Lange.«

Er sieht mich mit hochgezogenen Brauen an und lässt den Blick eine Sekunde lang über meinen Körper wandern. »Die wohnt im dritten Stock, erste Tür links«, erklärt er mir.

Ich bedanke mich und husche mit einem Lächeln an ihm vorbei.

Jede Stufe kommt mir vertraut vor, genauso wie das Hallen meiner Schritte und das vergilbte Geländer, das ich schon damals nicht anfassen wollte, weil es so geklebt hat.

Zwei Stockwerke später stehe ich vor der Tür, vor der ich damals häufig gestanden habe. Doch die Jahre haben ihre Spuren hinterlassen. Die dunkelrote Beschichtung ist an den Kanten abgeblättert und der Rahmen neben dem Schloss gesplittert, als hätte sie jemand mit Gewalt eingetreten. Und dann bemerke ich, dass die Tür nur angelehnt ist. Ein mulmiges Gefühl überkommt mich.

Ich drücke die Tür auf und überfliege die Jacken und Schuhe, die im Flur verstreut sind. Dazwischen zusammengeknüllte Blätter aus Zeitungen und Magazinen. Vicki ist nie besonders ordentlich gewesen, aber ein derartiges Chaos hätte ich ihr dann doch nicht zugetraut.

»Hallo? Vicki?«

Ein Rascheln dringt aus einem der Zimmer, dann ist es wieder ruhig.

Einige Sekunden stehe ich da und überlege, was ich tun soll.

»Hallo?«, rufe ich noch einmal.

Wieder raschelt es.

»Ich komm schon.« Der Klang ihrer Stimme geht mir durch Mark und Bein. Obwohl sie um einiges älter klingt und bei weitem nicht mehr so schrill wie damals, fühle ich mich endgültig in die Zeit vor acht Jahren zurückversetzt.

Umso größer ist der Schock, als sie den Flur betritt. Ihr Körper sieht in dem ausgeleierten Kapuzenpulli dürr und ausgemergelt aus. Wasserstoffblonde Haare reichen ihr strohig bis zur Schulter, während der etwas dunklere Ansatz fettig glänzt. Die Augen liegen glasig und rot gerändert in den Höhlen, und ihr bleiches Gesicht besteht nur noch aus Haut und Knochen. Ich erkenne sie fast nicht wieder und finde keine Worte für das Elend, das mir gegenübersteht.

Eine Weile sieht sie mich an, als frage sie sich, wer ich bin. Doch dann zucken ihre Brauen nach oben, und sie formt meinen Namen mit dem Mund, ohne dass ein einziger Laut über ihre Lippen kommt.

»Hi«, sage ich und merke, wie sich mein schlechtes Gewissen auf einen Schlag verdoppelt.

Sie steckt sich eine fast zu Ende gerauchte Zigarette in den Mund und bückt sich. Unbeholfen schiebt sie die Schuhe beiseite und klaubt ein paar Zeitungsblätter auf, von denen eines gleich wieder zu Boden segelt, als sie sich wankend erhebt.

»Ich habe nicht damit gerechnet, dass du wiederkommst.« Sie bläst den Rauch aus und blickt auf dem Boden umher, als wollte sie sich mit diesen Worten für den Zustand ihrer Wohnung rechtfertigen.

»Es tut mir leid«, sage ich.

Sie sieht mich an, erforscht mein Gesicht und fängt dann wie aus dem Nichts zu lachen an. Mit der linken Hand tastet sie nach der Wand, um sich daran abzustützen. Im nächsten Moment hört sie wieder auf zu lachen, holt tief Luft und scheint ganz jämmerlich abzudriften. An ihren Augenbrauen lässt sich ein ganzes Gefühlsszenario ablesen. Von verwirrt über verletzt bis hin zu verzweifelt.

»Es ist so viel passiert ohne dich«, sagt sie und nimmt noch einen letzten Zug von ihrer Zigarette, dann winkt sie mich zu sich. »Komm. Und mach die Tür zu. Ich weiß, sie ist kaputt, aber … mach sie trotzdem zu.«

Sie geht ins Wohnzimmer. Ich drücke die Tür zu und folge ihr. Es überrascht mich nicht, dass es auch hier aussieht wie auf einem Schlachtfeld. Überall liegen schmutzige Klamotten, leere

Flaschen und Zigarettenstummel. Es riecht nach kaltem Rauch, Urin und faulen Eiern. Wenn ich daran denke, dass wir auf diesem Sofa, das jetzt versifft und zugemüllt in der Ecke steht, unseren ersten Joint geraucht haben, wird mir übel. Ich war sechzehn, Vicki fünfzehn. Ein Alter, in dem uns die ganze Welt offen zu stehen schien.

Seit ich nach Bremen gezogen bin, habe ich keine Drogen mehr angerührt, offenbar im Gegensatz zu Vicki. Das beweist nicht nur die benutzte Nadel, die unter dem Beistelltisch auf dem Boden liegt. Ich frage mich, was aus *mir* geworden wäre, hätte ich mich nicht aus dem Staub gemacht. Ohne David wäre wohl auch ich verloren gewesen. Er und sein Onkel haben mir dabei geholfen, ohne Drogen klarzukommen, sie boten mir ein Umfeld, in dem ich mich aufgefangen und geborgen fühlte.

Vicki drückt die Kippe in den übervollen Aschenbecher und räumt einen Flecken auf dem Sofa frei, damit ich mich setzen kann.

»Ich muss dich was fragen, Vicki.«

»Jetzt kommt's«, sagt sie trocken. Den Sprüchen nach ist sie immer noch dieselbe.

»Kennst du eine Candy?«

Sie schließt die Augen und spitzt den Mund. »Kann sein.«

»Kann sein? Heißt das ja?«

Sie schluckt und denkt nach. Auf einmal hellt sich ihr Gesicht auf, und sie wischt mit den Armen durch die Luft. »Ich kenn so viele Leute …« Dann legt sie beide Hände in den Schoß und zupft an den abgekauten Fingernägeln. »Ich kenne wirklich viele. Wir hatten so viel Spaß zusammen, Krissi. Du hättest nicht einfach gehen dürfen.«

»Ich weiß.« Warum schweift sie jetzt ab?

»Ich war dir zu langweilig.«

»Nein.«

»Doch. Das hast du gesagt. Du hast gesagt, Vicki, du langweilst mich.«

»Das hab ich bestimmt nicht so gemeint.«

Sie zuckt mit den Schultern und beißt sich auf die Lippen. Ich verspüre den Drang, sie in die Arme zu schließen, aber eine seltsame Scheu hält mich davor zurück. Es tut weh, zu sehen, wie schrecklich es ihr geht. Noch dazu, weil sie vielleicht recht hat. Wahrscheinlich habe ich das mal zu ihr gesagt. Ich war es irgendwann leid, immer in dieselben Clubs zu rennen und mit Leuten abzuhängen, die nur so taten, als würden sie bis ans Äußerste gehen. Ihnen reichte es, im Rausch bunten Bildern hinterherzujagen, aber ich wollte mehr. Ich wollte zu denen gehören, die wirklich vor nichts zurückschreckten, denn nur dort fand ich die Anerkennung, nach der ich mich sehnte. Die bekam ich von denen, die Angst und Respekt vor mir hatten. Ich brauchte diesen Kick und das Gefühl, gesehen zu werden.

»Warum bist du wieder hier?«, fragt sie mich.

»Weil ich wissen muss, wer sie ist.«

»Wer?«

»Candy.«

»Hm.« Sie blinzelt, während sie unablässig an ihren Fingern zupft. Irgendetwas ist mit ihr los! Sie wirkt nervös, als hätte sie vor etwas Angst.

Ich neige den Kopf, um ihr ins Gesicht zu sehen. »Sie weiß, wer du bist, Vicki.«

Jetzt hebt sie den Blick, stiert aber nur geradeaus und sagt nichts. Wieder denkt sie nach. Irgendetwas weiß sie doch! Warum sagt sie es mir nicht?

»Wenn sie dich kennt, müsstest du sie auch kennen«, versuche ich es weiter.

Sie beugt sich zur Seite und sucht etwas unter den Kleidungsstücken, hebt eines nach dem anderen hoch. Dann steht sie auf und geht zum Wandschrank.

»Vicki?« Ich werde langsam ungeduldig.

»Ich brauch … Warte kurz«, sagt sie und kehrt mir wieder den Rücken zu.

Sie öffnet eine Schublade und kramt darin herum. Vielleicht will sie mir was zeigen. Ein paar Blätter und leere Packungen fallen heraus. Dann hört sie auf zu kramen. Ihre Arme zittern, als würde sie eine Anstrengung vollbringen. Oberhalb ihres rechten Knöchels bemerke ich eine offene Wunde, die aussieht wie geätzt, so als hätte jemand Säure auf die Haut gekippt. Es ploppt. Sie hebt die Hand und steckt sich etwas in den Mund, neigt den Kopf nach hinten, um zu schlucken. Anschließend setzt sie sich wieder neben mich, als wäre nichts geschehen. Ich kann mein Entsetzen kaum verbergen.

»Du musst mir sagen, wenn du sie kennst«, flehe ich. »Candy ist nur ihr Spitzname. Ich weiß nicht, wie sie wirklich heißt. Sie hat schulterlange braune Haare, ist etwa so alt wie wir und …«

»Du hast gesagt, ich langweile dich.«

Ich seufze. Warum lenkt sie ständig ab? »Ich weiß. Es tut mir leid. Es tut mir wirklich leid.«

Sie lächelt schwach, und ich bemerke erst jetzt, dass ihr ein Backenzahn fehlt. Dann greift sie nach einer Zigarettenschachtel und zündet sich die nächste an. Hastig saugt sie den Qualm in sich auf.

»Ich kenn sie nicht«, sagt sie flüsternd, während der Rauch aus ihrem Mund quillt.

Ich weiß nicht, ob ich ihr das glauben soll.

Sie starrt schweigend auf ihre Hände. Sie zittern.

»Hat dir jemand Angst gemacht?«, frage ich.

Sie schüttelt den Kopf, dann, Sekunden später, sieht sie mich an, als hätte ich nicht alle Tassen im Schrank.

»Mir macht keiner Angst«, sagt sie in altbekannter Vicki-Manier, die so gar nicht mehr zu ihrem übrigen Verhalten passen will.

Ich weiß einfach nicht, wie ich zu ihr durchdringen soll. Sie kommt mir so verändert vor.

»Erinnerst du dich an Luc?«, frage ich nach einer Minute des Schweigens. »Lukas Barke?«

Ihre Augen verengen sich zu Schlitzen, als denke sie scharf nach. »Ist das nicht der, dem die Shisha-Lounge gehört?«

»Lima Lounge?«

»Ja. Schräger Laden. Ich weiß nicht, was du an dem fandest.«

»An dem Laden?«

»Nein, an diesem Luc.«

Ein kalter Schauer rast meinen Rücken hinab. »Wie meinst du das?«

»Du wolltest nur dort hin, weil er da war.«

»Waren wir ein Paar?«

»Wir? Nein.« Sie kichert über ihren Scherz.

»Witzig, Vicki. Ich meine Luc und ich.«

Sie zieht die Schultern hoch. »Keine Ahnung. Das musst *du* doch wissen.«

»Ich weiß es eben nicht mehr.«

»Ich auch nicht. Aber gefickt habt ihr auf jeden Fall.«

Ich starre sie an. Dann hatte Candy recht.

»Weißt du, wo ich an dem Abend war, bevor ich dich damals das letzte Mal angerufen habe?«

Sie öffnet den Mund und überlegt. »Nein.«

»Also warst du nicht dabei?«

»Du warst die ganze Zeit mit ihm zusammen. Ich war dir zu langweilig.«

»Kennst du die Leute, mit denen ich damals unterwegs war? In der Woche, bevor ich weggegangen bin?«

»Warum fragst du mich das alles? Das ist fünfzehn Jahre her. Wie soll ich das noch wissen?«

»Acht.«

»Was?«

»Es ist acht Jahre her.«

»Dann eben acht. Was macht das für einen Unterschied? Das Leben ist auch so beschissen genug. Ich bin schon froh, wenn ich weiß, wo ich was zu … Das Geld reicht halt nicht. Ich hab …« Sie nimmt einen Zug und bläst den Rauch fontänenartig aus. »Egal. Es ist egal.« Sie sieht mich an. Ihre Augen wirken so groß in dem mageren Gesicht. Sie tut mir leid, und ich würde ihr so gern helfen.

»Du kannst es schaffen, von dem Zeug wegzukommen«, sage ich, weil ich es einfach versuchen muss. »Du bist so stark.«

»Nein, bin ich nicht.«

»Du willst es nicht.«

»Ich sitze in der Hölle. Und manchmal gefällt es mir da wirklich gut. Das ist wahrscheinlich das Dumme an der ganzen Sache. Ich will damit aufhören, aber gleichzeitig weiß ich, dass es genau das ist, was ich brauche. Wenn ich high bin, schaltet sich mein Kopf aus, und ich bin so, wie ich ohne Drogen nie sein könnte.«

Ich schaue sie wortlos an, empfinde noch mehr Mitleid und weiß nicht, wie ich ihr helfen soll.

»Warum bist du überhaupt gegangen?«, fragt sie mich.

Ich schlucke den Kloß hinunter. »Weil etwas passiert ist, das mich wachgerüttelt hat. Ich hatte plötzlich Angst vor mir selbst und wollte nicht mehr der Mensch sein, der ich war.«

»Was ist passiert?«

»Ich kann mich nicht erinnern. Ich weiß nur, dass ich Blut an meinen Händen hatte und vor irgendwas davongelaufen bin.«

»Du hattest aber nichts mit diesem Mädchen zu tun, oder?«

»Du meinst Candy?«

Sie schüttelt den Kopf. »Ich meine die, nach der sie überall gesucht haben.«

»Wann?«

»Nachdem du damals fortgegangen bist.«

12

Vicki erinnert sich nicht an den Namen des vermissten Mädchens. Sie erinnert sich an kaum etwas oder will es mir nicht sagen. Als sie vorschlägt, zusammen einen Joint zu rauchen, so wie damals, weiß ich, dass es an der Zeit ist, zu gehen. Während ich sie zum Abschied umarme, spüre ich, dass sie auf ein Wiedersehen hofft. Sie wirkt froh darüber, dass ich wieder hier bin, und glaubt wahrscheinlich, dass ich jetzt für immer bleibe. Ich verspüre das dringende Bedürfnis, ihr zu helfen, aber im Moment habe ich selbst Probleme, die ich lösen muss.

Vor meinem Trip nach Hanau habe ich im Internet den Namen Lukas Barke gegoogelt, aber nichts gefunden, das mich weiterbrachte. Also muss ich Leute ausfindig machen, die ihn gekannt haben. Die beste Anlaufstelle dafür ist wohl diese Shisha-Bar.

Als ich vom Gehweg auf die Straße lenke, klingelt mein Handy. David ruft an.

»Kristina?«, höre ich seine aufgebrachte Stimme, nachdem ich endlich die Freisprechtaste gefunden habe.

»Ja?«

»Oh Gott, ich dachte schon …«

»Ich bin unterwegs.«

»Kommissar Schweigert hat mich angerufen. Er hat mir Fragen über dich gestellt.«

Oh nein, sie gehen jetzt allem nach, was ich gesagt habe. »Welche Fragen?«

»Ob es stimmt, dass ich dich damals mit nach Bremen genommen habe.«

»Was hast du gesagt?«

»Na, dass es stimmt.«

»Mehr nicht?«

»Dass du Stress mit deinen Eltern hattest. Mehr war da doch nicht, oder?«

»Nein.« Meine Haut zieht sich zusammen, als hätte mich jemand in eiskaltes Wasser getaucht, um mich für meine Lüge zu bestrafen. »Hast du gesagt, dass ich verletzt war?« Weiß die Polizei jetzt, dass ich Blut an meinen Händen hatte?

»Nein.«

Gott sei Dank.

»Warum fragst du das?«

Die Ampel vor mir hat auf Rot geschaltet. Ich bleibe stehen und schließe kurz die Augen. »Ich will nicht, dass sie Vermutungen anstellen, das ist alles. Offenbar geht Candys Plan auf. Sie verdächtigen mich.«

»Aber du warst es nicht, dann können sie dir nichts anhaben.«

»Das dachte ich auch, aber Candy hat alles so inszeniert, dass der Verdacht auf mich fällt.«

Und wenn ich Pech habe, entdecken sie auch noch ein Motiv, von dem ich noch nichts weiß. »Ich muss herausfinden, wer sie ist und warum sie das tut.«

Er atmet hörbar ein und wieder aus. »Denkst du wirklich, das ist eine gute Idee?«

»Willst du, dass sie mich verhaften?«

Ich wende den Blick zur Seite und erschrecke so heftig, dass mein Herz gleich zweimal hüpft. David sagt etwas, doch der Sinn seiner Worte geht an mir vorbei. Gebannt starre ich auf die Frau mit den schulterlangen braunen Haaren, die auf dem Fußgängerweg steht. Jetzt wendet sie den Kopf in meine Richtung, und unsere Blicke treffen sich. Candy.

Sie scheint nicht annähernd so überrascht zu sein wie ich. Gefasst schaut sie mir in die Augen, dann grinst sie, als empfinde sie es als willkommenen Zufall, dass wir uns begegnen. Nein, das ist kein Zufall. Sie ist mir nach Hanau gefolgt.

»Verdammt.«

»Was ist los?«

Jemand hinter mir hupt, die Ampel hat auf Grün geschaltet. »Sie ist hier.«

»Wer?«

»Candy.« Wieder hupt jemand. Ich lege den Gang ein, schaue noch mal kurz zu ihr und fahre notgedrungen weiter.

»Wo bist du?«

»In Hanau.«

»In Hanau? Was machst du in Hanau?«

Ich suche sie im Rückspiegel, blicke über die Schulter, aber ich kann sie nicht entdecken. Autos versperren mir die Sicht.

»Ich kann dir das jetzt nicht erklären«, sage ich.

»Ich mache mir Sorgen.«

»Ich weiß.«

»Gib mir wenigstens die Adresse, wo du wohnst, für den Fall, dass etwas ist.«

»Okay. Mach ich, versprochen.«

Ich lege auf und werfe noch einmal einen Blick über die Schulter. Die Ampel ist schon zu weit weg. Ich muss umkehren und sie zur Rede stellen.

Kurzerhand biege ich in die nächste Einfahrt und warte, bis sich der Verkehr gelichtet hat. Schnell wende ich, wechsle auf die andere Seite der Straße und fahre zurück. Aber als ich an der Ampel bin, ist sie schon weg.

13

Am Nachmittag suche ich im Internet nach Vermissten-meldungen. Insgesamt stoße ich auf vier Personen, die aus Hanau stammen und spurlos verschwunden sind. Zwei Kinder, ein Mann und eine Frau um die achtzig. Aber niemand von ihnen verschwand zu dem Zeitpunkt, als ich nach Bremen aufgebrochen bin. Entweder Jahre früher oder Jahre später.

Gegen halb acht fahre ich in die Stadt, um mehr über Luc herauszubekommen. Der Nachmittag war überraschend schnell vergangen. Es hat angefangen zu regnen. Ununterbrochen prasselt das Wasser auf das Dach meines Wagens und perlt über die Windschutzscheibe. Bei dem Wetter sehen die Häuser trist und grau aus. Bis auf einige Läden, die inzwischen ihre Besitzer gewechselt haben, hat sich die Innenstadt kaum verändert. Alles ist so, wie ich es in Erinnerung habe. Auch das blau-violette Licht, das durch das Fenster der Shisha-Bar fällt und sich in der Pfütze spiegelt, ist mir vertraut. Über der Tür leuchtet in großen weißen Buchstaben die Aufschrift »Lima Lounge«. Ich bin früher öfter daran vorbeigefahren, weil die Straße direkt zum Mexx führt, einem Gebäudekomplex mit Diskos, Restaurants und einer Spielhalle, in der wir uns oft die Zeit vertrieben haben. Die Shisha-Bar hatte damals neu eröffnet, an mehreren

Straßenecken hingen Werbeplakate mit einem Happy-Hour-Angebot, und Studenten verteilten an Bushaltestellen Flyer, die aussahen wie kleine Wasserpfeifen.

Ich habe keinen blassen Schimmer, wie die Bar von innen aussieht. Es ist ein merkwürdiges Gefühl, wenn einem gesagt wird, dass man schon einmal drin war, aber es selbst nicht für möglich hält.

Ich stelle den Wagen neben dem Bürgersteig ab und laufe über die Straße. Es sind nur wenige Meter bis zum Eingang, trotzdem bin ich völlig durchnässt, als ich an der Bar ankomme und mich unter dem Dachvorsprung vor dem Regen in Sicherheit bringe. Während ich mir die Nässe aus den Haaren streiche, spricht mich ein Bettler an, der hier sein Quartier aufgeschlagen hat. »Hey, Weibchen, hast du mal ein paar Kröten für mich?«

Ich blicke ihn überrascht an. *Hey, Weibchen?*

Mit einem zahnlosen Lächeln schaut er zu mir auf. »Ich kann mich auch mit einem ordentlichen Bums revanchieren.« Er reibt sich über den Schritt. »Mir scheint, du hast es nötig.«

»Nein danke«, sage ich und drücke die Tür auf. Wäre er mir anders gekommen, hätte ich ihm gern ein paar Euro in den Hut geworfen.

»Frigide Ziege!«, ruft er hinter mir her und trifft mich mit einem zum Glück leeren Pappbecher an der Schulter.

Schnell flüchte ich mich in die Bar, in der mir die süßlichen Dämpfe des Shisha-Tabaks entgegenwabern. Wie Nebel hängen sie im ganzen Raum. Die Popmusik ist laut, und die Bässe wummern sofort in meinem Magen. Ich lasse den Blick über die Grüppchen an den Loungetischen schweifen und versuche, im blauen Dunst einzelne Gesichter zu erkennen. Einige Leute mustern mich, während ich an ihren Tischen vorbeigehe. Ich habe plötzlich das beklemmende Gefühl, dass sie wissen, wer ich bin. Dabei sind sie viel zu jung. Anfang zwanzig, wenn überhaupt. Während ich vor acht Jahren um die Häuser zog, haben sie bestimmt noch mit Lego und Puppen gespielt.

Hinter der Theke steht ein Mann, der vielleicht ein bisschen älter ist als ich. Zwar kommt auch er mir ganz und gar nicht bekannt vor, trotzdem könnte es sein, dass er hier schon länger arbeitet.

Ich setze mich auf einen der Barhocker und schnappe mir die Getränkekarte. Er nimmt mich kurz wahr und wendet sich wieder seiner Arbeit zu. Keine Sekunde später schnellt sein Kopf erneut zu mir. Jetzt sieht er mich genauer an.

»Du bist die, nach der die Polizei gefragt hat«, stellt er fest und zieht eine Braue nach oben, als spekuliere er, ob das der Grund ist, weswegen ich hier bin.

Eine Sekunde lang fühle ich mich ertappt, doch dann rufe ich ihm über die Musik hinweg zu: »Die Polizei wollte wissen, ob ich noch Kontakt zu Luc hatte. Aber ich habe ihn seit Jahren nicht mehr gesehen.«

Wäre das Licht hier drin nicht so schummrig blau, würde er vermutlich bemerken, wie rot ich geworden bin. Ich kann nur hoffen, dass die Polizei nicht viel über mich preisgegeben hat. Denn allein zu behaupten, ich hätte Luc gekannt, fühlt sich seltsam an.

Er kneift ein Auge zu und zeigt mit dem Finger auf mich. »Ich erinnere mich an dich. Du warst das Mädchen mit den langen schwarzen Haaren, das mit dem Kaugummi so große Blasen hinbekam. Ich weiß noch, wie sehr du Luc damit beeindruckt hast.«

Ich muss schmunzeln. Es stimmt, darin war ich wirklich gut, auch wenn ich mir schwer vorstellen kann, dass man damit jemanden beeindrucken kann.

»Ich erinnere mich ja wirklich nicht an viele seiner Frauen, aber du bist mir im Gedächtnis geblieben. Willst du was trinken?«

»Eine Cola bitte.« Ich lege die Karte zurück.

»Kommt sofort.«

Während er den Tonkopf einer Wasserpfeife mit Tabak füllt und eine Alufolie drüberspannt, betrachte ich ihn genauer. Auf der Rückseite seines weißen T-Shirts ist ein großer Hirschkopf aufgedruckt. Die Jeans hängen locker auf seinen Hüften wie bei einem Teenager. Ich kann mich beim besten Willen nicht an ihn erinnern. Ich kann mich an nichts hier drin erinnern.

»Weißt du, weshalb Luc nach Bremen gefahren ist?«, frage ich und rechne jeden Moment damit, dass er »wegen dir« sagen wird.

»Das haben mich die Bullen auch gefragt.« Er bückt sich und holt eine kleine Flasche Cola aus dem Kühlfach. »Aber Luc war nur mein Chef. Privat hatte ich nichts mit ihm zu tun. Ich bekam nur was von ihm mit, wenn er in der Bar war.«

»Du kennst also keinen von den Leuten, mit denen er damals immer abgehangen ist?«

»Nicht wirklich. Wie gesagt, er war nur mein Chef.« Es ploppt, als er den Kronkorken aufstemmt. »Außer vielleicht Michelle. Die war auch mal mit ihm zusammen. Soweit ich weiß, waren sie danach noch Freunde. Sie ist 'ne ziemliche Plaudertasche, saß oft bei mir an der Bar. Ihr Bruder legte 'ne Zeit lang bei uns auf. Aber er war so unzuverlässig, dass Luc ihm nahegelegt hat, er solle erst die Schule fertig machen, bevor er 'ne Karriere als DJ anstrebt. Manchmal konnte Luc echt diplomatisch sein.« Er nimmt ein Glas aus dem Regal, stellt es mir hin und schenkt die Cola ein. »Ich weiß echt nicht, wie es ohne Luc hier weitergehen soll.«

»Wie heißt sie mit Nachnamen?«

»Wer?«

»Die Schwester vom DJ. Wie ist ihr Nachname?«

»Ach so. Michelle Wegener.«

»Wohnt sie in der Nähe?«

Er nickt. »Es ist schon 'n paar Wochen her, seit ich sie das letzte Mal gesehen habe. Sie arbeitet im Getränkemarkt vorn an der Ecke.«

Während er mit einer Zange drei glühende Kohlewürfel auf die Wasserpfeife hebt, sehe ich mich in der Bar um. Gerade als ich nach meiner Cola greifen will, geht ein Ruck durch meinen Körper wie ein fester Stoß. Candy ist da. Ganz allein sitzt sie in einer Nische neben dem Eingang. Die Beine übereinandergeschlagen, schaut sie sich in der Bar um.

Bevor ihr Blick bei mir ankommt, drehe ich mich um. Verdammte Scheiße, sie ist mir gefolgt. Was verspricht sie sich davon?

Ich lehne mich ein Stück weit über den Tresen, damit ich nicht so schreien muss und Candy mich auf keinen Fall hört. »Dort hinten am Eingang sitzt eine Frau. Weißt du, wer sie ist?«

Er reckt den Hals und schaut an mir vorbei. Ich hoffe, dass sein Blick nicht zu offensichtlich ist, denn bestimmt behält sie uns die meiste Zeit im Auge.

Er verzieht den Mund und schüttelt den Kopf. »Ehrlich gesagt kenne ich kaum einen Gast persönlich. Luc war derjenige, der mit allen ein Gespräch anfing. Er war der geborene Unterhalter. Ich würde sogar wetten, es gibt kaum eine Frau hier, mit der er noch nichts am Laufen hatte.«

Inklusive mir anscheinend.

Er nimmt die Wasserpfeife, lächelt mir kurz zu und bringt sie zu einem der besetzten Tische. Ich glaube förmlich, zu spüren, wie sich Candys Blick in meinen Rücken bohrt.

Jetzt oder nie, denke ich, trinke die Cola in einem Zug leer und gehe zu ihr.

14

Sie legt den Kopf schräg und lächelt mich an. Ganz offensichtlich hat sie damit gerechnet, dass ich sie entdecke. Ich setze mich ihr gegenüber und schiebe die leeren Gläser beiseite, die noch von den vorherigen Gästen dort stehen.

»Was willst du hier?«, frage ich ohne Umschweife und lasse sie nicht aus den Augen.

»Wie meinst du das?« Ihre Brauen zucken scheinheilig nach oben.

»Du verfolgst mich!«

Sie lacht. »Ich hatte Lust auf Shisha.«

»Ja klar.«

Sie zieht scharf die Luft ein. »Sind wir heute schlecht gelaunt?«

Am liebsten würde ich eines der Gläser packen und es ihr ins aufgesetzte Unschuldsgesicht schleudern. »Du hast die Polizei auf mich gehetzt.«

»Weil du eine Mörderin bist.«

»Das ist nicht wahr! Ich werde der Polizei alles erzählen. Sie werden herausfinden, wer du bist und dann …«

»Ja, was dann? Damit schneidest du dir ins eigene Fleisch.«

Der Mann von der Bar steuert auf uns zu. Mit gehobenen Brauen sieht er mich an. Ich versuche zu lächeln, was nicht wirklich gelingt.

»Alles gut?«, fragt er, sammelt die leeren Gläser ein und wischt mit dem Lappen über den Tisch.

»Alles gut«, sage ich und entlade meine Wut, indem ich Candy einen bösen Blick zuwerfe.

Sie lehnt sich zurück und pickt eine nicht sichtbare Fussel von ihrer schwarzen Bluse, als wäre sie sich keiner Schuld bewusst. Nein, sie *ist* sich keiner Schuld bewusst.

»Darf's noch was zu trinken sein?« Er sammelt die Getränkekarten ein und steckt sie in den Aufsteller.

»Such dir was aus. Ich lade dich ein«, sagt Candy gönnerhaft, als hätte sie gerade beschlossen, ein netter Mensch zu sein.

»Einen Cider bitte«, sage ich zum Barmann. »Und die Rechnung geht an mich.« Ich habe es nicht nötig, dass sie mich einlädt.

Er kratzt sich verlegen am Ohr. »Natürlich. Kommt sofort.«

Ich warte, bis er wieder weg ist, dann lehne ich mich vor und suche ihren Blick. »Du hattest was mit Luc, stimmt's?«

Sie applaudiert. »Bingo! So viel Scharfsinn hätte ich dir gar nicht zugetraut.«

Ich lächle affektiert. »Wann warst du mit ihm zusammen?«

Einen Moment lang hält sie meinem Blick stand. »Vor acht Jahren. Ende August.«

Zur gleichen Zeit wie ich!

Sie streicht mit dem Zeigefinger die Tischkante entlang. »Er machte sich nicht viel aus Treue. Er wusste genau, wie er mit Frauen umzugehen hat, damit sie sich auf ihn einließen. Nachdem ich ihm eindrucksvoll bewiesen habe, wie sehr ich ihn wollte, sind wir auf seinem Motorrad nach Bad Homburg gefahren, dort hat er mir beteuert, dass er nie wieder ohne mich sein will.« Sie schnaubt mit einem bitteren Lächeln. »Er war ein Arsch. Wahrscheinlich hat er das all seinen Frauen erzählt.« Jetzt sieht sie mir direkt in die Augen, als wolle sie herausfinden, ob auch ich sein Gelöbnis zu hören bekam. Nachdem sie vergeblich auf meine Antwort wartet, sagt sie: »Er hat den Tod verdient.«

Sie wirkt nachdenklich. Trotz ihrer durchtriebenen Art glaube ich, etwas Verletzliches in ihr zu sehen. Irgendjemand scheint ihr sehr wehgetan zu haben. Ob ich diejenige war?

Der Barmann bringt meinen Cider. Ich bedanke mich, dann geht er wieder.

»Du hättest dich nie auf ihn einlassen dürfen, Kristina.«

»Worum geht es dir? Nur um Rache?«

Sie lächelt und schweigt. Auch eine Antwort.

»Woher kennen wir uns?«

»Du erinnerst dich anscheinend wirklich nicht.« Sie sieht mich prüfend an, dann fährt sie fort. »Luc hat uns zusammengebracht. Wir haben uns damals wirklich gut verstanden. Kaum vorstellbar, ich weiß.«

»Du warst es, die mich in Bremen gefunden hat, stimmt's?«

»Ich musste nicht lange suchen.«

»Woher weißt du, wo ich arbeite?«

»Ich weiß sehr vieles über dich.«

»Was? Was weißt du über mich?« Ich umfasse das kalte Glas, trinke einen Schluck.

Sie seufzt übertrieben. »Womit soll ich anfangen ... Lass mich überlegen. Vielleicht mit einem Geheimnis?«

Ich erwidere nichts, sondern warte, bis sie fortfährt.

»Du hast Julian Nolte ins Lenkrad gegriffen«, sagt sie mit rauem Unterton. »Deinetwegen ist er gegen den Baum gekracht.«

Ich starre ihr ins Gesicht und halte den Atem an, denke zurück an den Moment, als Julians Wagen ins Schleudern geriet. Das Erlebnis werde ich wohl nie vergessen. Es war an einem Freitag im Januar, zwei Tage nach meinem sechzehnten Geburtstag. Wir waren seit einem halben Jahr zusammen, und er hatte erst seit ein paar Wochen seinen Führerschein. Wir befanden uns auf dem Heimweg von einer Party. Es war dunkel und es schneite, man konnte kaum etwas erkennen. Die Umgebung bestand nur aus weißen Flocken. Ich war sturzbetrunken, hatte das Radio aufgedreht und mitgegrölt. Julian wollte, dass ich aufhöre, und stellte es wieder leiser. Ich drehte es erst recht wieder auf, johlte noch lauter und animierte ihn, mitzusingen. Dann schlug ich vor, irgendwo zu stoppen, um ein bisschen Spaß zu haben. Aber er war nüchtern und wollte nur nach Hause. Ich sagte, er solle sich doch mal was trauen. Draußen herrschte dichtes Schneegestöber. In meinem Rausch konnte ich nicht einschätzen, was sich abseits der Straße befand. Ich war der Meinung, dort sei genügend Platz, um anzuhalten, also griff ich in einem unüberlegten Moment ins Lenkrad. Es ging alles so schnell. Wir drehten uns, es holperte und rumpelte. Dann, mit einem Schlag, war es still, totenstill.

Ich kam im Krankenwagen zu mir und war völlig neben der Spur. Keiner sagte mir, wo Julian war. Erst am nächsten Morgen, als ich in einem Patientenzimmer erwachte, mit einer leichten Gehirnerschütterung und ein paar blauen Flecken an den Beinen, erfuhr ich, dass man ihn mit dem Hubschrauber in die Unfallklinik gebracht hatte. Sein dritter Brustwirbel war gebrochen. Querschnittsgelähmt. Für den Rest seines Lebens würde er die Beine nicht mehr bewegen können. Ich war so erschüttert, dass ich viele Tage lang kaum etwas essen konnte.

Julian und ich sprachen nie über den Unfall. Mehrmals habe ich den Versuch unternommen, aber er wollte nichts davon wissen. Er liebte mich weiterhin wie kein anderer auf der Welt. Aber ich konnte nicht damit umgehen. Ich hasste mich für das, was ich in meinem Rausch getan hatte. Seine Liebe glaubte ich nicht verdient zu haben. Es gelang mir nicht mehr, ihm in die Augen zu sehen, weil ich wusste, dass ich an seinem Unglück schuld war. Ich war erst sechzehn und fühlte mich diesem Gefühlschaos und der Verantwortung, ihm für immer beistehen zu müssen, nicht gewachsen. Also machte ich nach einem halben Jahr Schluss. Einen Monat später nahm er sich das Leben. Seitdem vergeht kaum ein Tag, an dem ich nicht denke, dass er vielleicht noch leben würde, wäre ich bei ihm geblieben.

Aber woher weiß Candy davon? Ich bin die Einzige, die das weiß. Ich behielt das Geheimnis stets für mich, weil ich niemanden hatte, dem ich mich anvertrauen konnte.

Nein, das stimmt nicht.

Vicki weiß es. Ich habe ihr davon erzählt, als wir eines Nachts auf dem Friedhof übernachtet und uns gegenseitig die schlimmsten Sünden gestanden haben. Wir hatten vereinbart, dass es unter uns bleibt.

»Du weißt es von Vicki, stimmt's?«

Sie grinst nur.

»Wann warst du das letzte Mal bei ihr?«, frage ich, während ich daran denke, wie sie an der Ampel stand, nur wenige Meter von Vickis Wohnung entfernt.

Candy sieht mich lauernd an, als habe sie vor, meine Reaktion auszukosten. »Heute.«

Aber warum ... »Vicki sagt, sie kennt dich nicht.«

Sie schnaubt belustigt. »Natürlich kennt sie mich. Wir waren gut befreundet. Damals.«

Ich blicke sie entsetzt an. Mir wird mit einem Schlag ganz schwindlig. Also hat mich Vicki doch belogen. »Was wolltest du bei ihr?«

»Nur reden.«

»Worüber?«

Sie zuckt die Schultern, als wäre das Gespräch mit Vicki nicht der Rede wert.

Mir wird ganz heiß. »Sie hat von einem Mädchen gesprochen, das verschwunden ist. Du weißt, wer das Mädchen ist, oder?«

Ich starre auf Candy, betrachte ihren Mund, der sich bewegt, aber ich vernehme keinen Ton. Es ist, als verschwimme sie vor meinen Augen, als ziehe es mich in Sekundenschnelle ganz weit fort.

15

Ich blinzle, schrecke auf. Wo bin ich? Ein Schauder erfasst mich. Ich sitze in meinem Auto. Eben war ich noch in der Bar. Mit Candy. Ich blicke nach links und sehe den leuchtenden Schriftzug der Lima Lounge. Der Bettler steht auf der Straße und grinst mir ins Gesicht. Ein hektisches Klopfen erschreckt mich. Eine Frau trommelt mit den Fingerknöcheln gegen meine Scheibe. Sie wirkt zornig.

Was passiert hier? Warum fühle ich mich wie benebelt? Ich taste meine Hose ab und suche meinen Schlüssel, stelle fest, dass er im Schloss steckt. Ich kann mich nicht erinnern, dass ich zum Auto gegangen bin. Plötzlich dämmert mir. Candy muss mir K.-o.-Tropfen ins Glas gegeben haben. Deshalb fühle ich mich auch so komisch. Wahrscheinlich war das der Grund, warum sie wollte, dass ich etwas trinke. Darum hat sie die ganze Zeit so selbstgefällig gegrinst.

Die Frau an meiner Autotür fängt wieder an zu klopfen. Ich lasse die Scheibe herunter.

»Der Mann hat gesagt, Sie haben mein Auto zerkratzt.« Sie spricht so schnell und schrill, dass ich das Gefühl habe, eine Dampflok überrollt mich. Ihr Auto zerkratzt? Warum sollte ich das tun? Ich blicke zu dem Bettler, der immer noch grinst.

»Ich möchte eine Erklärung«, fordert sie.

Wie soll ich etwas erklären, was ich nicht getan habe? Ich steige aus. Ihr Wagen, ein roter Opel Corsa, steht direkt hinter meinem. Sie deutet auf die Tür.

»Schuldig«, lese ich lautlos, darunter ein krakeliger Pfeil, der auf mein Auto zeigt.

»Das war ich nicht.« Aber ich kann mir denken, wer das war.

»Der Mann hat Sie aber gesehen.«

Ich blicke erneut zu dem Bettler, der jetzt wieder auf seiner Pappe sitzt und dreckig feixend an einem Geldschein schnüffelt.

»Wie viel hat sie dir gezahlt?«, fauche ich und mache einen Schritt auf ihn zu.

Er stopft das Geld in seine Hosentasche, wahrscheinlich aus Angst, dass ich es ihm aus der Hand reiße.

Wieder dringt die aufgebrachte Stimme der Frau an meine Ohren. »Sie zahlen mir das, das wissen Sie.«

Ich drehe mich zu ihr. »Ich war das nicht!«

»Natürlich war sie's! Ich hab's doch gesehen!«, ruft der Penner. Ich kann die Genugtuung förmlich in seinen Augen funkeln sehen. Er will es mir heimzahlen, weil ich ihn abgewiesen habe.

»Du verdammter Lügner!« Heiße Wut kocht in mir hoch. Entschlossen überquere ich die Straße. Er soll endlich die Wahrheit sagen. Als ich mich vor ihm aufbaue, vergeht ihm das Grinsen, und er hält sich schützend den Arm vors Gesicht.

»Also das ist doch wohl der Gipfel der Unverschämtheit«, wettert die Frau. »Ich rufe jetzt die Polizei.«

Ich fahre herum. »Nein, lassen Sie das. Ich war das nicht.«

»Das ist mir jetzt egal. Ich glaube diesem armen Mann jedenfalls mehr als Ihnen.«

Sie öffnet ihre Tasche, kramt darin herum und holt ein Notizbuch hervor. Dann schreibt sie meine Autonummer auf.

Verdammt. Das, was ich jetzt am wenigsten brauchen kann, ist eine Anzeige bei der Polizei. Und das weiß auch Candy ganz genau.

»Bitte«, lenke ich ein. »Lassen Sie mich das erklären.«

»Sie haben mutwillig meine Autotür zerkratzt. Dafür zeige ich Sie an.« Sie tippt entschlossen eine Nummer ins Handy und hält es sich ans Ohr.

»Bitte, legen Sie wieder auf. Schicken Sie mir die Rechnung, und ich bezahle den Schaden.«

Die Frau verdreht die Augen, steckt ihr Handy wieder in die Tasche und wartet darauf, dass ich ihr meine Adresse diktiere. Sicherheitshalber fotografiert sie noch meinen Ausweis und will wissen, wo sie mich in Hanau erreichen kann. Dann steigt sie mit den Worten »Sie hören von mir« in ihren beschrifteten Corsa und fährt davon.

Während ich zu meinem Wagen stapfe, ruft mir der Bettler hinterher: »Das Angebot mit dem Bums steht trotzdem noch.«

Ich steige in mein Auto, ziehe die Tür zu und tue etwas, das ich schon sehr lange nicht mehr gemacht habe. Ich zeige diesem verlogenen Mistkerl den Stinkefinger.

So, und jetzt finde ich heraus, wie Candy wirklich heißt.

16

Es ist halb elf in der Nacht, als ich mit ordentlich Wut im Bauch vor Vickis Wohnhaus stehe und auf die Klingel drücke, bis mir einfällt, dass sie nicht funktioniert. Ich rüttle an der Eingangstür, doch sie ist verschlossen. Seufzend trete ich einen Schritt zurück.

Ich muss da rein, verflixt. Und diesmal lasse ich nicht locker.

Hinter einem der Terrassenfenster brennt Licht. Ich steige über die Müllsäcke und hätte mich beinahe in einem Draht verheddert, der achtlos auf der Wiese liegen gelassen wurde. Ich schüttle ihn ab und stapfe durch das nasse Gras.

Auf der Terrasse angekommen, nähere ich mich der Scheibe mit den hellgrünen Gardinen. Durch den transparenten Stoff erfasse ich die gegenüberliegende Zimmertür und eine schwarze Wohnwand aus den Neunzigern mit einer Glasvitrine und unterschiedlich hohen Schränken. Im Fernseher flimmert ein Kaminfeuer. Hoffentlich ist das kein ungünstiger Moment.

Ich klopfe ans Fenster. Im Glas der Vitrine kann ich erkennen, dass jemand von der Couch aufsteht. Dann taucht eine dicke Frau in gepunktetem Pullover und schwarzer Leggins vor mir auf. Erschrocken weicht sie einen Schritt zurück, legt sich die Hand an den Mund und glotzt mich an.

Ich winke ihr lächelnd zu und deute zaghaft auf den Griff. Aber erst als ich die Hände bittend aneinanderlege, schiebt sie die Gardine beiseite und öffnet die Terrassentür.

»Tut mir leid, ich wollte Sie nicht erschrecken«, sage ich.

»Was machen Sie auf meiner Terrasse?«

»Die Klingel ist kaputt, ich habe gehofft, Sie können mich reinlassen. Ich bin eine Freundin von Vicki Lange.«

Sie taxiert mich mit hochgezogenen Brauen, als müsse sie erst einschätzen, ob mir zu trauen ist. Bestimmt hängt Vicki sonst mit ganz anderen Leuten ab, nicht mit jemandem, der weder nach Alkohol noch nach Zigarettenrauch oder faulen Eiern stinkt.

»Ich habe dem Hausmeister schon mehr als zwanzig Mal gesagt, dass er sie richten soll.« Sie tritt beiseite und stößt genervt den Atem aus. »Kommen Sie rein.«

In der Wohnung riecht es nach Räucherstäbchen, und ganz leise sind die Klänge einer Panflöte zu hören. Übereck steht eine weiße Ledercouch, und der Glastisch ist gepflastert mit Tarotkarten. Ich frage mich, ob man damit auch in die Vergangenheit blicken kann. Aber den Gedanken spreche ich nicht aus, glaube ich doch nicht an solchen Humbug. Im Moment kann mir einzig Vicki beim Blick in die Vergangenheit helfen.

Die Frau lotst mich durch ihre Wohnung, die überraschend sauber und aufgeräumt ist im Vergleich zum Rest des Hauses.

»Ich nehme an, Sie wissen, wo Sie hinmüssen?«, erkundigt sie sich, als wir im Hausflur ankommen.

»Ja. Ich danke Ihnen.«

»Schon gut. Das nächste Mal weiß ich ja, dass Sie es sind.« Sie winkt, schließt die Tür, und ich stehe im Dunkeln.

Ich taste mich an der Wand entlang und suche nach dem Lichtschalter, befürchtend, dass auch dieser nicht funktioniert. Ich finde die Taste und mit einem leisen Klacken ist es hell im Treppenhaus. Okay, Wahrsagen wäre definitiv kein Job für mich.

Während ich Stufe für Stufe erklimme, brüllt eine Frauenstimme eine ganze Tirade hinter den Wänden, dann kracht es, als hätte jemand eine Tür zugeworfen, die jetzt vermutlich kaputt ist. Irgendwo weint ein Kind. Die Wände scheinen dünn wie Papier zu sein.

Als ich bei Vickis Wohnung ankomme und der angelehnten Tür einen Stups gebe, stelle ich fest, dass kein Licht brennt.

»Vicki?«, rufe ich gedämpft.

Es bleibt still. Ob sie schon schläft?

Ich laufe über den Flur zum Wohnzimmer und werfe einen flüchtigen Blick hinein. Auch hier ist es ruhig und dunkel. Das Schlafzimmer liegt direkt gegenüber, die Tür steht offen. Ich mache im Flur das Licht an, damit der Schein ins Zimmer fällt. So wie ich Vicki kenne, wird sie mir irgendwann verzeihen, wenn ich sie aus dem Schlaf reiße.

Ich gehe hinein und sehe eine deutliche Wölbung im Bett. Kurzerhand schalte ich auch hier das Licht an, entdecke aber nur eine zusammengeschobene Decke, ein paar Kleiderhäufchen und Plastiktüten. Hier ist Vicki also auch nicht. Wahrscheinlich ist sie unterwegs oder bei einem ihrer Dealer.

Ich verlasse das Schlafzimmer und mache die Tür zum Bad auf, nur um einen kurzen Blick hineinzuwerfen.

Oh mein Gott. Jemand sitzt in der Wanne. Im Dunkeln.

Ich taumle zurück und fasse mir an die Brust, wo ich nur das harte Klopfen meines Herzens spüre. Ich wage es nicht, Licht anzuschalten, ich sehe es auch so. Der Schein, der vom Flur ins Bad fällt, reicht völlig aus, um zu begreifen, was hier los ist.

Sie ist es.

Vicki.

Reglos sitzt sie da. Das Wasser reicht ihr bis zur nackten Brust. Der linke Arm hängt über den Rand der Badewanne, ausgestreckt wie der einer Puppe. Obwohl ihr das nasse Haar ins Gesicht fällt, sehe ich ihre Augen. Sie sind offen. Sie starren. Wie bei einer Toten. Sie ist tot!

»Nein«, sage ich erst leise, dann laut. »Nein!«

Ich mache ein paar Schritte auf sie zu, denn plötzlich kommt mir der Gedanke, dass sie vielleicht doch noch lebt. Vielleicht ist sie nur in einem Rausch. Ich schüttle den Kopf, weil ich mir selbst nicht glaube. Ich fühle, dass sie nicht mehr lebt, ja, ich meine sogar, es riechen zu können. Diesen süßen, moschusartigen Geruch, der sich mit der Feuchte im Raum vermischt.

Im schwachen Licht, das vom Flur hereinfällt, kann ich eindeutig die Heroinspritze erkennen, die vor ihr im Wasser schwimmt.

Ein leises Knacken durchbricht plötzlich den Moment.

Ich fahre herum.

Da sind Schritte. Sie kommen vom Flur.

17

Es raschelt. Jemand ist auf eine der zusammengeknüllten Zeitungen gestiegen.

»Vik?«, höre ich eine fremde Stimme. »Bist du da?«

Ich überlege, mich hinter der Tür zu verstecken, der Drang, unsichtbar zu sein, ist plötzlich riesengroß. So, als hätte ich etwas Verbotenes gesehen, das ich nicht hätte sehen dürfen. Doch bevor ich mich auch nur einen Meter bewegen kann, steht er schon im Türrahmen. Stocksteif und ohne Regung. Ein schlanker Mann, jung, mit länglichem Gesicht, kleinen Knopfaugen und einem Ziegenbärtchen am Kinn.

Sein unsicherer Blick schweift zwischen Vicki und mir hin und her.

»Sie ist tot«, sage ich, was vermutlich völlig überflüssig ist. Denn das hat er vermutlich schon selbst bemerkt.

Zu meiner Überraschung schaltet er das Licht an, was ich nicht übers Herz gebracht habe, obwohl ich schon einige Tote gesehen habe. Auch jetzt fällt es mir schwer, hinzusehen. Es trifft mich über die Maßen, dass es Vicki ist. Nicht irgendjemand, sondern Vicki, meine beste Freundin. Die ich im Stich gelassen habe, die mir mal so viel bedeutet hat. Der *ich* so viel bedeutet habe.

Der junge Mann steht da und schaut sie einfach an. »Sie hat sich den goldenen Schuss verpasst«, sagt er eigenartig sachlich.

Ich nicke, obwohl mich ein ganz anderer Verdacht beschleicht. Am Boden liegen unachtsam hingeworfen eine Jeans und der Kapuzenpulli, den sie getragen hat, als ich mittags bei ihr war. Hinter meinen Schläfen pocht es, weil ich begreife, was das noch bedeuten könnte. Candy war auch bei ihr. Vielleicht sogar ein zweites Mal, während ich betäubt im Auto saß. Ob Vicki nicht mehr länger schweigen wollte? Vielleicht hat Candy sie ertränkt, und es nur so aussehen lassen, als ob …

»Wer bist du?«, fragt er mich.

»Eine Freundin.« Wenn man das überhaupt so sagen kann, nachdem ich nicht mehr für sie da war. »Ich hab sie eben gefunden. Ich bin eigentlich gekommen, um mit ihr zu reden.«

Irgendwie will das nicht in meinen Kopf, dass das fortan nicht mehr geht. Reden. Ich werde nie wieder mit ihr reden können. Ich werde sie nicht fragen können, was passiert ist.

Er nickt und zwirbelt nervös sein Bärtchen. »Wir müssen die Polizei rufen.«

»Ja.« Das müssen wir wohl.

Es dauert keine zehn Minuten, dann flackert das Blaulicht durch das Fenster in Vickis Küche. Als mir einfällt, dass die Klingel kaputt ist, geht Franko – so heißt Vickis Nachbar – nach unten, um der Polizei die Tür aufzumachen. Ich bleibe wie angewurzelt in der Wohnung zurück. Noch immer kann ich nicht glauben, dass Vicki tot ist. Ständig erwische ich mich bei dem Gedanken, dass sie jeden Moment durch die Badezimmertür kommt und mit ihrer schrillen Stimme »Ätsch, bätsch, reingefallen!« ruft. Aber so sehr ich mich auf jedes Geräusch konzentriere, das Einzige, was ich höre, sind Schritte auf der Treppe, die sich nähern.

Als Erstes kommt der Notarzt zur Tür herein und verschwindet nach kurzer Rückfrage mit einem von zwei Polizisten ins Bad. Nach kurzer Zeit kehren sie zurück und bestätigen, was wir schon wussten. Vicki ist tot. Der ältere Polizist vermutet eine Überdosis Heroin.

»Sind Sie sicher?«, frage ich.

»Dass sie tot ist?«, erwidert der Notarzt trocken. »Überzeugen Sie sich selbst.«

»Es tut uns aufrichtig leid«, ergänzt der jüngere Beamte mit mitleidigem Blick.

»Ich meine, ob Sie sicher sind, dass es eine Überdosis war.«

»Das muss anhand der Obduktion geklärt werden«, sagt der ältere Polizist. »Momentan deutet alles darauf hin.«

Er zückt einen Notizblock und fragt nach unseren Personalien – nur für den Fall. Ich frage nicht, welchen Fall er meint, aber mir ist nicht wohl dabei, ihm meinen Namen zu nennen. Der Gedanke, dass Candy ihre Finger im Spiel haben könnte, lässt mich einfach nicht los.

»Wer von Ihnen hat sie gefunden?«, fragt er und sieht uns abwechselnd an.

»Das war ich.«

»Wann war das?«

»Kurz bevor wir Sie angerufen haben. Vor etwa einer halben Stunde.«

»Welches Verhältnis hatten Sie zur Toten?«

»Wir waren befreundet.« Aus den Augenwinkeln bemerke ich, dass mich Franko mustert. Bestimmt wundert er sich darüber, dass er mich noch nie zuvor bei Vicki gesehen hat.

»Wie sind Sie denn ins Haus gekommen?«, fragt der Polizist weiter. »Die Klingel scheint ja nicht zu funktionieren.«

Auf diese Frage folgen noch ein Dutzend weitere. Irgendwie habe ich das Gefühl, in etwas hineingeraten zu sein, das mir zum Verhängnis werden kann. Denn wenn sich herausstellt, dass Vicki nicht an einer Überdosis starb, wird man bestimmt mich verdächtigen.

18

Nach einer halben Stunde findet die Befragung ein Ende, und wir dürfen gehen. Als ich in mein Apartment zurückkehre, lege ich mich sofort ins Bett. Ich will, dass der Tag vorbei ist.

Mach nicht so ein Drama, hätte Vicki jetzt gesagt, *bin doch nur ich.*

Du warst so viel mehr wert, als du dachtest, entgegne ich in Gedanken. Das hätte ich ihr sagen sollen, als sie noch am Leben war. Es gibt so vieles, was ich ihr noch hätte sagen sollen. Ich will das alles nicht glauben, muss ständig an früher denken. Sie war so aufgeweckt und unternehmungslustig, ihre Trinksprüche waren legendär. Die Drogen haben sie kaputtgemacht. Sie war nicht mehr dieselbe. Immerhin ist sie nicht mehr in der Hölle. Sie ist jetzt an einem Ort, wo es ihr besser geht. Diese Überzeugung mildert ein kleines bisschen meinen Schmerz und wiegt mich schließlich in den Schlaf.

Als ich aufwache, ist es dunkel. Ich taste nach dem Handy und schalte es ein. Erstaunt stelle ich fest: Es ist schon eine Stunde über Mittag! Mit dem Schein des Displays leuchte ich durchs Zimmer und bemerke, dass die Vorhänge geschlossen sind. Von einer Sekunde auf die nächste ziehen sich meine Eingeweide schmerzhaft zusammen. Ich schlage die Decke zur

Seite und stehe auf, taste mich durch die Schwärze zum Fenster vor und reiße mit einem Ruck den schweren Stoff zur Seite. Gleißendes Sonnenlicht flutet das Zimmer. Mein Blick fällt auf den aufgeklappten Reisekoffer, und ein kalter Schauder läuft mir über den Rücken. Jemand war hier, hat die Vorhänge zugezogen und meine Kleidung durchwühlt.

Ohne zu zögern drehe ich mich um und gehe in die Küche. An der Theke halte ich an. Eine Schublade steht offen. Das ist so unheimlich, dass sich die Härchen an meinen Armen aufstellen. Als hätte der Eindringling bewusst Spuren hinterlassen, um mir Angst zu machen.

Mein Blick fällt auf ein Blatt Papier mitten auf dem Esstisch. Es ist die Liste mit den Vermisstenfällen, die ich erstellt und gestern in den Mülleimer geworfen hatte, weil sie mich nicht weiterbrachte. Und jetzt liegt sie hier auf dem Tisch.

Ich stürze darauf zu und stelle fest, dass jede Zeile einzeln durchgestrichen ist. Erschrocken trete ich einen Schritt zurück, als wäre das Papier mit einem Fluch behaftet.

Sie war das. Eindeutig.

Ich packe das Papier, zerreiße es und werfe es ein zweites Mal weg. Es wird höchste Zeit, dass ich herausfinde, wer Candy wirklich ist und in welcher Beziehung ich damals zu ihr stand.

Entschlossen hole ich meinen Laptop und suche im Internet nach Michelle Wegeners Adresse. Wenn der Barmann recht hat und sie Luc schon länger kennt, kann sie mir vielleicht auch sagen, wer Candy ist.

Zwanzig Minuten später parke ich in Dörnigheim vor einem kleinen Reihenhaus mit rostroter Fassade, weißen Fensterrahmen und bunten Vorhängen. An der Tür hängt ein geflochtener Kranz, auf dem lilafarbene Schmetterlinge sitzen. Ich drücke die Klingel und warte.

Eine Frau mit gerade geschnittenem Pony, rundlichem Gesicht und einem Piercing an der Nasenscheidewand öffnet die Tür. Ihr Lächeln weicht einem Stirnrunzeln.

Ich trete einen Schritt zurück, um ihr nicht ganz so nah zu sein. »Es tut mir leid, wenn ich störe. Sind Sie Michelle Wegener?«

»Ja, und wer sind Sie?«

Es sieht nicht danach aus, als würde sie mich kennen.

»Ich bin Kristina Kersten. Ein Mitarbeiter aus der Lima Lounge hat mir Ihren Namen genannt. Er meinte, Sie können mir vielleicht weiterhelfen.«

»Markus?«

»Ja.« Ich habe keine Ahnung, ob er Markus heißt, aber vermutlich ist es besser, wenn sie glaubt, ich kenne ihn beim Namen.

»Worum geht es denn?«

»Er sagte, dass Sie mit Luc befreundet waren.«

Sie hebt das Kinn. »Das stimmt.«

»Ich bin auf der Suche nach einer seiner Ex-Freundinnen.«

»Oh.« Sie dreht sich ruckartig um. »Das Wasser kocht. Kommen Sie kurz herein, wir können in der Küche weiterreden.«

Während ich ihr durch den Flur folge, stelle ich fest, dass die Wohnung, was die Einrichtung betrifft, eine typisch weibliche Handschrift trägt. Ein Mann würde wohl kaum ein Kerzengesteck mit Lichterkette auf die Garderobe stellen und Sprüche wie »Träume nicht dein Leben, sondern lebe deinen Traum« an die Wand kleben.

Sie lotst mich an der Kellertreppe vorbei, von der ein lautes Hämmern nach oben dringt.

»Mein Mann versucht gerade, die Waschmaschine zu reparieren. Fragen Sie mich nicht, was genau er da macht.« Sie verdreht die Augen.

Ich schmunzle und werfe im Vorbeigehen einen Blick auf die Fotocollage an der Wand. Für einen kurzen Moment glaube ich, Luc darauf erkannt zu haben. Aber ich will nicht stehen bleiben und den Eindruck erwecken, dass ich neugierig bin.

Als wir den Wohnbereich mit offener Küche betreten, bittet sie mich, Platz zu nehmen. Ich ziehe einen der gepolsterten Stühle vom Esstisch und setze mich.

Michelle nimmt den Wasserkessel vom Herd, holt eine schwarze Jumbotasse mit einem großen gelben Smiley aus dem Küchenschrank und hängt einen Teebeutel hinein.

»Möchten Sie auch einen?«, fragt sie mich und gießt das heiße Wasser in die Tasse.

»Nein, vielen Dank.«

Sie stellt ihre Tasse auf den Esstisch. »Wer ist denn die Ex-Freundin, nach der Sie suchen?«

»Sie nennt sich Candy. Luc scheint sie immer so genannt zu haben.«

Sie verdreht die Augen. »Er hat sich manchmal echt bescheuerte Kosenamen ausgedacht. Mich nannte er Kitty. Schrecklich, oder?«

Ich lächle und muss gestehen, dass der Name in gewisser Weise zu ihr passt. Sie hat etwas Niedliches an sich. Die großen, dunklen Augen, die herzförmig geschwungene Oberlippe und diese mädchenhafte Frisur. Mal abgesehen von dem kleinen Kuhring an der Nase, ist sie eine wirklich hübsche Frau.

»Schlimm, was mit ihm passiert ist«, sagt sie und zupft am Faden des Teebeutels. Der Geruch von Pfefferminze dampft zu mir herüber.

Ich nicke. »Luc hat sich mit Candy getroffen, bevor er gestorben ist.«

»Candy. Hm. Auf Anhieb sagt mir der Name nichts.« Sie bläst in ihre Tasse.

»Wie lange kannten Sie Luc?«

»Zwei Jahre. Er hat mich auf einer Tattoomesse angesprochen, wo ich als Model gearbeitet habe.« Sie nippt am Tee und stellt ihn wieder ab. »Mir gingen seine Spielchen aber ziemlich schnell auf den Zeiger.«

»Seine Spielchen?«

»Er warf sich ständig an andere Frauen ran. Anscheinend ging ihm einer ab, wenn er mich eifersüchtig machte. Aber das war typisch für ihn, er dachte die meiste Zeit nur an sich selbst. Er konnte gut mit Frauen und hat genau gewusst, wie sie auf ihn reagierten. Aber sobald sie ihm sicher waren, ließ er sie links liegen. Ich habe mir das nicht gefallen lassen. Irgendwann wurde es mir zu bunt, und ich zahlte ihm alles heim, indem ich ihn mit Patrick betrog.« Sie kichert und hebt mit beiden Händen die Tasse ans Gesicht, pustet erneut hinein und inhaliert das Aroma. »Wir haben letztes Jahr auf Bali geheiratet, ganz spontan.« Sie zeigt mir ihren Ring. Gold und schmal, mit einem winzigen Stein.

Ich erwidere ihr glückseliges Lächeln und denke über Luc nach. Er schien das komplette Gegenteil von Julian gewesen zu sein. Gefährlich, egozentrisch, rücksichtslos. Andererseits war es genau das, was mich vermutlich an ihm reizte.

»Ja, so war Luc«, seufzt Michelle. »Anbrennen lassen hat der nichts. Deshalb hatte er auch Probleme mit seiner Familie. Die Bitch seines Vaters warf ihm vor, dass er den Ruf der Firma in den Dreck zog mit seinen Frauengeschichten. Wahrscheinlich hätte sie sich gewünscht, dass er seinen Schwanz mal in *ihr* Fötzchen steckt. Aber wer weiß, vielleicht ist bei den beiden sogar mal was gelaufen.«

Ich muss an Schweigerts Bemerkung denken, dass sich Lucs Vater eine jüngere Frau geangelt hat.

Michelle stellt die Tasse wieder ab und schaut mir ins Gesicht. »Und woher kennen Sie Luc?«

Ich brauche eine Sekunde, um meine Gedanken loszulassen. »Ich hatte angeblich auch was mit ihm …«

»Angeblich?« Sie runzelt die Stirn.

»Ich hatte vor acht Jahren einen Unfall, bei dem ich die Erinnerung verlor.«

»Vor acht Jahren?« Sie blickt mich erstaunt an. »Dann ist es also schon länger her, dass Sie *angeblich* mit Luc zusammen waren?«

»Ja. Fällt Ihnen vielleicht jemand ein, der Luc damals schon kannte?«

Sie beißt sich kurz auf die Lippe. »Patrick kannte ihn schon vor mir. Ich kann ihn fragen, ob ihm der Name Candy etwas sagt.«

»Das wäre wirklich nett.«

»Klar doch.«

Sie springt auf und geht zur Tür. Statt des Hämmerns höre ich jetzt die Geräusche eines Akkuschraubers. Ich warte, bis sie die Treppe hinuntergeht, dann stehe ich auf und folge ihr. Ich will mir die Fotos im Flur genauer ansehen.

Ich husche an der Treppe vorbei und bleibe vor den Bildern stehen, um mich zu vergewissern, dass Luc wirklich auf einem zu sehen ist. Ich schaue mir jedes einzelne genau an. Hauptsächlich sind es Urlaubsfotos: Michelle im Arm eines Mannes mit hoher Stirn und lichtem Haar – wahrscheinlich ihr Mann Patrick. Und Partybilder mit Mädels beim kollektiven Cocktailtrinken, und da … das ist er! Luc. In Lederklamotten und mit gegelten Haaren. Zusammen mit dem Mann vom Urlaubsfoto sitzt er vor einem Stapel Bretter auf einem zementierten Podest in irgendeiner heruntergekommenen Halle und hält eine Bierflasche in die Kamera. Ich betrachte sein Gesicht. Ein Gefühl von Übelkeit überkommt mich, aber ich weiß nicht, warum.

Ich bin so vertieft, dass ich gar nicht mitbekommen habe, dass das Bohrgeräusch verstummt ist. Michelles Stimme dringt zu mir nach oben. »Sag mal, Schatz, kennst du eine Candy?«

Dem dumpfen Poltern nach hat er den Akkuschrauber abgelegt. »Wieso? Ist sie etwa hier?«

Ich drücke mir die Hand auf den Mund. Er kennt sie!

19

Ich gehe eine Stufe nach unten und beuge mich über das Treppengeländer, um das Gespräch besser zu verstehen.

»Nein, Candy ist nicht hier«, höre ich Michelle. »Aber eine Frau, die nach ihr sucht.«

»Welche Frau denn?«

»Ich weiß ihren Namen nicht mehr. Kirsten, glaube ich. Sie hat ihre Erinnerung verloren. Vielleicht kannst du ihr weiterhelfen. Sie sucht verzweifelt nach dieser Candy.«

Ich wirke verzweifelt?

Schritte sind zu hören. Auf Zehenspitzen laufe ich in den Wohnbereich zurück und setze mich an den Tisch. Kurz darauf betritt Michelle mit ihrem Mann Patrick den Raum. Entsprechend den Fotos ist er ein Stück größer als sie und hat lichtes graues Haar, das wie ein Flaum die Kopfhaut bedeckt. Auf seinem T-Shirt steht in großen Buchstaben »Prachtkerl«. Okay, das muss ich erst mal auf mich wirken lassen.

»Hallo!«, sage ich und gebe ihm die Hand. »Ich bin Kristina.«

Er grüßt lächelnd zurück. Eine Zahnlücke zeigt sich.

»Kennen wir uns?«

Er betrachtet mich eingängig. »Gute Frage. Ihr Gesicht kommt mir vage bekannt vor.«

»Ich war angeblich vor mehreren Jahren mit Luc zusammen.«

Er neigt den Kopf. »Hatten Sie mal lange schwarze Haare?«

»Ja, sie reichten mir bis zur Hüfte.«

»Okay.« Er reibt sich verlegen das Kinn. »Tut mir echt leid, dass ich sie nicht genau einordnen kann. Luc hatte einfach zu viele Frauen. Da verlor man irgendwann den Überblick.«

»Kein Problem.«

»Michelle hat gesagt, ich kann Ihnen womöglich helfen.«

»Ich suche nach Candy. Sie ist auch eine Ex-Freundin von Luc.«

»Ich weiß, ich kenne Candy.« Er geht zum Kühlschrank, öffnet ihn und blickt hinein. »Kann es sein, dass wir kein Bier mehr haben?«

Michelle huscht zur Küchenzeile, öffnet eine Front und zieht eine Flasche aus dem Bierträger.

»Hier«, sagt sie und reicht sie ihm.

Er öffnet die Flasche mit einem gezielten Schlag an der Arbeitsplatte, sodass die Luft mit einem Zischen entweicht und etwas Schaum zu Boden tropft. Einen Moment lang frage ich mich, wie viele Kerben die Kante wohl schon hat.

»Wollen Sie auch eins?«, fragt er und hält mir die Flasche entgegen.

»Nein, danke.« Ich räuspere mich. »Wie heißt Candy mit richtigem Namen?«

Er trinkt einen Schluck und denkt nach. »Luc hat sie nur Candy genannt. Ich hatte zum Glück nicht viel mit ihr zu tun. Die beiden waren auch nicht lange zusammen.«

»Hat Luc Schluss gemacht?«

»Natürlich.«

»Und wieso?«

»Ich schätze wegen einer Neuen.«

»Sehen Sie Candy hin und wieder?«

»Seit Luc sie abserviert hat, hat sie sich nicht mehr blicken lassen.«

»Aber die beiden hatten noch Kontakt«, sage ich.

»Das bezweifle ich.«

»Candy war mit ihm in Bremen.«

Er sieht mich erstaunt an.

»Hat er die letzte Zeit nie von ihr gesprochen?«

»Mit mir nicht.« Patrick nimmt einen Schluck und stellt das Bier ab. »Wie wär's, wenn Sie uns sagen, worum es hier eigentlich geht. Sind Sie wegen Luc hier? Weil ihn so ein Wichser umgebracht hat?«

»Nein. Es ist nur … ich würde nur gerne wissen, wer Candy …«

»Vielleicht war *sie* es ja.«

»Was?«

»Vielleicht hat Candy Luc getötet.« Er sagt das so gefasst, dass sich auf meinen Armen Gänsehaut ausbreitet.

»Wieso denken Sie das?«

»Na ja, finden Sie nicht, dass sie allen Grund dazu hätte?«

»Weil er sie verlassen hat? Nach all den Jahren?«

Er hebt ahnungslos die Hände. »Wer weiß. Dieser Frau traue ich einiges zu. Warum suchen Sie nach ihr?«

»Ich habe noch eine Rechnung mit ihr offen«, sage ich, weil ich nicht weiter darauf eingehen will. »Fällt Ihnen jemand ein, der Candy besser kennt?«

»Vielleicht Sven Liebert«, sagt Michelle. »Er war Lucs bester Kumpel.« Sie wechselt den Blick zu Patrick. »Er weiß bestimmt, wer diese Candy ist, denkst du nicht auch?«

Patrick überlegt einen Augenblick. »Gut möglich.«

Michelle springt auf. »Ich suche seine Nummer raus.« Sie verschwindet im Flur.

»Woher kennen Sie Luc?«, frage ich Patrick, um die plötzliche Stille zu füllen.

»Wir haben zur gleichen Zeit eine Lehre zum Elektroniker angefangen. Er war gut in allem, was er tat. Wirklich schade, dass er nicht mehr da ist.« Patrick leert die Flasche mit zwei Schlucken.

Michelle kommt zurück, steuert auf ein Wandregal zu und durchwühlt einen Bastkorb nach dem anderen. »Das ist doch wieder typisch. Wenn man etwas sucht, findet man es nicht.« Sie dreht sich zu Patrick und seufzt genervt. »Weißt du, wo mein Terminplaner ist?«

»Vermutlich da, wo du ihn hingelegt hast, Schatz.«

Sie blickt umher und kratzt sich am Kopf. »Er muss doch irgendwo sein.«

»Vielleicht ist es besser, du suchst ihn in Ruhe und gibst Frau Kirsten dann Bescheid. Sonst stehen wir morgen noch da.« Er dreht sich zu mir. »Wo können wir Sie erreichen?«

»Kersten«, berichtige ich ihn. »Ich habe mich in einem privaten Gutshof am Staatspark eingemietet, gegenüber vom Bismarckturm. Ich bin aber nur für ein paar Tage in Hanau. Ich schreibe Ihnen meine Nummer auf, dann können Sie mich anrufen oder mir eine Nachricht schicken.«

20

Nachdem ich das Haus der Wegeners verlassen habe, setze ich mich ins Auto und suche im Internet selbst nach Sven Lieberts Nummer. Ich werde fündig. Seine Festnetznummer steht im Telefonbuch. Zumindest hoffe ich, dass es derselbe Sven Liebert ist.

Der Freiton erklingt. Ich sehe einem Radfahrer hinterher, der an meinem Auto vorbeifährt. Dann hebt jemand ab.

»Hallo? Bei Liebert hier«, lispelt eine Frau in gebrochenem Deutsch. Dem hellen Klang nach ist sie Asiatin.

»Hallo! Kann ich bitte mit Sven sprechen?«

»Der machen Safari. Er leider nicht erreichbar. Übermorgen oder überübermorgen wieder da. Ich nur füttern Bambi. Große Schlange.«

»Okay, können Sie ihm etwas ausrichten?«

»Ja, ja.«

»Dass er mich anruft, wenn er wieder da ist?«

Ich gebe ihr meine Nummer durch.

»Ich das machen. Aber können nicht versprechen, dass er ruft zurück.«

»Danke.«

»Schon gut.«

Sie legt auf.

Ich speichere seine Nummer im Handy und will es in zwei Tagen selbst noch mal versuchen. Als ich das Telefon weglege, klingelt es. Eine Hanauer Rufnummer steht im Display. Wahrscheinlich Michelle. Bestimmt hat sie ihren Terminplaner gefunden.

»Hallo?«, melde ich mich und sehe zum Haus, als könne ich sie durch die Wände beobachten.

»Guten Tag, äh, spreche ich mit Candy?«

Eine Sekunde lang halte ich das Handy schweigend ans Ohr. Ein Mann ist in der Leitung, dessen Stimme ich nicht kenne.

»Nein. Hier ist Kristina Kersten.«

»Oh, dann hat sie mir die falsche Nummer aufgeschrieben. Ich bitte um Verzeih…«

»Nein, warten Sie. Wer hat Ihnen die Nummer gegeben?«

»Eine Candy. Sie hat nicht gesagt, wen ich unter der Nummer erreiche, deshalb bin ich davon ausgegangen, es wäre ihre eigene.«

»Wer sind Sie?« Ich fühle, wie sich alles in mir zusammenzieht, denn ich glaube ganz und gar nicht, dass das ein Versehen war. Sie *wollte,* dass er mich anruft.

»Ich bin Christoph Kühne, Redakteur beim Hanauer Tagblatt. Kennen Sie Candy?«

»Ja. Sie ist eine Bekannte.«

»Sie war heute Vormittag hier und wollte, dass ich einen Bericht raussuche. Ich sollte unter dieser Nummer anrufen, wenn …«

»Welchen Bericht?«

»Wir hatten ihn letzte Woche abgedruckt …«

»Worum geht es darin?«

»Um die tote Frau, die vor zwei Wochen an der Kinzig gefunden wurde.«

Welche tote Frau?

»Können Sie mir den Bericht schicken?«

»Kein Problem. Wenn Sie mir Ihre E-Mail-Adresse geben.«

»Kristina.kersten@mail.de.«

Ich höre ihn tippen.

»Wer ist die Tote?«, frage ich. Vielleicht jemand, den ich kenne?

»Das weiß man noch nicht. Aber für heute Nachmittag wurde eine Pressekonferenz einberufen. Allem Anschein nach hat die Polizei neue Erkenntnisse gewonnen. Der Bericht erscheint dann morgen.«

»Okay.«

»Sie sollten Ihrer Bekannten Bescheid geben, dass sie sich die Zeitung kauft. Denn … sie ließ durchblicken, dass sie den Täter womöglich kennt.« Er betont den letzten Satz derart eindringlich, als erwarte er sich eine Erklärung von mir.

»Was hat sie denn gesagt?« Ich spüre, wie mir der Schweiß im Nacken hängt.

»Nicht viel. Sie hielt sich sehr bedeckt. Ich habe ihr gesagt, dass sie zur Polizei gehen soll, wenn sie den Täter kennt, woraufhin sie meinte, dass die Polizei den Mörder sicher bald allein finden wird. Was genau sie damit meinte, weiß ich nicht.«

»Hat sie ihren echten Namen genannt?«

»Nein, sie nannte sich nur Candy.« Eine Weile ist es still in der Leitung. Wahrscheinlich fragt er sich, weshalb ich das wissen will.

»Vielleicht sollten Sie mit ihr klären, warum sie mir Ihre Nummer dagelassen hat. Offenbar wollte sie, dass ich Sie über den Bericht in Kenntnis setze.«

Ganz sicher wollte sie das. »Ich werde sie fragen.«

Er räuspert sich. »Wissen Sie denn etwas über den Vorfall?« So vorsichtig, wie er die Frage formuliert, könnte man meinen, er vermutet, dass ich in die Sache verwickelt bin. Ob Candy doch noch mehr erzählt hat, als er mir verraten will?

»Nein. Ich habe keine Ahnung.«

Ich bemerke eine Bewegung aus dem Augenwinkel und sehe Patrick, der einen Müllsack durch die geöffnete Haustür trägt. Als er mich entdeckt, bleibt er stehen und winkt mir zu.

Ich winke zurück und deute lächelnd auf das Handy an meinem Ohr, damit er sich nicht wundert, warum ich immer noch vor ihrem Haus stehe.

»Bitte schicken Sie mir den Bericht«, sage ich. »Ich werde das klären.«

»Der ist schon unterwegs. Wenn Sie oder Ihre Bekannte Informationen zu dem Fall haben, melden Sie sich bitte. Ich schütze meine Informanten.«

»Danke.«

Wir verabschieden uns und ich lege auf. Patrick stopft gerade den Sack in die Mülltonne. Als er herübersieht, winke ich ihm ein letztes Mal zu und fahre los.

An einer großen Kreuzung biege ich Richtung Kesselstadt ab. Die Straße, über die ich damals geflüchtet bin, sah so ähnlich aus wie diese. Zu beiden Seiten dichter Wald. Aber es war nicht diese Straße, sondern die Landstraße von Niederrodenbach nach Hanau, und ich weiß bis heute nicht, was ich dort zu suchen hatte. Aber Candy weiß es offenbar.

Ich blicke aufs Handy, das neben meiner Jacke auf dem Beifahrersitz liegt. Es erscheint die Meldung, dass eine neue E-Mail eingetroffen ist. Von Christoph Kühne, Hanauer Tagblatt. Ich lenke in die nächste Schneise und bleibe im Schatten einer Tanne stehen. Öffne die Mail und lade den Anhang. Er hat mir den Bericht als PDF geschickt. Die Netzabdeckung ist so schlecht, dass es ewig dauert. Ich bin aufgeregt, alles in mir ist angespannt. Dann endlich zeigt sich der

Artikel. Ein Bild von einem abgesperrten Waldstück, darunter die Schlagzeile:

Wanderer findet menschliches Skelett an der Kinzig.

Ich fühle mich wie unter Strom, während ich lese.

Bei einem Waldspaziergang machte ein Vierzigjähriger die fürchterliche Entdeckung. Jahrelang verbarg sich ein lebloser Körper unter der Erde. Offenbar haben Wildtiere die Witterung aufgenommen und das Skelett teilweise ausgegraben. Die Tatortgruppe des Landeskriminalamtes Hessen war am Mittwochabend noch vor Ort und sicherte die Spuren. Erste Anzeichen sprechen von Tod durch Gewalteinwirkung. Den Obduktionsergebnissen nach starb die Frau vor acht Jahren und war zum Zeitpunkt des Todes erst achtzehn. Bislang ist unklar, wer sie war und warum sie sterben musste.

Ich lege das Handy auf den Beifahrersitz und spüre, wie sich ein flaues Gefühl in meiner Magengrube breitmacht. In meinem Kopf herrscht Panik. Jemand klopft an die Scheibe und ich zucke heftig zusammen. Ein Mann mit platt gedrückten Haaren und großer Nase steht an meinem Auto und gafft mich mit offen stehendem Mund an. Er gibt mir mit einer kurbelnden Bewegung zu verstehen, dass ich das Fenster herunterlassen soll.

Als ich nicht reagiere, deutet er zum Vorderreifen meines Wagens und sieht mich mit fragender Miene an. Ich öffne die Scheibe einen Spaltbreit.

»Haben Sie eine Panne?«, fragt er mich.

»Nein. Ich parke.«

»Sie verlieren Kühlflüssigkeit.« Wieder deutet er nach links unten.

Ich schnalle mich ab, beobachte, wie er vor der Motorhaube in die Hocke geht, und steige aus. Tatsächlich hat sich unterhalb des Scheinwerfers auf dem Asphalt eine Pfütze gebildet. Auch das noch.

»Woher kommt das?«, frage ich.

»Schwer zu sagen, ein Leck vermutlich.« Er steht wieder auf und stemmt die Hände in die Hüfte. »Sie sollten schleunigst in die Werkstatt.«

Ich nicke und starre wie paralysiert auf den schwarzen Fleck. Der Schreck von vorhin sitzt mir noch so tief in den Knochen, dass ich kaum mehr imstande bin, einen vernünftigen Gedanken zu fassen.

»Ein paar Kilometer von hier ist eine Autowerkstatt. Ich kann Ihnen den Weg erklären.«

Offenbar hat er mein Nummernschild gelesen und festgestellt, dass ich nicht aus Hanau bin.

»Nicht nötig, ich kenne mich hier aus. Vielen Dank«, sage ich und setze mich ins Auto. Meine Glieder fühlen sich an wie Gummi.

»Nichts zu danken. Aber Sie sollten das wirklich gleich machen lassen.«

»Werde ich, auf jeden Fall.« Ich schließe die Tür und drehe den Zündschlüssel. Immerhin springt der Motor noch an.

Der Mann geht zu seinem dunkelgrünen Kombi, der einige Meter vor mir parkt. Ich hebe noch mal dankend die Hand, als ich an ihm vorbeifahre, und lege sie dann zitternd auf dem Lenkrad ab.

21

In der Werkstatt empfängt mich ein weißbärtiger Mann um die sechzig, mit runder Körpermitte und leuchtend roten Wangen. Hätte er statt der blauen Latzhose einen roten Overall an, könnte er glatt als Weihnachtsmann durchgehen. So gemütlich, wie er aussieht, bewegt er sich auch. Am liebsten würde ich ihn anschieben, als er mit der einen Hand am Kinn und der anderen am Träger seines Latzes einmal komplett um meinen Wagen schleicht. Dann kratzt er sich am Kopf und brummt: »Da scheint was undicht zu sein.«

Ah ja. So weit war ich auch schon.

Er fordert einen jungen Mechaniker auf, das Malheur genauer zu inspizieren. Während ich am Tor stehen bleibe und warte, erblicke ich plötzlich ein vertrautes Gesicht, das erneut eine Welle des Unwohlseins durch meinen Körper jagt. Ben. Julians jüngerer Bruder. Er steigt aus einem dunkelblauen Van, den er unweit neben mir geparkt hat. Noch bevor ich so tun kann, als würde ich ihn nicht sehen, hat auch er mich bemerkt.

»Hallo, Ben!«, grüße ich ihn.

»Hi«, murmelt er. So knapp und undeutlich, dass ich ihn kaum verstehen kann.

Er wippt mit dem Fuß und blickt suchend umher. Offenbar wartet auch er auf einen der Mechaniker. Das dunkelbraune Haar hängt ihm über Ohren und Stirn, in dem kläglichen Versuch, das große Feuermal zu überdecken, das von Geburt an auf seiner Schläfe prangt. Im Vergleich zu früher wirkt sein Gesicht schmaler und kantiger.

Es fühlt sich merkwürdig an, ihn nach all den Jahren wiederzusehen. Seit sich sein Bruder wegen mir das Leben nahm, ist Ben mir aus dem Weg gegangen. Wir begegneten uns nur hin und wieder auf Festen, doch begrüßt haben wir uns nie. Er hielt mich für herzlos, weil ich Julian im Stich gelassen habe. Aber er weiß nicht, was mich dazu getrieben hat. Er weiß nicht, dass ich der Grund dafür war, dass Julian überhaupt im Rollstuhl saß.

»Wie geht's dir?«, frage ich und versuche, versöhnlich zu klingen.

»Bestens. Ich wusste gar nicht, dass du wieder hier bist.«

Es macht nicht den Anschein, als würde er sich darüber freuen.

»Ich habe ein Apartment angemietet, gegenüber vom Bismarckturm …«

»Ich dachte, du wärst für immer weg.«

Seine Worte versetzen mir einen Stich. Offenbar hegt er immer noch einen Groll gegen mich.

»Ja, es ist lange her. Ich weiß gar nicht mehr, wann wir uns das letzte Mal gesehen haben.«

»Bei dem Festival.«

»Stimmt«, sage ich, auch wenn mir im Moment nicht einfällt, welches Festival er meint.

Der blaue Weihnachtsmann kommt zu Ben und teilt ihm mit, wo er seinen Van abstellen soll.

»War schön, dich zu sehen«, sage ich, weil sein Blick mich noch mal streift. »Vielleicht sieht man sich mal wieder.«

»Wer weiß.«

Nachdem er weg ist, kommt der junge Mechaniker zu mir und klärt mich auf, dass ein Schlauch porös geworden ist. Er meint, so was kann passieren, wenn ein Auto in die Jahre kommt. Dabei ist mein Auto nicht älter als vier. Netterweise tauschen sie den Schlauch sofort aus, und ich kann nach einer Viertelstunde wieder losdüsen. Es beruhigt mich, dass niemand etwas in böser Absicht durchgeschnitten hat. Zumindest schloss der Mechaniker das aus.

Nachdem ich mir unterwegs an einem Imbiss eine Bockwurst gekauft habe, fahre ich zu meinem Apartment und stutze, als mir an der letzten Abbiegung ein cyanblauer Peugeot entgegenkommt. Es bleibt nur eine Zehntelsekunde, um den Fahrer zu erfassen, aber sie reicht, um David zu erkennen. Sein Blick war auf die Straße gerichtet, er hat mich nicht bemerkt. Was um Himmels willen macht er hier?

Ich biege in die Hofeinfahrt und stelle das Auto unter dem Fenster ab.

Als ich zur Tür gehe, um aufzuschließen, sehe ich Candy aus dem Augenwinkel. Sie lehnt am Schuppen neben dem Haus.

»Na endlich«, sagt sie, stößt sich von der Bretterwand ab und schaut auf ihre Armbanduhr. »Ich habe geschlagene zwei Stunden auf dich gewartet.«

Mein Handy klingelt. »Yellow Submarine«. Ich lasse es läuten. »Was willst du? Warum verfolgst du mich die ganze Zeit?«

»Möchtest du nicht ans Telefon gehen?«, entgegnet sie. »Es könnte wichtig sein.«

»Wichtiger als der Anruf von Christoph Kühne?« Ich klinge bissig, aber sie bleibt gelassen. Lediglich ein wissendes Lächeln umspielt ihre Mundwinkel.

»Er hat ihn dir also schon geschickt.«

»Du meinst den Bericht, den du extra für mich angefordert hast?«

»Nein. Den abgetrennten Finger.« Sie schaut mich bitter-
böse an. »Natürlich den Bericht.«

»Du findest das wohl alles ziemlich witzig.«

»Ganz und gar nicht.« Ihr Blick ist plötzlich so durchdrin-
gend, dass ich ihn im ganzen Körper spüre. »Sie ist tot. Und du
bist schuld. Hast du wirklich geglaubt, du kommst so davon?«

Ihr Vorwurf legt sich wie ein schwerer Stein auf meine
Brust.

»Ich weiß nicht einmal, wer sie ist!«

»Dann finde es doch heraus! Und dann sag mir, warum
ausgerechnet sie.«

Ich kann mir denken, weshalb Candy den Namen der Toten
nicht nennen will. Sie hat Angst, dass ich dann schneller herausfinde, wer sie ist. Dann wäre ihr fieses Rachespiel zu Ende.

Die Haustür des Vermieters öffnet sich. Er kommt heraus,
hebt grüßend die Hand und schenkt uns ein Lächeln.

Ich beiße die Zähne zusammen, grüße zurück und sperre
die Tür zum Apartment auf. »Wir reden drinnen weiter.«

Candy beobachtet ihn. Er zuckt mit den Brauen, als warte
er auf eine Reaktion von ihr, doch sie nickt ihm nur freundlich zu, dann huscht sie an mir vorbei nach drinnen. Schnell
schließe ich die Tür und gehe voraus in den Wohnbereich.

An der Theke angekommen, drehe ich mich um. »Ich
will wissen, was das alles soll! Warum gibst du einem Fremden
meine Nummer? Warum zerkratzt du ein Auto und bestichst
einen Bettler, damit er für dich lügt? Was zum Henker willst du
damit erreichen?«

»Ich will, dass du es endlich begreifst. Nenn es meinetwegen Gerechtigkeit.«

»Das ist krank!«

»Du hast sie auf dem Gewissen. Ich will nur, dass du dafür
geradestehst.«

»Wer sagt, dass ich es war?«

»*Ich* sage das.« Sie tritt zu mir an den Tresen. »Als du damals geflohen bist, hast du da nie über die Folgen nachgedacht? Wie glaubst du, wird dein liebster David reagieren, wenn er erfährt, dass du jemanden getötet hast? Denkst du, er wird noch was mit dir zu tun haben wollen? Maurice hat er auch fallen lassen, und du hast noch viel Schlimmeres getan als er.«

Sie meint es wirklich ernst. Sie ist sich absolut sicher, dass ich die Frau getötet habe. Und jetzt droht sie damit, mir alles zu nehmen, was mir lieb und teuer ist.

»Wenn du mich so hasst, warum bringst du mich dann nicht einfach um?«

Eine Weile sieht sie mich an, als denke sie ernsthaft darüber nach. »Vielleicht brauche ich dich ja noch.«

Doch nur, um mich fertigzumachen. »Warum hast du Vicki getötet?«

»Wie kommst du darauf, dass ich das war?«

»Du warst bei ihr. Ich habe dich gesehen, du hast es mir sogar gesagt. War sie dir nicht mehr von Nutzen?«

»Ach, Krissi, du solltest nicht so schlecht von mir denken. Lass uns lieber über David reden. Er ist so ein netter Kerl. Verlässlich, fürsorglich, sensibel. Er wäre der Richtige für mich. Warum eigentlich nicht? Ich sollte dafür sorgen, dass er sich in mich verliebt. Etwas, das du offenbar nicht schaffst.«

Ich spüre ein Brodeln in mir, das sich anfühlt, als würde mein Körper jeden Moment in tausend Teile zerspringen. Der Drang, ihr das Lächeln aus dem Gesicht zu kratzen, wird so groß, dass ich kurzerhand die Schublade öffne und nach dem größten Messer greife. Als die Klinge das Licht reflektiert, weicht sie einen Schritt zurück. Jetzt ist ihr triumphierendes Lächeln verschwunden. Erschrocken reißt sie die Augen auf.

»Du willst es noch mal tun?«, fragt sie mich hinterfotzig. »Du willst noch mal einen Menschen töten?«

Mein Puls klopft gegen das Metall, so fest packe ich zu. Ich will sie nicht töten, ich möchte nur, dass sie Angst bekommt. »Ich will, dass du aufhörst! Hör auf, dich in mein Leben einzumischen. Hör auf, zu behaupten, ich wäre eine Mörderin.«

»Ich sage nur die Wahrheit.« Sie macht einen Schritt auf mich zu.

Mit einem Ruck strecke ich die Hand vor, richte die Spitze direkt gegen sie. Mein Arm schlackert, ich kann nichts dagegen tun.

Mit eisernem Blick fixiert Candy die Klinge. Die Luft zwischen uns scheint jeden Moment zu explodieren. Von einer Sekunde auf die andere packt sie meine Hand und dreht sie um. Das Messer schneidet eine feine Linie in meinen Ärmel. Der Stoff färbt sich rot. Ich blute und bin so geschockt, dass mir das Messer aus der Hand rutscht. Laut klappernd schlägt es auf den Fliesen auf. Der Schmerz beißt sich wie ein Funke Glut in meinen Unterarm. Ich lege meine Hand an die Wunde und drücke zu.

Candy lacht. »Dachtest du wirklich, du könntest mir drohen?«

Ich spüre, wie die Wut zurückkommt, wie sie unaufhaltsam in mir wächst. Meine Verletzung spielt keine Rolle mehr, ich stürze mich auf Candy, ramme ihr die Faust in den Brustkorb und reiße sie zu Boden. Mit einer Hand zerre ich am Kragen ihrer Bluse, bis die Naht reißt, mit der anderen packe ich ihr Kinn. Sie tastet nach dem Messer. Es liegt zwischen uns und der Theke. Wir wechseln einen Blick, dann schüttelt sie mich ab, und wir kriechen gleichzeitig los.

Ich verpasse ihr einen Tritt, packe den Griff des Messers und gewinne Abstand, indem ich mich rückwärts von ihr wegschiebe. Meine Schulter rumpelt gegen den Küchentresen.

»Ich wusste, dass die alte Kristina noch immer in dir steckt«, zischt sie und funkelt mich böse an.

Ich ziehe mich am Tresen hoch. Im selben Moment hechtet Candy auf mich zu und packt meinen Knöchel. Ich will mich an der Kante festhalten, aber meine Hand rutscht ab. Ich verliere das Gleichgewicht, falle ungebremst nach hinten und knalle mit dem Kopf auf die Fliesen. Ein dumpfes »Tock«, ein greller Schmerz, und die Welt entgleitet mir in ein tiefes Schwarz.

22

Ich weiß nicht, wie lange ich bewusstlos war. Jedenfalls ist Candy nicht mehr da, als ich, immer noch am Boden liegend, erwache. Ich stütze mich auf die Hände, und sofort umnebelt mich ein pochender Schmerz. Am Hinterkopf ertaste ich eine Beule so hart wie ein Golfball. Mein Shirt ist an der Stelle, wo sie mich geschnitten hat, blutgetränkt, doch die Wunde ist nicht allzu tief. Trotzdem traue ich mich nicht, den angeklebten Stoff von der Haut zu ziehen.

Sie hätte mich töten können, hat es aber nicht getan. Und ich? Hätte ich den Mut aufgebracht, sie zu verletzen? Wenn es hart auf hart gekommen wäre? Die Vorstellung erschreckt mich. Sie erschreckt mich so sehr, dass mir auf der Stelle übel wird. Ich betrachte das Messer, das nur eine Armlänge von mir entfernt ist. Entschlossen hebe ich es auf, gehe zur Spüle und schrubbe mein Blut von der Schneide. Als das Messer wieder in der geschlossenen Schublade liegt, fühle ich mich besser. Ich bin keine Mörderin. *Ich bin keine Mörderin!*

Mein Handy läutet. David. Ein Blick auf die Uhr verrät mir, es ist etwa eine Stunde her, seit ich ihn im Auto gesehen habe.

Ich zögere eine Sekunde, dann nehme ich das Gespräch entgegen. »Hey.«

»Kristina, wo bist du? Ich hab mehrmals versucht, dich anzurufen.«

»Ich hatte mein Handy nicht bei mir. Was ist los?«

Ich gehe zum Kühlschrank und suche nach etwas, das ich auf die Beule legen kann, finde aber nur ein Glas Marmelade.

»Ich bin in Hanau.«

Kurz muss ich überlegen, was ich dazu sagen soll. »Wieso?«

»Wegen dir. Wir müssen reden.«

»Worüber?«

»Kannst du in die Stadt kommen? Ins Central-Café?«

»Ja, natürlich.«

»Wann wirst du hier sein?«

»In einer halben Stunde?«

»Okay. Bis dann.«

»David?«

Er hat aufgelegt. Ich lasse das Handy sinken. Worüber will er mit mir reden? Egal, was er mich fragen wird, ich werde auf keinen Fall die tote Frau erwähnen. Solange ich nicht weiß, was damals vorgefallen ist, bleibe ich bei meiner Version.

Ich stelle das Marmeladenglas zurück in den Kühlschrank, versorge die Wunde an meinem Arm und ziehe mir ein frisches Langarmshirt an, damit David den Verband nicht sieht. Dann mache ich mich auf den Weg in die Stadt.

Heute ist Streetfood-Markt. Unzählige Besucher drängeln sich durch die von Ständen gesäumten Gassen, in denen es nach Grillfleisch und frisch gebackenen Waffeln riecht. Das Central befindet sich direkt am Marktplatz, und ich befürchte, dass auch dort einiges los sein wird.

Als ein Mädchen mit Zuckerwatte an mir vorbeischlüpft, erblicke ich eine Frau mit schulterlangen braunen Haaren am

Eingang des Cafés. Sie ist gerade durch die Tür gekommen. Unsere Blicke treffen sich. Sie ist es. Candy.

Zwei Sekunden sehen wir uns an, dann läuft sie die Stufen hinunter und bahnt sich den Weg durch die Menge, als wolle sie mir um jeden Preis entkommen.

Ich muss ihr hinterher, jetzt sofort. Mit entschuldigenden Worten zwänge ich mich durch die Menschenmassen, bis ich zu der Stelle gelange, wo sie eben noch gestanden hat. Auf Zehenspitzen halte ich nach ihr Ausschau und erspähe sie ein paar Stände weiter. In meiner Hektik remple ich eine Frau an, die mir ein aufgebrachtes »Geht's noch?« hinterherruft.

Nach wenigen Metern, die ich kaum vorangekommen bin, weil alle Besucher in die entgegengesetzte Richtung zu laufen scheinen, dringt eine helle Stimme zu mir. »Hallo, Frau Kirsten.«

Obwohl mein Name nicht korrekt ist, fühle ich mich angesprochen. Ich schaue mich um. Es ist Michelle. Sie steht fast neben mir an einem Foodtruck, kramt in ihrer Tasche und sieht dabei immer wieder zu mir. »Gut, dass ich Sie hier treffe. Ich habe nämlich meinen Terminplaner gefunden, bin aber noch nicht dazugekommen, Sie anzurufen.«

Sie zieht ein magentafarbenes Büchlein aus den Tiefen ihrer Umhängetasche und wedelt damit in der Luft. »Ich schulde Ihnen ja noch Sven Lieberts Nummer.«

Liebend gern würde ich sagen, dass ich ihre Hilfe nicht mehr brauche, aber ich bin so überrumpelt, dass ich nicht mal ein vernünftiges Hallo herausbekomme. Als dann noch ihr Mann Patrick zu uns stößt, bin ich geneigt, zu fragen, ob er Candy gesehen hat, denn wie sehr ich mir auch den Hals nach ihr verrenke, ich kann sie nirgends mehr entdecken.

»Sven ist gar nicht da«, sagt Patrick, legt den Arm um Michelles Hüfte und küsst sie auf die Schläfe. »Ich habe gehört, dass er gerade auf Safari ist und erst am Freitagabend wiederkommt.«

»Ich habe seine Nummer schon«, sage ich, bevor Michelle den Stift ansetzt. »Tut mir leid, ich bin ein wenig in Eile. Meine Verabredung wartet. Trotzdem danke und einen schönen Tag noch.«

Ich drehe mich um und bahne mir den Weg zurück zum Café. Es ärgert mich, dass Candy mir entwischt ist. Hätte ich mich nicht von Michelle anquatschen lassen, hätte ich sie mit Sicherheit noch eingeholt. Ich seufze und gehe die Stufen zum Café hinauf. Nachdem ich David auf der überfüllten Terrasse nicht finden kann, suche ich ihn im Lokal, in dem mindestens genauso viele Leute sitzen wie draußen. Es ist warm und laut, und der Geruch von frischem Baguette vermischt sich mit dem Parfüm der Gäste. Ich entdecke David an einem einsamen Tisch neben einer Säule. In dem blauen Kapuzenpulli wirkt er verloren wie ein kleiner Junge.

Als auch er mich bemerkt, sinken seine Schultern erleichtert nach unten. Er steht auf, und wir begrüßen uns mit einer Umarmung.

»Sitzt hier jemand?«, frage ich und deute auf das halb volle Glas, das neben seinem auf dem Tisch steht.

Er schüttelt den Kopf. »Das stand schon da.«

Bei dem Trubel kommen die Kellner der Arbeit wohl nicht mehr hinterher. Ich lasse mich nieder und versuche, ruhig zu werden. Früher war ich nie in diesem Laden, obwohl es hier wirklich schön ist. Sehr modern, hell und freundlich. Die Wände sind teils mit Sandstein verklinkert und stylisch beleuchtet. Seit David und ich den Plan gefasst haben, den Pub umzugestalten, inspiziere ich sofort die Einrichtung, sobald ich ein fremdes Restaurant betrete. Momentan weiß ich aber nicht einmal, ob aus unseren Plänen überhaupt noch etwas wird.

»Ich hätte nicht gedacht, dass du extra herkommst«, sage ich.

»Ich habe mir Sorgen gemacht. Ich wollte dich sehen.«

Ich lächle. »Wie kommst du mit dem Haus voran?«

Unsere Unterhaltung fühlt sich gezwungen an, als wolle keiner von uns beiden das ansprechen, weswegen er wirklich in Hanau ist. Ob David das auch bemerkt? Bestimmt. Seinem zerknirschten Gesichtsausdruck zufolge liegt ihm zweifelsohne etwas auf dem Herzen.

»Der Makler meint, dass es reichen wird, um die Schulden geradeso zu decken.«

»Das klingt doch gut.«

»Ja.« Er trinkt den Rest seines Getränks und stellt das Glas ab. »Die Polizei hat gestern noch mal mit Adam gesprochen.«

Ein bitterer Geschmack legt sich auf meine Zunge. Der Damm ist gebrochen. Ich warte, bis er weiterredet.

»Er denkt, dass du es warst.«

»*Adam?*«

»Ja.«

Ich lehne mich zurück. Mir ist mit einem Mal ganz schlecht. Adam verdächtigt mich.

»Er sagt, du warst die Letzte, die den Pub verlassen hat. Er hat das Messer bei dir auf dem Tresen liegen sehen.«

»Weil ich damit gearbeitet habe! Soll ich die Zitronen mit der Hand zerteilen?«

»Er überlegt, zu kündigen.«

»Was? Wieso das?«

»Er sagt, seine Frau will nicht, dass er mit jemanden zusammenarbeitet, der …«

Er spricht den Satz nicht zu Ende, aber das muss er auch nicht, ich kenne Adams Frau. Menschen, die aus der Reihe tanzen, haben im Dunstkreis ihrer Familie nichts zu suchen. »Wie geht es dann mit dem Pub weiter?«

»Ich weiß es nicht.« Er starrt auf die Tischkante. »Kommissar Schweigert hat mir auch noch mal Fragen gestellt.«

»Welche Fragen?« Eigentlich will ich sie gar nicht hören. Das Letzte, was ich jetzt will, ist, Rechenschaft ablegen zu müssen.

»Er wollte wissen, was für ein Mensch du bist. Ob es Probleme mit anderen gab. Und ob du noch Kontakt zu Freunden von früher hast.« Er schaut mich an, als wolle er von mir die Antwort.

»Was hast du ihm gesagt?«

»Was werde ich ihm wohl gesagt haben?« Er schnaubt und lässt die Gegenfrage im Raum stehen, als gäbe es nichts, was man da noch erörtern müsste.

Ich darf jetzt nicht ins Zweifeln geraten. David ist auf meiner Seite. Noch ist er auf meiner Seite. »Du glaubst mir doch, oder?«

Er schiebt das Glas mit den Fingern hin und her. »Ich frage mich halt, was dieser Mann mit dir zu tun hat.«

»Welcher Mann?«

»Der, der erstochen wurde. Wer denn sonst?«

»Ich kenne ihn nicht«, sage ich und hoffe inständig, dass er mir glaubt.

»Kommissar Schweigert hat gesagt, du hast ihn gekannt.« David sieht mir in die Augen. Ich fühle mich wie festgenagelt.

»Ich kann mich nicht daran erinnern.«

»An was kannst du dich nicht erinnern?«

»An den Mann, verdammt!« Ich vergrabe mein Gesicht in den Händen und spüre, wie die Verzweiflung auf mich einstürzt. Ich halte das nicht länger aus.

»Hey«, sagt er sanft und greift tröstend nach meiner Hand.

Aber ich bin zu aufgewühlt und ziehe sie weg. »Warum mischst du dich da überhaupt ein?«

Jetzt nimmt auch er die Hand fort. »Die Polizei hat mich gefragt. Ich will doch nur mit dir darüber reden …«

»Ich will aber nicht darüber reden!« Mein harscher Tonfall lässt ihn verstummen.

Mir wächst einfach alles über den Kopf. Ich wünschte, ich könnte mich in Luft auflösen, damit das alles nicht auf mich hereinprasselt.

Er sieht mich erschrocken an, und ich bereue, dass ich ihn so angefahren habe. Was muss er nur von mir denken? Ein älteres Paar am Nebentisch sieht zu uns herüber und schüttelt missbilligend den Kopf.

»Es tut mir leid.« Ich merke, wie sich Tränen in meinen Augen sammeln. Es sind zu viele Gefühle, die mich gerade übermannen. »Ich will dich da nicht mit hineinziehen.«

»In was hineinziehen?«

»In alles. In alles, was gerade um mich herum geschieht.«

Und in alles, was du noch nicht über mich weißt.

Außerdem gibt es da noch die Angst, dass Candy ihre Ankündigung wahr macht und David für sich gewinnt.

»Du bist mir wichtig«, sage ich, weil ich möchte, dass er das weiß. Wieder könnte ich heulen.

Er legt seine Hand auf meine, streichelt sie. Ich erlaube mir, seine Nähe zu genießen, auch wenn ein kleiner Teil in mir denkt, dass ich sie nicht verdient habe, nach all den Lügen.

»Du bist mir auch wichtig. Es geht mir einfach nahe, dass die Polizei glaubt, du hättest was damit zu tun. Ich weiß, dass du niemals in der Lage wärst, jemanden zu töten.«

Seine Worte dringen in mich ein, höhlen mich aus wie ein Parasit. Denn was, wenn er sich irrt?

23

Ich habe David den Zweitschlüssel für mein Apartment gegeben und ihm das Sofa zum Schlafen überlassen, obwohl ich mir noch immer nicht im Klaren darüber bin, ob es klug ist, dass er in Hanau bleiben will. Einerseits fühle ich mich sicher in seiner Nähe, andererseits wäre es besser, wenn er nichts von alldem mitbekommt. Ich schaue auf mein Handy. Es ist kurz nach sieben in der Früh, der Kiosk müsste schon geöffnet haben.

Ich schlage die Bettdecke zur Seite, tappe möglichst lautlos durchs Zimmer und kleide mich an. Auf Zehenspitzen stehle ich mich in den Wohnbereich, schlüpfe in meine Schuhe und nehme die Jacke vom Haken.

Draußen bläst mir ein kalter Wind den Geruch von Laub und feuchter Erde ins Gesicht. Es ist noch dämmrig, der Himmel schmutzig weiß. Schnell ziehe ich mir die Jacke über und gehe zum Auto. Als ich mich hineinsetzen will, fällt mir ein Zettel auf, der unter dem Scheibenwischer klemmt. Sicher eine Nachricht vom Vermieter, der mich darauf hinweisen will, dass ich nächstes Mal nicht mehr vor dem Scheunentor parken soll.

Ich nehme das Stück Papier an mich, falte es auseinander und lese die maschinengeschriebenen Zeilen.

Schön, dass du wieder hier bist. Ich weiß, was du getan hast. Diesmal entkommst du nicht.

Eine Hitzewelle überrollt mich. Schnell hebe ich den Blick und sehe mich um. Außer mir ist da niemand.

Ich stecke den Zettel in meine Hosentasche, setze mich ins Auto und verriegle die Tür. Einen Moment lang starre ich einfach nur geradeaus und versuche zu begreifen, was das zu bedeuten hat. Wer war das?

Mein erster Gedanke gilt Candy, aber das ergäbe keinen Sinn. Jemand anderes muss mitbekommen haben, dass ich in Hanau bin. Vielleicht jemand, der mich gestern beim Streetfood-Markt gesehen hat.

Ich starte den Motor und lenke den Wagen auf die Straße. Unablässig schiele ich in den Rückspiegel, um zu prüfen, ob mir jemand folgt. Jedes Auto erscheint mir verdächtig. Am nächstgelegenen Kiosk halte ich an und nehme die zitternden Hände vom Lenkrad. Ich muss einen kühlen Kopf bewahren und darf mich von dieser Drohung nicht einschüchtern lassen.

Mit einem Blick in alle Richtungen überzeuge ich mich davon, dass niemand mich beobachtet. Ein Fußgänger überquert die Straße und schlendert an mir vorbei. Als er weg ist, steige ich aus und eile in den kleinen Laden.

Der Verkäufer blickt von einem Stapel Zigarrenschachteln auf und starrt mich mit weit aufgerissenen Augen an. Ich habe ihn erschreckt, als ich so hastig durch die Tür gestürmt bin.

»Guten Morgen«, sage ich mit einem entwaffnenden Lächeln, das sich aber eher wie eine Grimasse anfühlt.

Er erwidert meinen Gruß und räumt in aller Ruhe weiter die Zigarren in einen Glasschrank. Ich inhaliere den Geruch von druckfrischen Zeitungen und Büchern. Die friedliche Atmosphäre des Ladens fängt mich auf und gibt mir ein Gefühl von Sicherheit, das ich gut gebrauchen kann. Auf der Auslage vor der Kasse entdecke ich die Tageszeitung. Mir springt die Titelschlagzeile ins Auge, und mein Puls beschleunigt wieder.

Tote Frau identifiziert.

Ich greife nach der Zeitung, und die Frage schießt mir durch den Kopf, ob sich ein Mörder die Zeitung kaufen würde, wenn auf dem Titel über seine Tat berichtet wird – nur um zu sehen, ob die Polizei ihn im Verdacht hat. Ich verdränge den Gedanken.

»Timo, kommst du bitte«, ruft der Verkäufer. »Kundschaft ist da.«

Im Nebenraum raschelt es, dann tritt ein Mann heraus, dessen Gesicht mir sofort vertraut vorkommt. Die hohe Stirn und das spitze Kinn. Timo Vierling. Ich kenne ihn von damals. Er war ein typischer Mitläufer, der alles mitmachte, nur, um dazuzugehören. Vicki und ich haben das schamlos ausgenutzt. Nicht selten hat er wegen uns Schläge kassiert, und nach einem misslungenen Einbruch ins Historische Museum war er es, der für uns den Kopf hinhalten musste.

»Kristina«, sagt er in einem tadelnden Tonfall, der wie Quecksilber durch meine Adern quillt.

»Hallo, Timo.« Ich lege ihm die Zeitung hin – mit der Titelseite nach unten.

Er dreht sie wieder um und tippt den Preis in die Kasse. Ich vermeide es, auf die Schlagzeile zu sehen. Im Gegensatz zu ihm. Eine Sekunde später trifft mich sein Blick. Ein Stich durchfährt mich.

»Ich habe schon gehört, dass du wieder hier bist«, sagt er. »Scholle hat dich beim Streetfood-Markt gesehen.«

Scholle. Seinen richtigen Namen weiß ich nicht. Jeder nannte ihn nur Scholle, weil er so rund war wie der Fisch und manchmal auch so roch. Er arbeitete im Mexx, gab dort Getränke aus und gesellte sich öfter mal zu uns an die Billardtische. Ich habe gar nicht mitbekommen, dass er auf dem Markt war.

»Ich bin nur für ein paar Tage hier«, sage ich.

Er quittiert meine Aussage mit einem bedeutungsvollen »Mhm«.

»Dass wir dir damals die Polizei auf den Hals gehetzt haben, tut mir sehr leid«, sage ich leise, damit sein Chef es nicht mitbekommt.

»Du hast so einiges getan, was dir leidtun sollte.« Er sieht mich nicht an, als er das sagt.

Ein pelziges Gefühl legt sich um meine Zunge. »Ich weiß.«

»Macht Eins dreißig.«

Ich lange in meine Hosentasche und lege ein Zweieurostück auf den Tresen. »Das passt so.«

Er lässt es wortlos in die Kassenlade fallen.

Hastig rolle ich die Zeitung zusammen, sodass die Schlagzeile nicht mehr zu lesen ist, und verlasse das Geschäft.

Im Auto schlage ich sie auf, und das Erste, was ich sehe, ist das Mädchen auf dem Foto. Ein kindliches Gesicht, umrahmt von blonden Haaren.

Ich kenn sie nicht, kommt mir augenblicklich in den Sinn. Die Erleichterung ist nur von kurzer Dauer, denn so geht es mir in letzter Zeit bei vielen Menschen. Mit gemischten Gefühlen lese ich den Artikel.

Die Identität der Toten, die vor zwei Wochen an der Kinzig gefunden wurde, ist inzwischen geklärt. Nach Informationen der Kriminalpolizei handelt es sich um die seit acht Jahren vermisste Alina S. aus Mainz. Am Tag ihres Verschwindens hat sie sich von ihrer zwei Jahre älteren Schwester dazu überreden lassen, zu einem Festival zu gehen. Dort suchte sie gegen Mitternacht die Toilette auf und wurde seitdem nicht mehr gesehen.

Alina S. Auch der Name ist mir unbekannt. Ich versuche
krampfhaft, mich zu erinnern, aber es kommt einfach nichts,
was ich damit in Verbindung bringe. Komischerweise beruhigt
mich das wenig, denn Ben hat von einem Festival gesprochen.
Wenn ich nur wüsste, von welchem.

Wenn Alina das verschwundene Mädchen ist, das
Vicki erwähnt hat, dann ist es kein Wunder, dass ich ihren
Vermisstenfall nicht gefunden habe. Sie stammt ja nicht aus
Hanau. Aber wie kommt Candy darauf, dass ich mit dem
Mädchen zu tun hatte?

Ich blicke wieder auf das Bild, präge mir ihr Lächeln ein,
betrachte ihr Gesicht, ihr langes blondes Haar, das sie sich auf
einer Seite hinter das Ohr gestrichen hat. Dann bemerke ich die
Kette, die sie um den Hals trägt, und spüre, wie meine Kehle
plötzlich ganz eng wird. Mein Herz rast so schnell, dass mir
schwindelig wird. Ich blinzle, aber an dem, was ich sehe, ändert
sich nichts. Es ist ein Schwarz-Weiß-Foto, trotzdem erkenne ich
sie wieder. Die marmorierten Perlen, die kleinen Knoten zwischen jeder einzelnen. Eiseskälte erfasst mich und breitet sich
rasend schnell in meinem Körper aus. Das ist die Kette, die ich
bei mir hatte, als ich in der Nacht geflohen bin. Warum hatte
ich sie in meiner Hand? Weshalb sollte ich ein Mädchen töten,
das ich nicht mal kenne?

Oder kannte ich sie doch?

24

Als Teenager besaß ich ein Notizbuch, in das ich all die Dinge schrieb, die mir wichtig waren. Telefonnummern, Geburtstage, besondere Ereignisse, wie zum Beispiel Festivals. Ich bewahrte es ganz hinten in der Schreibtischschublade auf. In meinem Zimmer. Im Haus meiner Eltern. In dem ich seit acht Jahren nicht mehr war.

Auch auf die Gefahr hin, dass mein Zimmer inzwischen einem begehbaren Kleiderschrank gewichen ist, muss ich dort hin. Vielleicht finde ich einen Hinweis, ein Datum oder einen anderen Anhaltspunkt, welches Festival Ben gemeint haben könnte. Irgendetwas, das mich weiterbringt.

Zum Haus meiner Eltern brauche ich nicht einmal zehn Minuten. Das ist wenig Zeit, um mich auf das Wiedersehen vorzubereiten. Wahrscheinlich wäre eine Stunde nicht genug. Ich hatte acht lange Jahre, um den Mut zu fassen; und nicht einmal das hat gereicht.

Ich blicke auf die Uhr. Es ist kurz vor acht. Meine Mutter hat früher montags, mittwochs und freitags stundenweise in einer Tierklinik gearbeitet. Wenn das immer noch der Fall ist, müsste sie jetzt in dem Moment zu Hause sein, denn heute ist Donnerstag. Es würde mich wundern, wenn sich im

Leben meiner Eltern etwas verändert hätte. Seit ich denken kann, schafften sie es, nebeneinander her zu leben und so zu tun, als wäre alles in bester Ordnung. Nicht, weil sie sich mit allen Widrigkeiten arrangiert hätten, nein, sie sahen nur nicht hin.

Ich parke den Wagen einige Meter von meinem Elternhaus entfernt. Von hier aus habe ich einen guten Blick darauf, ohne dass sie mich auf Anhieb entdecken. Alles sieht noch genauso aus wie damals. Auf der Seite der Doppelgarage rankt Efeu die Hauswand empor, und neben der hellgrauen Eingangstür steht die weiße Gartenbank, auf der ich nach der Schule oft auf meine Mutter gewartet habe. Manchmal bis zu zwei Stunden, weil sie nach der Arbeit noch shoppen war.

Ich streiche meinen Pullover glatt, lockere noch schnell mein Haar auf und gehe zur Tür. Nur wenige Sekunden, nachdem ich geklingelt habe, wird sie geöffnet. Ich stutze, als mir ein Mann gegenübersteht, den ich nicht kenne. Er ist schlank, hat kurzes, grau gesträhntes Haar und kleine Augen. Sein Lächeln wirkt sympathisch, trotzdem gelingt es mir nicht, es zu erwidern. Wer ist der Mann?

»Hallo, ich bin Kristina«, setze ich an und weiß plötzlich nicht mehr weiter.

Mit geöffnetem Mund betrachtet er mich und neigt dann den Kopf.

»Kristina?« Er wiederholt meinen Namen, als wecke er eine vage Erinnerung in ihm.

»Kristina Kersten. Meine Eltern wohnen hier.« Plötzlich kommt mir der Gedanke, dass sie vielleicht weggezogen sind. Das Haus verkauft haben. Oder, vielleicht … Nein, ich darf nicht an das Schlimmste denken.

Jetzt öffnet sich sein Mund erneut und ein Ah ist zu hören, als wüsste er jetzt, wer ich bin.

Er macht einen Schritt zur Seite. »Kommen Sie doch rein.« Mit der Hand bedeutet er mir, ihm zu folgen. »Ihre Mutter ist gerade beim Einkaufen, aber sie dürfte nicht lange fort sein.«

Meine Mutter. »Und wer sind Sie?«

»Ich bin ihr Mann.« Er macht eine Pause. »Wir haben letztes Jahr geheiratet.«

Ich bin erstaunt. Auch ein bisschen enttäuscht. Aber vor allem entsetzt.

»Sie können Ihre Schuhe hier abstellen«, sagt er und deutet auf den Teppich neben der Kommode.

»Ich weiß«, wollte ich schon sagen, denn unsere Schuhe standen immer dort. Auch wenn die Kommode inzwischen eine andere ist. Die übrige Einrichtung scheint noch dieselbe zu sein, so auch das Sofa im Wohnzimmer, das mich sofort an meinen Vater denken lässt. Er saß immer mit verschränkten Armen darauf und hat sich die Sportnachrichten angesehen – wenn er denn mal da war. Die Frage nach ihm liegt mir auf der Zunge, aber ich spreche sie nicht aus.

»Ich habe mich noch gar nicht vorgestellt«, sagt der neue Mann. »Mein Name ist Gregor.«

Er streckt mir die Hand entgegen. Ich erwidere seinen Händedruck. Er ist kräftig und trocken. Trotzdem wirkt Gregor angespannt, kratzt sich an der Schläfe und leckt sich ständig über die Lippen. »Wollen Sie etwas trinken?«

»Nein, danke.« Obwohl ich gern etwas trinken würde, aber ein innerer Widerstand verbietet es mir, von diesem Mann etwas anzunehmen. Es kommt mir irgendwie nicht richtig vor, dass er hier wohnt.

»Wenn es Sie nicht stört, mache ich mir eine Tasse Kaffee.« Er reibt die Hände unbeholfen aneinander. »Ich bin erst vor einer halben Stunde aufgestanden. Heute ist mein freier Tag.«

»Kein Problem«, sage ich, schon huscht er durch die Schiebetür in die angrenzende Küche.

Das laute Mahlwerk eines Kaffeevollautomaten rattert. Der ist auch neu.

Ich blicke durch die Glasfront des Wintergartens. Der Haselnussstrauch ist inzwischen ziemlich groß, und neben dem Geräteschuppen wurden zwei Gemüsebeete angelegt. Ich frage mich, ob das der neue Mann getan hat, denn meine Mutter hatte nie ein Faible für Gartenarbeit. Und mein Vater sowieso nicht.

Kaffeeduft erfüllt den Raum, als Gregor mit einer vollen Tasse wiederkommt und sich an den runden Esstisch setzt. Der dürfte inzwischen an die zwanzig Jahre alt sein, genauso wie die Lederstühle mit den goldenen Nieten an den Rändern. Die Schrankwand ist neu, der Fernseher auch.

Gregor bittet mich, Platz zu nehmen, doch ich bleibe stehen.

»Existiert mein Zimmer noch?«, frage ich in der Befürchtung, dass meine Sachen wie der Schrank und die Kommode dem Sperrmüll zum Opfer gefallen sein könnten.

Er stellt die Tasse ab und denkt kurz nach. »Ich glaube, Sybille hat alles in Kisten gepackt. Wir können gern nachsehen, sie müssten auf dem Dachboden sein.«

»Das wäre sehr nett.«

Er steht auf. Die Tasse klirrt, weil er mit dem Bein gegen den Tisch stößt, als er ihn umrundet. Ich folge ihm in den Flur. Wir gehen die Treppe nach oben, und ich sehe, dass die Tür zu meinem alten Zimmer offen steht. Gregor öffnet die Luke zum Dachboden, lässt die Holzleiter herunter und steigt die Sprossen hinauf.

Ich warte, bis er oben ist, dann werfe ich schnell einen Blick in mein früheres Kinderzimmer. Dort, wo mein Bett war, steht jetzt ein Heimtrainer, und an der Wand, an der sich mein Schreibtisch befand, hängt ein großes gerahmtes Poster mit Sonnenuntergang. Ich weiß nicht, was ich mit dem Gefühl anfangen soll, das sich bei diesem Anblick in mir ausbreitet.

»Ich glaub, ich hab sie gefunden«, ruft Gregor.

Ich drehe mich um und gehe zur Leiter. Sie knarzt, als ich hinaufklettere. Meine Aufregung steigt ins Unermessliche.

Eine einzige nackte Glühbirne leuchtet den Raum aus, der so groß ist wie das darunterliegende Stockwerk – auch wenn er wegen der Dachschrägen kleiner wirkt. Ich habe ihn größer in Erinnerung. Es riecht wie früher nach Staub und Altpapier.

Gregor steht vor einer Reihe Kisten, die fein säuberlich an der Wand gestapelt und teilweise mit schwarzem Edding beschriftet sind.

»Am besten, ich lasse Sie allein, dann können Sie in Ruhe alles durchsehen. Wenn Sie noch etwas brauchen, ich bin unten.«

Er ist froh, nicht bei mir bleiben zu müssen, das sehe ich ihm an. Bestimmt überfordert ihn die Situation genau wie mich.

»Danke«, sage ich.

Sobald er unten ist, verschaffe ich mir einen Überblick. Auf einigen Kisten steht »Kristina«, auf anderen nur ein großes K. Ich nehme an, dass sie alle mit meinen Sachen gefüllt sind und es meiner Mutter zu mühsam war, den Namen jedes Mal auszuschreiben.

Die ersten Kisten, die ich öffne, enthalten überwiegend Kleidung. Hosen, Röcke, T-Shirts. In einer anderen liegen Dekoartikel, gerahmte Fotos und die Lichterkette, die ich zu Weihnachten immer entlang der Gardinenstange aufgehängt habe. Ich muss aufpassen, nicht nostalgisch zu werden.

Der Reihe nach wühle ich mich durch meine Hinterlassenschaften, bleibe immer wieder an Gegenständen hängen, die mir entweder viel bedeuteten oder die ich ganz vergessen hatte. Einige lege ich zur Seite, um sie später mitzunehmen.

Nachdem ich die meisten Kisten geöffnet habe, finde ich es endlich. Erleichtert ziehe ich das Notizbuch unter meiner Schreibtischlampe hervor und befühle den himmelblauen Kunststoffeinband mit den weißen Punkten. Es ist mit einer Lasche versehen, die wiederum mit einem kleinen Schloss gesichert ist. Ideal für private Notizen, die niemand außer dem Verfasser lesen darf.

Jetzt muss ich nur noch den Schlüssel finden, den ich immer in meiner Schmuckschatulle aufbewahrt habe. Zwar würde ich das Schloss auch sonst irgendwie aufbekommen, aber da mich emotional viel mit diesem Buch verbindet, will ich es nicht beschädigen. Also wühle ich mich weiter durch die Kisten und werde bald fündig. Zwischen Ringen, Ketten und billigem Modeschmuck liegt er, der kleine silberne Schlüssel.

Nachdem das Schloss offen ist, schlage ich das Buch auf, blättere durch die Einträge und widerstehe der Versuchung, mich festzulesen. Als ich beinahe am Ende angelangt bin, fällt ein Foto aus den Seiten. Ein Schauder erfasst mich, als ich das Motiv erblicke.

25

Ich hebe das verblasste Foto auf und drehe es um. Auf der Rückseite steht nichts. Es ist eine Polaroidaufnahme von Luc und mir. Während ich wie der glücklichste Mensch auf Erden in die Kamera strahle, hat sein Blick etwas Machohaftes. Ein wenig verschmitzt und offensichtlich stolz darauf, dass ihm die nächste Frau ins Netz gegangen ist. Zumindest vermute ich das, nach all dem, was ich über ihn erfahren habe. Es ist wirklich seltsam, sich neben einem Mann zu sehen, der einem vollkommen fremd vorkommt, obwohl man ohne Zweifel etwas mit ihm hatte.

Als das Foto aufgenommen wurde, waren wir irgendwo draußen, die Sonne scheint uns ins Gesicht. Im Hintergrund erkenne ich verschwommen ein paar Menschen.

Ich nehme das Buch und blättere zum letzten Eintrag, der mit den Worten »Ich habe mich verliebt« beginnt. Darüber steht das Datum: 26. August. Das war in der Woche, an die ich mich nicht erinnern kann.

Ich blättere eine Seite zurück, aber der Eintrag davor ist älter; an den kann ich mich noch erinnern. Demzufolge gibt es nur diese letzte Notiz, auf die sich nun meine gesamte Hoffnung stützt.

Ich streiche mir eine Strähne hinters Ohr und beginne, zu lesen.

Ich habe mich verliebt. In Lukas Barke. Wir waren heute mit seiner Clique am See und haben uns sogar ein Handtuch geteilt. Ich bin so glücklich und muss die ganze Zeit an den Moment denken, als wir am Ufer die schwarze Feder gefunden haben. Er ist vor mir auf die Knie gefallen, hat sie aufgehoben, mir entgegengestreckt und gesagt: Für die schönste Frau der Welt. Es fühlte sich an, als hätte er mir einen Antrag gemacht und alle, wirklich alle haben zugesehen. Das war sooo schön. Ich trage die Feder seitdem immer bei mir und freue mich darauf, Luc wiederzusehen. Er will, dass ich übermorgen mit aufs Oscura-Festival komme. Zwar sind dort nur Leute, die Heavy Metal hören und ich bin mir nicht sicher, ob mir die Musik gefallen wird, aber hey, Luc will mich dort sehen!

Ich klappe das Buch zu und denke an die schwarze Feder, die ich in Candys Haar gesehen habe. Ein aufwühlendes Gefühl sagt mir, dass es meine ist. Ob Candy auch am See war? Gehörte sie zu seiner Clique?

Ich reibe mir über die Stirn. Und was ist mit dem Festival? Alina S. wurde zuletzt auf einem gesehen. Was, wenn es das Oscura-Festival war, auf dem ich mich mit Luc treffen wollte? Dann wäre Alina an genau dem Tag verschwunden, an dem ich nach Bremen aufgebrochen bin. Ich spüre, wie das Blut aus meiner Brust in den Bauch sackt. Ich muss in Erfahrung bringen, was auf dem Festival passiert ist.

Eine Tür fällt ins Schloss. Ich höre die Stimme meiner Mutter. Ein aufgeregtes Kribbeln steigt in mir auf. Schnell sammle ich das Buch und die paar Dinge auf, die ich mitnehmen will, und schleiche zur Deckenluke.

Bestimmt wird Gregor ihr jetzt sagen, dass ich hier bin. Aber ich höre ihre Stimmen nicht. Sie müssen den Raum gewechselt haben. Zu gern würde ich wissen, wie sie reagiert, wenn er ihr berichtet, dass ich hier bin. Früher habe ich ihr Schauspieltalent immer durchschaut. Aber wenn sie vorgewarnt ist, wird sie so tun, als wäre sie positiv überrascht, mich zu sehen.

Ich sollte nicht so schlecht von meiner Mutter denken. Schließlich hätte sie meine Sachen auch einfach auf den Müll werfen können, aber das hat sie nicht getan. Das muss ich ihr zugutehalten.

Ich steige die Leiter hinab und ärgere mich, dass die Sprossen unter meinen Schritten so laut knarzen. Im ersten Stock angekommen, höre ich Gemurmel, das aber schlagartig verstummt, als ich die Treppe zur Hälfte unten bin.

Meine Mutter steht im Türrahmen. Sie zupft an ihren Fingern. Ich bemerke ihren tränenfeuchten Blick und versuche selbst mit aller Kraft, nicht loszuheulen.

Sie hat sich verändert. Trägt die Haare jetzt kinnlang, was zu ihrem schmalen Gesicht passt. Sie kommt mir so viel älter vor. Die Falten um Mund und Augen hatte sie früher noch nicht. Sie wirkt reifer, ruhiger und irgendwie präsenter. Damals war sie immer sehr verpeilt, hatte kaum die Ruhe, mich anzusehen. Jetzt steht sie nur da und schaut mich an.

»Ich konnte es erst nicht glauben, als Gregor sagte, dass du hier bist.« Ihre Stimme klingt brüchig, angespannt. Sie zerdrückt ihre Finger fast.

Als ich nichts erwidere, weil ich einfach nicht weiß, was ich ihr jetzt sagen soll, ergreift Gregor das Wort. »Setzt euch doch in die Küche, dort könnt ihr in Ruhe über alles reden.«

Wir folgen seinem Vorschlag, als wären wir zwei Kinder, die das erste Mal die Schulbank drücken.

In der Küche hocken wir uns an den kleinen Frühstückstisch und warten, bis Gregor die Schiebetür hinter sich geschlossen hat.

»Er macht einen netten Eindruck«, sage ich.

»Ja, er ist wundervoll. Er tut mir gut.«

Ich nicke. »Und was ist mit ...«

»Er ist in Frankreich. Er hat eine neue ...« Sie wendet den Blick zum Fenster. »Sie war ihm wichtiger. Sie waren ihm alle wichtiger.«

»Ich weiß.« *Ich weiß.*

Sie hält den Blick nach draußen auf die Lorbeerhecke und den bewölkten Himmel gerichtet.

»Vermisst du ihn?«, frage ich.

Sie sieht mich an. »Nicht mehr.«

Stimmt, sie hat ja jetzt ihr Glück gefunden. »Hast du *mich* je vermisst?« Die Frage brannte so stark in meiner Seele, dass ich sie einfach stellen musste.

Sie nickt. Die Reaktion kam unmittelbar. Die Tränen in ihren Augen auch.

»Warum hast du dann nie nach mir gesucht?«

Sie kaut auf ihrer Lippe. »Ich habe gehofft, dass du wiederkommst.«

»Du hast acht Jahre lang gehofft, dass ich wiederkomme?«

»Die Zeit verging so schnell.«

Ich versuche, den Sinn dahinter zu verstehen. »Aber du hast Zeit gefunden, mein Zimmer leerzuräumen.«

»Ja, ich weiß, das ist schwer zu verstehen.«

»Ich glaube, ich verstehe sehr gut.« Ich kann nicht zum Ausdruck bringen, wie sehr mich ihre Ausflüchte verletzen. Warum sagt sie nicht ein einziges Mal, wie es wirklich ist? Warum gibt sie nicht zu, dass sie sich selbst wichtiger war? »Dann hatte ich wohl die ganze Zeit recht.«

»Womit?«

»Dass ich euch nie etwas bedeutet habe.«

»Das stimmt nicht.«

Sie schafft es ja nicht mal, mir in die Augen zu sehen. Wie soll ich ihr da ein Wort glauben? Schon damals hat sie statt Taten nur Worte sprechen lassen. Nichts als leere Worte. *Wir sind immer für dich da* – diesen einen Satz bekam ich oft zu hören. Aber sobald ich mit einem Problem zu ihr kam, schickte sie mich weg. Sie wollte mich nicht hören, nicht sehen, nicht einmal berühren. Als wäre ich ein abscheuliches Insekt, das man möglichst schnell aus dem Haus haben will.

»Können wir die Vergangenheit nicht einfach ruhen lassen und …«

»Wo sollen wir denn, deiner Meinung nach, anfangen? Du weißt doch gar nichts über mich. Du kennst mich nicht einmal.«

»Das ist nicht fair, Kristina.« Sie schaut mich an.

»Ich könnte dir aufzählen, was nicht fair ist, aber ich befürchte, du wirst es nicht verstehen.« Ich erhebe mich vom Stuhl, und es ist mir egal, dass er gegen den Beistelltisch kracht und die Kerze im Gesteck umfällt. Warum nur tut sie immer so, als wäre alles in bester Ordnung? Warum schaut sie nie hin?

Bevor ich gehe, suche ich noch einmal ihren Blick. Die Tränen in ihren Augen zeigen deutlich, dass es so vieles gibt, was man nicht einfach auslöschen kann. Ich glaube ihr nicht, dass sie ihre Worte ernst meint. Ich weiß, dass da etwas in ihr ist und sie sich nur davor scheut, der Wahrheit ins Gesicht zu sehen.

»Weißt du, was ich immer an dir geschätzt habe?«, frage ich. »Egal, was war, du hast versucht, unsere Familie zusammenzuhalten. Du hast nie ein schlechtes Wort über meinen Vater verloren, obwohl er dir so viel Leid zugefügt hat. Du hast immer zu ihm gestanden und wolltest, dass wir eine Familie sind. Auch als diese längst zerbrochen war. Ich bewundere dich dafür, dass du die Demütigung jeden Tag ertragen und versucht hast, mir begreiflich zu machen, dass wir zusammengehörten. Aber manchmal reicht es nicht, den Schein zu wahren. Manchmal muss man auch etwas dafür tun.«

Ich wende ihr den Rücken zu und gehe zur Küchentür. Es tut gut, ihr das gesagt zu haben.

»Ich war nicht ich selbst.«

Ich belasse die Hand am Griff der Schiebetür.

»Dein Vater hat nicht mich betrogen, sondern ich ihn.«

Jetzt drehe ich mich um. Was erzählt sie da? Ich weiß doch, wie es war. Mein Vater ist ständig unterwegs gewesen, seine Hemden rochen nach Parfüm, wenn er nach Hause kam. Süßes, blumiges Zeug, das meine Mutter nie benutzen würde. Die heimlichen Telefonate, die er führte ... nicht selten habe ich ihn dabei belauscht. Wir wussten es alle.

»Ich habe mir nur eingeredet, dass es seine Schuld war. Aber das war es nicht.«

Ich höre zu.

»Er hat sie nicht ertragen. Meine Lügen.«

Ich muss beinahe lachen, weil mir die Ironie dahinter direkt ins Gesicht springt.

»Ich habe mich geschämt, deshalb habe ich nicht nach dir gesucht. Ich schäme mich auch jetzt noch.«

»Für deine Lügen?« Für die leeren Worte?

»Dafür, dass ich mein ganzes Leben versoffen habe und für keinen von euch da war.«

Ich öffne den Mund, bringe aber keinen Ton heraus.

Sie holt ein Taschentuch aus der Schublade, putzt sich die Nase und wischt die Tränen weg. »Als du zwei Jahre alt warst, fing ich mit dem Trinken an. Ich wurde depressiv und brauchte am Ende jeden Tag eine halbe Flasche Wodka, um mit mir klar-zukommen. Mehrmals am Tag bin ich runter in den Keller, wo es niemand gesehen hat. Die leeren Flaschen habe ich regel-mäßig weggebracht. Dein Vater hat es irgendwann gemerkt, ich weiß nicht woran, denn Wodka riecht man nicht. Er hat mich ein paar Mal darauf angesprochen. Und ich habe es jedes Mal abgestritten.«

Ich bringe kein Wort heraus. Mein Kopf fühlt sich vollkommen leer an. Wieso habe *ich* das nie bemerkt? Natürlich war sie öfter mal im Keller, aber ich dachte immer, sie würde dort die Wäsche machen. Für mich war sie jeden Tag dieselbe. Ich kannte sie nicht anders. Erst heute fiel mir eine Veränderung auf. Es ist das erste Mal, dass ich sie nüchtern sehe.

»Als du weg warst, verließ dein Vater mich. Er hatte mich schon lange aufgegeben und war nur deinetwegen bei mir geblieben. Als ihr beide nicht mehr da wart, versank ich in Selbstmitleid … und im Suff. Irgendwann stellte der Arzt schlechte Leberwerte fest. Er legte mir nahe, die Finger vom Alkohol zu lassen. Ich habe nicht auf ihn gehört.« Sie putzt sich wieder die Nase.

Ich gehe zum Tisch und sacke auf den Stuhl. Bin versucht, etwas zu sagen, da spricht sie weiter.

»Ein paar Monate später lernte ich Gregor kennen. Ich hatte ständig Angst, dass auch er mich verlässt. Erst als ich vor zwei Jahren einen Zusammenbruch hatte und die Ärzte eine chronische Entzündung der Bauchspeicheldrüse diagnostizierten, habe ich mich ihm anvertraut.«

Ich nicke benommen. »Das alles wusste ich nicht.«

»Du konntest nichts dafür. Nie. Ich wollte nicht, dass du es erfährst, denn wer hat schon gerne eine Säuferin als Mutter?« Sie greift nach meiner Hand. Etwas, das sie früher nie getan hat. »Es tut mir leid, dass ich dich im Stich gelassen habe.«

Ich reiße mich zusammen, um nicht in Tränen auszubrechen, doch es gelingt mir nicht.

»Und jetzt …?«, setze ich vorsichtig an. »Bist du jetzt …«

»Ich bin trocken. Seit ungefähr einem Jahr.« Sie lächelt. »Ich habe mir immer ausgemalt, du hättest eine eigene Familie gegründet. Ein Haus im Grünen, eine kleine Tochter und einen liebevollen Mann. Ich habe mir gewünscht, dass du glücklich bist.« Sie schaut mich plötzlich besorgt an. »Aber vor zwei Tagen kam dann dieser Anruf.«

»Welcher Anruf?« Ich setze mich aufrecht hin.

»Ein Kommissar von der Kriminalpolizei war dran. Ich dachte zuerst, dir wäre was passiert. Aber er wollte wissen, wann ich dich das letzte Mal gesehen habe und ob wir im Streit auseinandergegangen sind. Er hat gefragt, wo du am 28. August vor acht Jahren warst.«

»Und was hast du gesagt?«

»Dass das der letzte Tag war, an dem ich dich gesehen habe und du die Tage zuvor nicht oft zu Hause warst.« Ihre Hand ruht immer noch auf meiner. Ich schließe die Augen. Dann wissen sie jetzt, dass ich am selben Tag geflüchtet bin, als Alina verschwunden ist.

»Du kannst es mir sagen, wenn du in Schwierigkeiten steckst, Kristina.«

»Ich habe nichts getan.« Ich will ihr keinen Kummer bereiten. »Vor dem Pub, in dem ich arbeite, wurde ein Mann getötet. Die Polizei überprüft jeden, der infrage kommen könnte.«

Sie sieht mich eine Weile schweigend an. Ich bin kurz davor, noch etwas hinzuzufügen, da drückt sie meine Hand und sagt: »Ich glaube dir.«

Dieser eine Satz berührt mich so tief, dass ich das Bedürfnis verspüre, sie hier und jetzt in die Arme zu schließen. Als habe sie das gespürt, erhebt auch sie sich vom Stuhl und umarmt mich.

Ich weiß nicht, wie lange wir uns in den Armen liegen, aber es tut entsetzlich gut, sie nach so langer Zeit zu spüren. Endlich mal zu spüren.

Wir geben uns das Versprechen, in Kontakt zu bleiben. Mit einer weiteren Umarmung verabschieden wir uns, und ich gehe zum Auto.

Da klingelt mein Handy. Hastig krame ich es aus der Tasche und blicke aufs Display. Anonymer Anruf.

»Frau Kersten?« Schweigerts sonore Stimme beschleunigt augenblicklich meinen Puls.

»Ja?«

»Kommissar Schweigert von der Bremer Kriminalpolizei. Wir haben im Tötungsfall Lukas Barke noch ein paar Fragen an Sie, weshalb ich Sie bitte …«

»Ich bin nicht zu Hause. Ich habe Urlaub.«

»Meinen Informationen zufolge sind Sie aktuell in Hanau. Ich würde Sie bitten, dort aufs Präsidium zu kommen. Am besten jetzt sofort. Wie gesagt, es gibt noch einiges, worüber ich mich mit Ihnen unterhalten will.«

26

Woher hat Schweigert die Information, dass ich in Hanau bin?

Ich lenke den Wagen Richtung Stadtmitte. Er weiß etwas, davon bin ich überzeugt. Wahrscheinlich sogar mehr als ich. Ich werde mich bedeckt halten und mir anhören, was er zu sagen hat. So drastisch es klingt, aber vielleicht erfahre ich etwas Neues, das mich weiterbringt.

Zwanzig Minuten später parke ich vor dem großen, verwinkelten Polizeigebäude mit den vielen Fensterreihen und spüre, wie sich die Aufregung in meinem Darm bemerkbar macht. Ich war einmal mit Vicki hier, nachdem man ihre Handtasche gestohlen hatte – ausnahmsweise war einmal eine von uns das Opfer. Der Dieb wurde nie gefasst, und die Tasche blieb für immer verschwunden. Bis auf ein wenig Kleingeld und Schminksachen war nichts Wichtiges darin gewesen, aber Vicki hing an ihrer Tasche. Sie hing an so vielem.

Ein Mann im Anzug kommt aus dem Gebäude und hält mir freundlicherweise die Tür auf. Jedes Geräusch, jeder Fußtritt hallt durch den kahlen Eingangsbereich, von dem aus eine breite Treppe in die oberen Stockwerke führt. Die Atmosphäre ist kühl und sachlich.

Ich habe keine Ahnung, wo ich hinmuss, also wende ich mich an die junge, grell geschminkte Frau hinter dem Schalter. Der Name Schweigert sagt ihr nichts, sie greift zum Hörer und fragt mich mit liebreizender Stimme, welche Abteilung das sein soll und wie ich heiße.

»Kriminalpolizei«, sage ich und das flaue Gefühl in meinem Bauch steigt mir bis zur Kehle, sodass ich schlucken muss, bevor ich ihr meinen Namen nennen kann.

Ein knappes Nicken, ein kurzer Anruf, dann schickt sie mich in den zweiten Stock.

Auch hier ist der Flur weiß und lichtdurchflutet. Es riecht nach frisch gebrühtem Kaffee. Ich klopfe an die vierte Tür im linken Flügel, neben der ein Schild mit der Aufschrift »Ralf Maihofen« angebracht ist.

»Ja bitte«, kommt es leise aus dem Zimmer.

Ich drücke die Klinke und betrete das kleine Büro. Verbrauchte Luft schlägt mir entgegen, durchsetzt von dezentem Schweißgeruch. Kommissar Schweigert steht vom Stuhl auf und reicht mir die Hand. »Guten Tag, Frau Kersten.«

Ich bemühe mich um ein Lächeln, das mir sicher keiner von beiden abkauft.

Jetzt erhebt sich auch der andere Mann von seinem Schreibtischstuhl, wischt sich die rechte Hand am Hosenbein ab und streckt sie mir entgegen. Vermutlich ist das Maihofen. Er ist klein, hat ein ausgeprägtes Doppelkinn, wenig Haare und trägt ein viel zu weites Hemd, das ihm vermutlich seine Frau aufs Bett gelegt hat, oder seine Mutter. Sein Händedruck ist klebrig feucht.

Jetzt wische *ich* mir die Hand am Hosenbein ab.

»Folgen Sie mir bitte ins Befragungszimmer«, sagt er.

Schweigert lässt mir den Vortritt. Wir betreten den Korridor. Ich atme ruhig und schließe mich Maihofen an. Ich weiß nicht, was mich erwartet, aber ich komme mir zwischen den zwei Männern vor wie ein Schwerverbrecher. Der eine zeigt mir den Weg, der andere passt auf, dass ich nicht entkomme. Fehlen nur noch die Handschellen. Ein wenig fühlt es sich an, als würde ich die ganze Szenerie von außen betrachten. Aber eigentlich habe ich überhaupt kein Gefühl mehr.

Wir laufen endlos durch die Gänge, bis wir vor einer Tür stehen bleiben. Maihofen öffnet sie und lässt uns eintreten. Wieder weiße Wände, grauer Boden und ein Tisch aus Buchenholz mit drei Stühlen. Obwohl durch die vertikalen Jalousien genügend Licht in den Raum fällt, schaltet Maihofen die Deckenleuchten an. Klimpernd erwachen sie zum Leben.

»Darf ich Ihnen ein Glas Wasser anbieten?«, fragt er mich höflich, schon weiß ich, dass es wieder länger dauern wird.

»Oder was anderes?«, schickt Schweigert hinterher.

»Nichts, danke.«

»Setzen Sie sich bitte.« Maihofen deutet auf den Stuhl an der Längsseite des Tisches und nimmt daneben an einer der Stirnseiten Platz. Schweigert setzt sich mir gegenüber und klatscht gleichzeitig seine graue Mappe auf den Tisch. Ich zucke kurz zusammen und frage mich, ob das Geräusch beabsichtigt war, um mich aus der Fassung zu bringen. Vorbei mit der Höflichkeit. Langsam kehrt auch das Gefühl in mir zurück. Ich werde nervös.

Die Mappe ist dicker als beim letzten Mal. Schweigert muss inzwischen einiges herausgefunden haben. Maihofen hat nur einen Spiralblock mit Stift dabei, den er fein säuberlich vor sich zurechtrückt. An der Tischkante ertaste ich eine abgeplatzte Stelle und bin versucht, mit dem Fingernagel daran herumzukratzen, lasse es aber sein.

»Sie kennen das Prozedere«, sagt Schweigert und konfrontiert mich in gewohnt einstudierter Manier mit meinen Rechten.

Ich höre zu und erfasse unterdes den Raum. In der Zimmerecke entdecke ich eine kleine, runde Kamera, und an der Wand hinter Schweigert ist eine Klemmleiste befestigt, in der jedoch nichts steckt. Vielleicht kommt das noch. Ich bemerke Maihofens Blick und schaue wieder zu Schweigert. Als der fragt, ob ich alles verstanden habe, nicke ich.

»So wie es aussieht, haben Sie die letzten Tage nicht gerade die schönsten Eindrücke von Hanau gewinnen können«, sagt Schweigert und schlägt die Mappe auf.

Irritiert sehe ich ihn an. Als er meinen Blick bemerkt, fährt er fort. »Uns liegt eine Zeugenaussage vor. Vor zwei Tagen gab es offenbar eine Drogentote, die der Polizei gemeldet wurde.«

Deshalb weiß er also, dass ich in Hanau bin.

»Wie kam es dazu?« Er schaut mich abwartend an.

Will er wissen, wie es dazu kam, dass Vicki an einer Überdosis gestorben ist? Sofern sie überhaupt daran gestorben ist. Hat er mich deshalb herbestellt? Glaubt er, dass ich etwas mit ihrem Tod zu tun habe? »Ich verstehe nicht.«

»Na, Sie haben die Tote doch gefunden.«

»Vicki Lange war meine Freundin. Ich wollte sie besuchen.«

»Sind Sie ihretwegen nach Hanau gekommen?«

Mein Herz beginnt zu rasen. »Ich bin hier aufgewachsen.«

»Haben Sie auch Ihre Eltern besucht?«

»Meine Mutter, ja.«

Er stellt mir keine Fragen mehr zu Vicki. Ist das Taktik? Vielleicht wollte er nur sehen, wie ich reagiere.

»Aha.« Es klingt wie ein Ich-glaube-dir-nicht-Aha. »Ich habe mit Ihrer Mutter gesprochen.« Er sieht mich an, als warte er darauf, dass mir die Kinnlade nach unten klappt.

Tut sie aber nicht.

»Sie sagte mir, Sie hätten keinen Kontakt. Seit dem 28. August vor acht Jahren haben Sie angeblich kein Wort mehr gewechselt.«

»Ich war vor einer halben Stunde bei ihr. Sie können sie fragen.«

Er schaut mich eine Weile an, dann blättert er zu einem Formularblatt, auf das Notizen gekritzelt sind, die ich nicht entziffern kann.

»In welchen Kreisen haben Sie sich früher bewegt, Frau Kersten? Als Sie noch in Hanau lebten.«

Ich denke krampfhaft nach. Welche Antwort erhofft er sich von mir? »Normale Kreise.«

»Würden Sie Lukas Barkes Kreise als normal bezeichnen?«

Die Melodie von »Yellow Submarine« unterbricht uns. Ich krame das Handy aus meiner Jackentasche und stelle es auf lautlos. Es summt noch zweimal, dann gibt es Ruhe. »Tut mir leid.«

Schweigert sieht mich geduldig an. »Soll ich die Frage wiederholen?«

»Ich kann mich nicht an Lukas Barke erinnern. Ich weiß nicht, in welchen Kreisen er sich bewegt hat.«

Ich blicke zu Maihofen, der nur dasitzt und zuhört. Wieder stellt sich mir die Frage, warum mich Schweigert in Hanau empfängt. Das hier ist doch nicht sein Dienstbereich.

»Aber Sie haben mit verschiedenen Personen über Herrn Barke gesprochen. Vor drei Tagen waren Sie zum Beispiel in der Shisha-Bar.«

»Ich wollte wissen, wer er ist.«

»Und? Wissen Sie es jetzt?«

»Nein.«

Schweigert sieht mich eindringlich an. »Was sagen Sie zu Ihren Aktenvermerken?«

»Aktenvermerken?«

»Als Sie siebzehn waren, haben Sie zum Beispiel ein fremdes Auto geknackt, sind damit durch die Stadt gerast und in eine Verkehrskontrolle geraten.«

Ich rolle die Augen. Auch wenn die Vorfälle, bei denen ich eine Anzeige kassierte, vergleichsweise harmlos waren, werfen sie kein gutes Licht auf mich. Dessen bin ich mir bewusst.

»Haben Sie als Jugendlicher nie Unsinn gemacht?«

»Doch. Ich habe in Nachbars Garten ein paar Kirschen vom Baum gepflückt.« Er lächelt gestelzt.

»Dann hatten Sie Glück. Ich weiß, dass ich früher viel Mist gebaut habe. Aber Menschen ändern sich.«

Er sieht mich ausdruckslos an, als denke er über das Gesagte nach. »Was ist der wahre Grund, warum Sie nach Hanau gekommen sind, Frau Kersten?«

Ich schabe mit dem Fingernagel unauffällig über die raue Stelle an der Tischkante. »Ich bin nur zu Besuch hier.«

Eine Weile sagt er nichts, schaut mich nur an. Dann legt er ein paar Seiten in der Mappe um. »Viele Freunde scheinen Sie sich in Ihrer Vergangenheit jedenfalls nicht gemacht zu haben.«

Ich gehe nicht darauf ein. Auch wenn es mich brennend interessieren würde, mit wem er alles gesprochen hat. »Stehe ich unter Verdacht?«

»Wir sind noch dabei, Informationen zu sammeln.« Er lächelt knapp. »Stimmt es, dass Sie vor acht Jahren, als Sie noch in Hanau lebten, bei einem Festival waren?« Er wirft einen Blick auf seine Notizen. »Oscura-Festival, so hieß es.«

Unwillkürlich halte ich die Luft an. Weiß er, dass ich dort war, oder will er mich nur auf die Probe stellen? Zwar wollte Luc mich bei dem Festival treffen, aber vielleicht war ich gar nicht dort.

»Ich weiß nicht.« Eine Stelle an meinem Hinterkopf juckt, ich bin versucht, mich dort zu kratzen.

Schweigert hebt überdrüssig die Brauen und atmet hörbar ein und wieder aus. Er wartet, bis ich weiterspreche.

»Ich kann mich nicht erinnern«, sage ich.

»Das habe ich mir gedacht. Demnach wissen Sie vermutlich auch nicht, mit wem Sie bei dem Festival waren, sofern Sie dort waren?«

Ich schüttle den Kopf.

»Vielleicht hilft es Ihnen auf die Sprünge, wenn ich sage: Wir wissen, dass Sie dort waren. Und zwar mit Lukas Barke.«

Er wartet meine Reaktion ab. Als ich nichts sage, spricht er weiter. »Uns würde interessieren, was Sie dort nach Mitternacht gemacht haben, als es zu Ende war.«

Er weiß etwas. Er *weiß* etwas. Ich blicke zu Maihofen. Er betrachtet mich, ohne eine Miene zu verziehen.

»Lassen Sie mich raten«, sagt Schweigert. »Sie können sich nicht erinnern.«

Er glaubt, ich lüge.

»Ich kann mich wirklich nicht erinnern.«

Leise brummend blättert er durch seine Akten und nickt dabei wiederholt mit dem Kopf. Ich bin so angespannt, dass ich den Papierstapel am liebsten an mich reißen würde. Ich will wissen, was da drin steht.

Er fischt ein ausgedrucktes Foto heraus und legt es vor mich hin.

Unwillkürlich schrecke ich zurück. Sicher hat Schweigert die Reaktion bemerkt und vervollständigt damit sein Bild von mir. Ich hefte den Blick auf das Foto von Alina S. und überlege, was ich dazu sagen soll.

»Kennen Sie sie?«

»Ich habe das Bild in der Zeitung gesehen.« Ich bin froh, dass mir die Antwort gerade zugeflogen ist.

»Hören Sie«, spricht mich Maihofen von der Seite an. »Wir wollen den Fall aufklären. Wenn Sie etwas wissen, dann wäre uns das eine große Hilfe.«

Spielt er etwa den Good Cop? Denn Schweigerts misstrauischer Blick bedeutet mir etwas anderes. Auch wenn er es nicht zugibt, er verdächtigt mich. Immer noch. Schon die ganze Zeit. Etwa auch im Fall des Mädchens? Dann ist er deshalb in Hanau. Sie arbeiten zusammen an dem Fall. Sind sie mir auf den Fersen? Was zum Teufel weiß er? Vielleicht sollte ich ihn einfach fragen. Nein, das würde ihn nur vermuten lassen, dass ich etwas zu verbergen habe. Ich muss mir die Antwort woanders holen, also frage ich Maihofen: »Wieso denken Sie, dass ich Ihnen dabei helfen kann?«

Schweigert schaltet sich ein, bevor Maihofen den Mund aufmacht. »Wir haben Grund zur Annahme, dass Sie etwas wissen.«

»Was sollte ich wissen?«

»Sagen *Sie* es uns.«

Verdammt, er ist nicht bereit, mir etwas preiszugeben. Er will meine Version hören, von nichts beeinflusst.

»Ich weiß nicht, was Sie von mir hören wollen. Wenn Sie mir keinen Anhaltspunkt geben, kann ich Ihnen nicht helfen.«

»Können Sie nicht, oder wollen Sie nicht?«

Ich werfe ihm einen zornigen Blick zu. »Warum sagen Sie mir nicht einfach, was Sie über mich denken?«

Schweigert verschränkt die Arme vor der Brust und lehnt sich in aller Ruhe zurück. »Könnte es nicht sein, dass Herr Barke Sie absichtlich in Bremen aufgesucht hat? Vielleicht weil er etwas wusste, womit er Ihnen gefährlich werden konnte?«

»Ich weiß nicht, warum er im Pub war.«

»Es wäre doch möglich, dass Sie einen Grund hatten, ihn …«

»… zu töten, meinen Sie? Ich habe ihn nicht getötet!«

»Es mag natürlich ein Zufall sein, dass Sie ausgerechnet in der Nacht, als dieses Mädchen ermordet wurde«, er tippt mit dem Finger mehrmals auf das Foto, »beschlossen haben, aus Hanau wegzuziehen, um – wie sagten Sie noch mal«, er neigt den Kopf und liest vom Protokoll ab, »Ihre *Freiheit* zu genießen.«

So wie er das Wort »Freiheit« ausspricht, klingt es, als wolle er mir unterstellen, ich sei mir darüber bewusst gewesen, dass es mit meiner Freiheit jederzeit vorbei sein könnte.

»Was ist der wahre Grund, warum Sie Hanau vor acht Jahren den Rücken gekehrt haben?«

Eine Sekunde zu lange blicke ich auf die Knopfleiste seines karierten Hemds.

»Frau Kersten?«

»Ich weiß nicht, was Sie von mir wollen.« Mir ist heiß. Ich glühe.

»Ich halte mal fest. Sie können sich nicht daran erinnern, dass Sie Lukas Barke kennen, Sie können sich nicht erinnern, ob sie auf dem Festival waren. Aber Sie wissen, wann sie nach Bremen aufgebrochen sind. Irgendwie kriege ich das nicht auf die Reihe. Wie kann es sein, dass Sie sich an diesen Zeitpunkt erinnern, aber nicht an das, was davor war?«

»Ich weiß es selbst nicht!«, sage ich, energischer als beabsichtigt. Wasser schießt mir in die Augen. Ich habe zu viel Angst, dass es stimmt, was Candy sagt. Und sicher glaubt Schweigert jetzt, er hat mich bald so weit. Mir geht das alles viel zu nah.

Er nimmt den Kugelschreiber aus seiner Brusttasche und notiert etwas.

Ich tupfe mit dem Ärmel meines Pullis die Tränen aus den Augenwinkeln. »Ich kann Ihnen erzählen, was ich will. Sie glauben mir doch sowieso nichts.«

Er hebt die Brauen. »Wer sagt, dass ich Ihnen nicht glaube? Ich bin Ihrem Hinweis wegen der Frau nachgegangen, die Ihnen im Pub begegnet ist. Offenbar war Herr Barke tatsächlich mit einer Frau zusammen, die er Candy nannte. Leider wissen wir ihren richtigen Namen noch nicht. Es ist schwer das herauszufinden, da Barke allem Anschein nach sehr fleißig war, was Frauen betrifft.«

»Ich weiß, dass sie ihn getötet hat. Sie war es!«

»Wir sind dran. Wir ermitteln in alle Richtungen, Frau Kersten. Merkwürdig ist nur, dass Sie in alles verwickelt scheinen. Doch leider Gottes können Sie sich an nichts erinnern. Warum auch immer.« Er spricht den letzten Satz mit einem skeptischen Unterton aus. Ich weiß, dass er mir nicht glaubt, warum muss er mir das bei jeder Gelegenheit unter die Nase reiben?

Er tippt mit dem Zeigefinger auf den Tisch. »Eine Frage beschäftigt mich in diesem Zusammenhang besonders. Warum sollte ihnen diese Frau den Mord an Lukas Barke anhängen wollen?«

Ich muss überlegen. Auf keinen Fall werde ich Schweigert sagen, was Candy felsenfest behauptet. Das würde ihm natürlich bestens in die Karten spielen. Ich muss mich bedeckt halten, bis ich herausgefunden habe, warum sie mich so hasst. »Ich weiß nicht, warum sie das tut.«

Er rollt mit den Augen. Mein Handy vibriert. Zwar steckt es in meiner Tasche, trotzdem hört man das leise, rhythmische Summen. Es zerrt an meinen ohnehin schon strapazierten Nerven.

»Eine Frage noch, Frau Kersten.« Schweigert schichtet den Inhalt der Mappe um. »Haben Sie schon einmal eine Waffe benutzt?«

»Was?«

Augenblicklich kommt mir das Gewehr meines Vaters in den Sinn. Er hatte es aus dem Nachlass meiner Großeltern. Als ich klein war, zeigte er mir, wie man damit umgeht. Ich weiß, wie man die Waffe hält, lädt und auf Gegenstände zielt. Ich war ein guter Schütze, aber ich kann mich nicht erinnern, wann ich sie das letzte Mal benutzt habe. Doch. Einmal habe ich sie Vicki gezeigt. Wir sind damit in den Wald gegangen und haben ein paar Dosen aufgestellt, auf die wir dann geschossen haben.

»Haben Sie meine Frage nicht verstanden, Frau Kersten?«

»Äh, doch, ich hab nur noch … über den Anruf nachgedacht … Ich wollte mich nämlich mit einer Freundin treffen.« Ich spreche viel zu holprig und zu schnell.

Er schmunzelt breit und falsch. »Haben Sie oder haben Sie nicht?«

»Ich habe noch nie eine Waffe benutzt. Nein.« Die Lüge brennt wie Feuer.

Er sieht mich eine Weile prüfend an, dann klappt er die Mappe zu und steht auf. »Gut, dann können Sie jetzt gehen.«

Etwas überrumpelt stehe ich vom Stuhl auf und muss mich erst mal fangen, bevor ich mich von Maihofen verabschiede, der sich für das Gespräch bedankt und mir die Hand entgegenstreckt. Es ist mir egal, dass sie feucht und klebrig ist, ich bin froh, wenn ich hier endlich raus bin. Schweigert reicht mir ebenfalls die Hand. So viel Anstand muss wohl sein.

Während die beiden Männer noch ihre Sachen zusammenpacken, gehe ich mit bemüht normalen Schritten zur Tür raus. Ich schaffe es noch um die Ecke in den Korridor, dann lehne ich mich mit klopfendem Herzen rücklings an die Wand. Mein Kreislauf ist kurz vor dem Zusammenbruch. Stimmen dringen zu mir, ich sollte gehen.

»Denken Sie, die Frau hat Barke getötet?« Es ist Maihofen, der das fragt. Ich bleibe stehen und warte Schweigerts Antwort ab.

»Ja.«

»Und was ist mit dieser Candy?«

»Ich glaube, der will sie die Tat nur in die Schuhe schieben.«

Das kann nicht wahr sein. Der Mann glaubt mir einfach nicht.

»Aber«, sagt Maihofen, »es gibt noch kein Motiv, das darauf schließen lässt, dass sie es war.«

Eine Tür fällt zu. Schritte nähern sich.

»Doch, das gibt es. Wir müssen es nur herausfinden.«

171

27

Mit geballten Fäusten eile ich aus dem Polizeigebäude und schaffe es das erste Mal wieder, tief Luft zu holen, als ich draußen im Regen stehe. Schweigert verdächtigt mich also immer noch. Und solange ich nicht weiß, wer Candy ist, wird das auch so bleiben.

Ich muss klar denken. Was ist nach diesem Oscura-Festival geschehen? Was habe ich getan? Wenn Ben auch auf dem Festival war und mich gesehen hat, weiß er vielleicht mehr. Vielleicht kennt er die Leute, mit denen ich dort war. Vielleicht kennt er sogar Candy.

Bevor ich zu ihm fahre, will ich noch kurz ins Apartment. Ich werde David sagen, dass ich noch etwas zu erledigen habe, damit er nicht mehr ständig anruft. Und eine Kleinigkeit essen müsste ich auch. Mein Körper braucht dringend Energie.

Eine Viertelstunde später stelle ich den Wagen im Hof ab und blicke durch den dichten Regen, der vom Himmel fällt. Sekundenlang starre ich durch die Windschutzscheibe, weil mir ein vages Gefühl sagt, dass irgendetwas nicht stimmt. Es sieht so aus, als wäre die Apartmenttür nicht zu, sondern nur angelehnt.

Ich schalte das Handy ein, um zu prüfen, ob David mir eine Nachricht geschickt hat. Nur zwei Anrufe in Abwesenheit.

Beide von ihm. Ich überlege, ob ich ihn anrufen soll, verwerfe die Idee dann aber und steige aus dem Wagen.

Auf leisen Sohlen pirsche ich zum Apartment und bin von oben bis unten durchnässt, als ich an der Tür ankomme. Sie ist tatsächlich nur angelehnt. Ganz langsam drücke ich sie auf. Es ist still. Nur das stetige Prasseln des Regens hängt mir wie eine trommelnde Armee im Rücken. Eine Weile horche ich, dann schlüpfe ich hinein und lehne die Tür hinter mir an. Das Rauschen des Regens wird leiser, und ich nehme Atemgeräusche wahr. Ich schleiche an der Garderobe vorbei und zucke zusammen. Auf dem Boden ist Blut! Rote Tropfen bilden eine Spur bis hin zur Küchentheke.

»Kristina?« Es ist Davids Stimme. Sie klingt geschwächt, als hätte ihn ein schwerer Fels unter sich begraben.

Ich streife meine nasse Jacke ab und eile in den Wohnbereich. Auf den Fliesen neben der Küchentheke liegen blutgetränkte Papierservietten. Im Vorbeigehen starre ich darauf, als müsste ich mich davon überzeugen, dass das wirklich Blut ist. Die paar Schritte zum Esstisch fühlen sich an, als würde jemand anderes sie gehen. Dann sehe ich David auf dem Sofa liegen, die Beine angewinkelt, die Hände auf den Bauch gepresst und mit einer blauen, geschwollenen Stelle unter seinem linken Auge. Seine Brille hat einen feinen Riss. Vor Entsetzen schlage ich die Hand vor den Mund.

»Was ist passiert?« Ich überfliege die dunklen Flecken auf seinem Sweatshirt. Das ist eindeutig Blut. Auch das Zeug, das an seinem Kinn klebt, ist Blut.

»Ich bin in eine Schlägerei geraten.«

»Eine Schlägerei?«

»Ein paar Jugendliche haben sich gekloppt. Ich bin dazwischen.«

Ich schließe kurz die Augen. Das ist so typisch für ihn. Ich gehe in die Küche, reiße ein Papiertuch von der Rolle und halte es unter fließendes Wasser.

»Wo war das?«

Er hustet schwach. »An einer Unterführung in der Stadt. Ich war auf dem Weg zu meinem Wagen.«

Ich setze mich neben ihn auf den Rand des Sofas und tupfe vorsichtig das Blut von seinem Kinn ab.

Er nimmt mir das Tuch ab, setzt sich auf und presst vor Schmerz die Augen zusammen.

»Ich bring dich besser ins Krankenhaus.«

»Nein. Es ist nicht schlimm.«

»Bist du sicher?« Ich sehe zur Küche. »Hier ist überall Blut.«

»Er hat meine Nase getroffen. Es hat schon wieder aufgehört. Mir ist nur ein wenig schwindelig.«

»Brauchst du irgendwas? Kann ich etwas für dich tun?«

»Warum bist du nicht ans Telefon? Warum gehst du nie ran, wenn ich dich anrufe?« Er zerdrückt das Papiertuch in seiner Faust.

»Ich …« Was soll ich jetzt sagen?

»Du musst aufhören, nach dieser Frau zu suchen! Ich mach mir ständig Sorgen um dich.«

»Ich kann nicht.«

Ich stehe auf und gehe zum Esstisch.

»Warum? Was erhoffst du dir davon?«

Als ich mich zu ihm umdrehe, sieht er mich so verzweifelt an, dass ich kurz davor bin, mein Schweigen zu brechen. Aber ich will ihn nicht verlieren. »Die Polizei verdächtigt mich. Ich versuche nur, meinen Kopf aus der Schlinge zu ziehen.«

Er hat ja keine Ahnung, wie tief ich im Schlamassel stecke. Er hat überhaupt keine Ahnung. Und langsam wird das zu einem echten Problem.

»Was ist mit deinem Arm passiert?«

Ich folge seinem Blick zu dem Verband, der unter dem Ärmel meines Pullis hervorlugt.

»Nichts.«

Er schaut mich argwöhnisch an. Wie ich es hasse, wenn er mich so ansieht.

»Das war Candy«, gebe ich mich geschlagen. »Sie hat mich geschnitten.«

»Geschnitten?«

»Wir sind aneinandergeraten.«

»Weshalb?«

Ich winke ab. »Eine Kleinigkeit.«

»Kristina, warum um Himmels willen sagst du mir nicht, was los ist? Halte mich nicht länger für dumm. Ich merke doch, dass was nicht stimmt. Sag mir endlich, was diese Frau von dir will.«

Ich kann nicht.

Er schließt die Augen und schüttelt hilflos den Kopf. »Ich habe ständig das Gefühl, dass du mich belügst.«

Ich gehe zu ihm und will die Hand nach ihm ausstrecken, ihn berühren, die Lage entschärfen und sagen, dass alles halb so wild ist. Doch er dreht sich weg, als spüre er, dass ganz und gar nichts halb so wild ist.

Ich werde ihn verlieren. So oder so. Diese Gewissheit trifft mich wie ein kantiger Fels. Er glaubt mir nicht mehr.

»Ich habe Luc gekannt«, platzt es aus mir heraus. Ein reißender Fluss aus Furcht und Ungewissheit strömt durch meinen Körper. Gleichzeitig bin ich erleichtert, es gesagt zu haben. Endlich ist es raus.

Er hebt verwundert den Blick. »Was?«

»Den Mann, der vor dem Pub getötet wurde. Ich habe ihn wohl gekannt.«

Er sieht mich entgeistert an. Jetzt gibt es kein Zurück mehr.

»Ich war offenbar, so hat man mir zumindest erzählt, vor acht Jahren mit ihm zusammen. Nur ein paar Tage. Nicht länger als eine Woche.«

Er setzt sich aufrecht hin, stöhnt und drückt erneut die Hand auf seinen Bauch. »Du hast gesagt, du kennst ihn nicht!«

»Ich sagte, ich kann mich nicht an ihn erinnern.«

Er sieht mich wortlos an.

Ich ziehe einen Stuhl vom Tisch und setze mich hin. »Ich kann mich an vieles nicht erinnern. Die Woche, bevor du mich auf der Landstraße aufgegabelt hast, ist komplett aus meinem Gedächtnis gebrannt. Und jetzt wurde die Leiche einer Frau gefunden, die zu dem Zeitpunkt verschwand, als ich geflohen bin.«

Er blickt umher, scheint über meine Worte nachzudenken. »Aber was hast du damit zu tun?«

»Ich weiß es nicht.«

Ich kann fast hören, wie es in seinem Kopf rattert. Er wird zu keinem Ergebnis kommen, weil er mich nicht kennt.

»Ich habe Dinge getan, für die du mich hassen wirst. Du weißt nicht, wie ich früher war.«

Er schüttelt den Kopf und sieht mich mit zusammenge-zogenen Brauen an. »Ich kenne dich seit Jahren. Du bist kein schlechter Mensch.«

»Vielleicht ja doch.«

»Ich kenne dich.«

Sein zweifelnder Tonfall sagt etwas anderes. Er fährt sich durchs Haar, so wie er es immer macht, wenn ihm eine Situation über den Kopf wächst. Es ist, als hätte ich die Illusion, die er von mir hatte, mit einem Satz zerschlagen. Doch das Schlimmste kommt erst noch.

»Erinnerst du dich an das Blut an meinen Händen, als du mich damals mitgenommen hast? Ich habe an der Tankstelle nachgesehen. Die Wunde an meinem Knie war nicht beson-ders schlimm, nur eine kleine Schramme. Das Blut an meinen Händen war vermutlich nicht von mir.«

Er sieht mich mit offenem Mund an, bringt keinen Ton heraus.

»Ich habe Angst, dass ich diese Frau getötet habe.«

»Nein.« Er schüttelt heftig den Kopf. »Nein.«

»David.«

Er steht auf, krümmt sich, geht hin und her, sich immer noch die Haare raufend. Kein Wunder. Ich habe ihn die ganze Zeit belogen. Ihm etwas vorgemacht. Ich hätte ihm das nicht erzählen dürfen. Aber wäre es dann nicht irgendwann noch schlimmer gekommen? Ich hätte ihn bitten sollen, nach Hause zu fahren, gleich, nachdem er in Hanau eingetroffen ist. Ja, das hätte ich tun sollen.

Er bleibt plötzlich stehen, mit dem Rücken zu mir, dann dreht er sich entschlossen um und sieht mich gefasst an. »Hast du den Mann, der im Pub war, wirklich nicht erstochen?«

Ein Blick in sein Gesicht, und ich begreife. Natürlich, er sieht darin ein Motiv. Das Motiv, nach dem die Polizei noch sucht. Er glaubt, ich habe Luc getötet, weil dieser wusste, was ich dem Mädchen angetan habe.

»Das war ich nicht!«

»Und wenn, würdest du es mir sagen?«

Er vertraut mir nicht mehr; das erkenne ich an seinen Augen, sie flehen mich an. Diese Veränderung, die gerade zwischen uns passiert, erschüttert mich zutiefst.

»Candy hat ihn getötet. Mit dem Messer aus dem Pub.«

Er sieht mich ein paar Sekunden an. »Aber warum?«

»Das versuche ich ja herauszufinden!« Meine Worte überschlagen sich, aus Verzweiflung, Zorn und Hilflosigkeit. Ich reiße mich zusammen und lege so viel Ruhe in meine Stimme, wie es nur möglich ist. »Sie behauptet, ich hätte diese Frau getötet. Deshalb macht sie mir das Leben zur Hölle.«

»Wer sagt, dass das stimmt, was sie dir erzählt?«

Ich wünschte, er hätte recht, und Candy lügt mich bloß an. Ja, das ist die winzig kleine Hoffnung, die mich antreibt. Die Hoffnung, dass das alles nicht wahr ist, was sie sagt. Denn nur dann kann ich beweisen, dass ich unschuldig bin, weil sie mich dann nicht mehr in der Hand hat. Dennoch glaubt ein Teil in mir, dass sie die Wahrheit sagt. »Sie kennt mich von früher. Sie weiß, wie ich war.«

»Vielleicht will sie dir nur alles in die Schuhe schieben. Vielleicht …« Er fährt sich mit der Hand über den Haaransatz und schüttelt ungläubig den Kopf.

»Sie weiß auch Dinge über dich.«

Jetzt blickt er mich an. »Über mich? Was für Dinge?«

»Sie hat dich als verlässlich und fürsorglich bezeichnet. Sie weiß, dass du Menschen verurteilst, die gegen das Gesetz verstoßen. Das kann sie doch nur wissen, wenn ihr euch besser kennt.«

»Ich kenne sie nicht.«

»Sie wusste sogar, dass du mich damals auf der Landstraße aufgelesen hast. Das muss ihr jemand erzählt haben. Ich war es jedenfalls nicht.«

Er sieht mich entrüstet an. »Du denkst wirklich, ich war das?«

Ich bewege mich auf dünnem Eis, das ohnehin schon brüchig ist. Aber ich ertrage die Vorstellung nicht, dass Candy und David sich kennen. Ich habe Angst, dass sie Einfluss auf ihn nimmt, ihn verführt, ohne dass er weiß, wie ihm geschieht. Ich bin mir nicht sicher, ob er mir sagen würde, wenn er sich mit einer anderen Frau treffen würde, schließlich sind wir uns zu nichts verpflichtet. Wir sind kein Paar.

Er fasst sich an den Nacken. »Ich habe keine Ahnung, woher sie das weiß.«

Instinktiv will ich ihm das glauben. Warum sollte er mich belügen? Nach all dem, was er für mich tut. Ich weiß, dass ich ihm glauben kann. Trotzdem verstehe ich so vieles nicht. »Sie kennt mein früheres Umfeld. Sie weiß, wer Vicki war und war sogar mit ihr befreundet.«

»Welche Vicki?«

Ich übergehe seine Frage, denn im Moment ist das nicht wichtig. »Candy wusste, dass ich bei dir im Pub arbeite. Sie weiß einige Dinge aus meiner Jugend. Sie muss Nachforschungen betrieben haben. Über mich und offenbar auch über dich. Sie treibt ein perfides Spiel mit mir.«

Er lässt sich auf einen Stuhl nieder und starrt benommen zu Boden. Es ist, als höre er mir gar nicht mehr zu.

»David. Ich …«

Er hält mir die Handfläche entgegen, verbietet mir den Mund. »Ich muss erst einen klaren Kopf bekommen. Ich weiß nicht, was hier abgeht, aber im Moment ist mir das alles zu viel.«

Ich nicke.

Er steht auf. »Ich muss an die frische Luft. Allein. Ich brauche Zeit, um über all das nachzudenken.«

Ohne sich noch einmal umzudrehen, schwankt er unsicher zur Tür. Ich sehe ihm hinterher, dann springe ich auf, will ihm sagen, wie leid es mir tut, doch bis ich an der Tür bin, hat er sie schon hinter sich zugezogen.

28

Mindestens eine Dreiviertelstunde warte ich auf David, doch er taucht nicht wieder auf. Eine Packung Knäckebrot ist inzwischen leer, eine Flasche Cola auch. Es hat keinen Sinn, hier weiter rumzusitzen und zu warten. Sein Auto ist verschwunden, und ans Handy geht er auch nicht. Möglicherweise ist er auf dem Weg nach Bremen. Fort von mir und meinem wahren Ich.

Die Vergangenheit hat sich endgültig in die Gegenwart gedrängt. Sie lässt mich nicht mehr los. Was geschah nach diesem Festival?

Ich nehme mein Handy zur Hand. Der Akku ist fast leer. Bevor ich das Gerät auflade, suche ich im Internet nach Bens Adresse. Er wohnt nicht weit von hier, nur ein paar Straßen von seinem Elternhaus entfernt. Als ich mit Julian zusammen war, teilten sich die beiden Brüder ein Zimmer. Deshalb verbrachte Julian viel Zeit bei mir, damit wir ungestört waren. Ben fiel es schwer, seinen großen Bruder mit mir teilen zu müssen, trotzdem kamen wir gut miteinander aus. Ich hatte nie den Eindruck, dass er mich nicht mochte – bis sich Julian das Leben nahm. Mit seinem Tod versuchten wir beide, jeder auf seine Art, klarzukommen. Er mit seiner Trauer und ich noch zusätzlich mit meiner Schuld. Er war der Gute, ich die Böse. Zwar hat er das nie gesagt, aber der Vorwurf lag in seinem Blick, jedes Mal, wenn wir uns über den Weg gelaufen sind. Er machte mich verantwortlich für Julians Selbstmord. Und er hat recht, obwohl er nur die halbe Wahrheit kennt.

Als ich bei Bens Adresse ankomme, sehe ich ein schmutzig weißes Haus mit breiter Hofeinfahrt. Ich stelle mein Auto ein paar Meter weiter hinter einem großen Altpapiercontainer ab, steige aus und laufe das Stück zurück. Sein dunkelblauer Van steht in der Einfahrt. Demnach müsste er zu Hause sein. Ich gehe zur Eingangstür und drücke den Klingelknopf. Im Hintergrund lärmt eine Baumaschine, durchzogen vom schrillen Kreischen einer Säge. Ich klingle noch mal. Keiner macht auf. Einen Moment lang warte ich, dann drehe ich mich um und blicke zum Garagentor. Stammen die Geräusche von dort?

Ich gehe über den Hof und klopfe an die Metalltür neben dem großen Tor, und zwar so fest, dass meine Fingerknöchel schmerzen. Bei all dem Krach wird er mich trotzdem nicht hören können. Deshalb drücke ich zögerlich die Klinke und öffne die schwere Tür. Das Kreischen ist jetzt ohrenbetäubend laut, beißender Metallgeruch steigt mir in die Nase, und das grelle Licht an der Maschine blendet mich so stark, dass ich wegsehen muss. Ist das Ben dort an der Kreissäge?

Offenbar hat er mich bemerkt, denn das Licht erlischt, die Maschine wird leiser und verstummt kurz darauf ganz.

Es ist Ben. Er ist allein in der Werkstatt, nimmt die gelben Ohrenschützer und die Schutzbrille ab und schaut mich überrascht an. Sein hellgrauer Arbeitsoverall ist mit schmierigen Flecken übersät.

Er schüttelt sich die Haare aus dem Gesicht und wischt mit dem Handrücken über die Stirn. »Was machst du hier?«

»Kann ich mit dir reden?«

Er sammelt die Metallstäbe zusammen, die er abgeschnitten hat, und legt sie hinter sich auf eine Werkbank. »Worüber denn?«

»Über das Festival, auf dem wir uns das letzte Mal gesehen haben.«

Er wirft mir einen finsteren Blick zu, streift seine Arbeitshandschuhe ab und pfeffert sie auf den Auflagetisch der Kreissäge. Dann kommt er zu mir, drückt die Tür auf und geht mit mir nach draußen.

Ich atme die frische Luft ein, während sich Ben an das Garagentor lehnt und eine Schachtel Marlboro aus der Brusttasche seines Overalls zieht. Er klopft eine Zigarette heraus, steckt sie sich in den Mund und zündet sie mit einem Feuerzeug an. Gierig zieht er an ihr.

»Ist das deine Werkstatt?«, frage ich. »Machst du das beruflich?«

»Ich bin Schlosser«, nuschelt er an der Zigarette vorbei, die bei jedem seiner Worte wippt. »Mache hauptsächlich Einzelteile. Für alles andere ist die Werkstatt zu klein.«

»Du wohnst hier aber nicht allein, oder?« Ich sehe auf das zweistöckige Gebäude, das sich übereck bis hin zur Garage zieht.

»Meine letzte Beziehung liegt schon eine ganze Weile zurück. Ich wohne schon lang allein hier.« Er sieht mich an, als erwarte er eine bestimmte Reaktion. Ich werde mir kein Urteil erlauben, schließlich wohne ich selbst seit Jahren allein.

Ben zieht an der Zigarette und bläst den Rauch aus. »Bist du wegen unserer Auseinandersetzung hier?«

»Auseinandersetzung?«

»Ach komm schon. Tu nicht so, als wären wir die besten Freunde. Du weißt besser als ich, dass wir das nicht sind. Alles, was ich damals gesagt habe, meine ich auch so.«

Verdutzt sehe ich ihn an. »Wann hast du mir was gesagt?«

Seit das mit Julian war, sind wir uns aus dem Weg gegangen. Wir haben seitdem kaum mehr ein Wort gewechselt.

»Beim Oscura-Festival. Deshalb bist du doch hier.«

»Ich kann mich nicht daran erinnern, was dort passiert ist und dass wir uns gestritten haben.«

Er lächelt müde und schnippt mit dem Fingernagel gegen den Filter, woraufhin die Asche zu Boden fällt. »Du hast mir damals erzählt, dass du nach Niederrodenbach willst, wegen irgend so einem Typen, auf den du dich eingelassen hast.«

»Lukas Barke?«

»Kann schon sein.«

»Was wollte ich dort?«

Er zuckt nur mit den Schultern.

»Weißt du, mit wem ich bei dem Festival war? Kanntest du die Leute?«

»Deine Begleiter haben mich herzlich wenig interessiert. Das Einzige, was mich interessierte, war, warum du meinem Bruder das angetan hast.«

Ich schließe die Augen und nehme einen tiefen Atemzug. Er macht mir immer noch zum Vorwurf, dass ich Julian verlassen habe. Mir ist, als ziehe sich mein Herz zusammen. »Ich war einfach zu jung, um für ihn da zu sein. Ich war erst sech…«

»Komm nicht wieder mit dieser Scheiße«, fährt er mich an.

Ich blicke zu ihm auf, sein Gesichtsausdruck ist wütend. Er zieht an der Zigarette und bläst den Rauch durch den Mundwinkel. »Ohne dich wäre er nicht in diesem Rollstuhl gelandet, ohne dich würde er noch leben, verdammt noch mal!«

Einen Moment lang fühle ich mich wie an die Wand gedrückt. »Du weißt es?« Meine Stimme ist nur ein dünner Hauch.

»Du erinnerst dich wirklich nicht, was? Hast dir wohl das Hirn zu voll gekifft.«

183

Wie erstarrt sehe ich ihn an. Er weiß es. Habe ich ihm das mit dem Unfall beim Festival erzählt?

Er dreht die Zigarette zwischen den Fingern und betrachtet die schwelende Glut. »Du hast ihn im Stich gelassen, obwohl du ...«

»Ich konnte es nicht!«

»Du warst zu feige. Und zu egoistisch.« Er spuckt die Worte aus und deutet dabei immer wieder mit dem Finger auf mich.

Ich weiß, dass ich versagt habe. Wie oft habe ich mir das selbst vorgeworfen. Mich dafür gehasst und verurteilt. Ich bin ein schlechter Mensch und egal, wie sehr ich versuche, alles richtig zu machen, ich werde meine Sünden nicht los.

Ben schüttelt verständnislos den Kopf. »Du bist einfach abgehauen.«

»Ich habe ihm Tag für Tag dabei zugesehen, wie er bei jedem Bordstein, jedem Kopfsteinpflaster, ja, sogar wenn er auf die Toilette musste, zu kämpfen hatte. Alltägliche Kleinigkeiten, über die wir uns nie zuvor Gedanken gemacht hatten, änderten von jetzt auf gleich unser Leben. Ich habe ihm Mut zugesprochen, ihn ein halbes Jahr lang so gut es ging unterstützt, aber irgendwann konnte ich nicht mehr. Ich konnte nicht länger mit dem Wissen bei ihm sein, dass ich schuld an all dem war.«

Er schnaubt spöttisch. »Na endlich gibst du es zu.«

»Es gibt keine Entschuldigung für das, was ich getan habe, das ist mir klar«, sage ich.

»Nein, die gibt es nicht. Die wird es nie geben.« Er nimmt einen Zug und bläst den Rauch aus. »Julian hat dir nie einen Vorwurf deswegen gemacht, weil er dich nicht verlieren wollte. Aber du hast ihn trotzdem verlassen.«

Überrascht sehe ich ihn an. Was meint er damit, dass Julian mir nie einen Vorwurf gemacht hat? Ich habe immer geglaubt, Julian könnte sich nicht an den Unfallhergang erinnern. Heißt das, er wusste die ganze Zeit, was in der Unfallnacht passiert ist?

Wollte er deshalb nie mit mir darüber sprechen, weil er mir keinen Vorwurf machen wollte? Hat er sich stattdessen Ben anvertraut? Seinem geliebten Bruder, der weiterhin für ihn da war, während ich meine Erlösung in Drogen und Alkohol suchte?

»Seit wann weißt du es?«

Er bläst mir den Rauch ins Gesicht. »Zwei Tage bevor er sich das Leben nahm, hat er es mir erzählt.«

Deshalb diese Feindseligkeit in Bens Blicken, jedes Mal, wenn wir uns begegnet sind. Mein Brustkorb wird mit einem Mal ganz eng. Kann es sein, dass Candy es von ihm weiß?

»Sagt dir der Name Candy etwas?«

Er zieht ein letztes Mal an seiner Zigarette und sieht mir dabei fest in die Augen. Ich spüre die Kälte in seinem Blick und in seiner Stimme. »Nein.« Aber er hat kurz gezögert.

»Du kennst sie wirklich nicht?«

Er wirft die Kippe zu Boden und tritt sie mit der Schuhspitze aus. »Nein.«

»Sie hat braune Haare, ist so groß wie ich und …«

»Ich sagte doch, nein.«

Ich sehe ihn an und ringe nach den Worten, die er mir gerade abgeschnitten hat. »Du lügst doch.«

Er lächelt bitter. »War's das?« Dann dreht er sich einfach weg und geht.

»Ben!«, rufe ich ihm hinterher.

Er bleibt an der Tür stehen und schaut noch einmal zurück: hart, kalt.

»Wenn ich das mit Julian ungeschehen machen könnte, würde ich es tun.«

Sein Blick bleibt unverändert. Ich begreife, dass er sich nicht umstimmen lässt, keine Entschuldigung akzeptiert, also bleibt mir nichts anderes übrig, als es hinzunehmen und zu gehen.

Vermutlich steht er immer noch an der Tür und sieht mir hinterher, denn ich höre nicht, dass er hineingeht. Aber ich drehe mich nicht um. Mehr, als mich zu entschuldigen, kann ich nicht tun.

Ich laufe die Einfahrt entlang, über den Bürgersteig, bis ich bei meinem Auto bin. Als ich den Schlüssel aus meiner Jackentasche fische, höre ich hinter mir ein Rascheln und eine Hand presst sich auf mein Gesicht. Ein chemischer Geruch füllt meine Atemwege, und noch bevor ich es schaffe, Widerstand zu leisten, entgleiten mir die Sinne.

29

Ich spüre den kalten, harten Boden unter mir. Er ist rau, mit kleinen Steinen, die sich in meine Arme bohren. Es ist dunkel. Ich reiße die Augen auf und kann trotzdem nichts erkennen. Mein Herz pocht rasend schnell, als mir einfällt, was passiert ist. Soweit ich mich erinnern kann, stand ich an meinem Auto und wollte es gerade aufsperren, da packte mich jemand von hinten.

Ich stütze mich hoch, taste mit den Fingern meine Umgebung ab. Mir wird übel, mein Kopf dröhnt.

»Hallo?«, rufe ich und höre nichts außer meiner Stimme. Sie hallt, als wäre der Raum, in dem ich mich befinde, ganz aus Stein. Vielleicht ein Keller. Es riecht muffig, nach Moos und altem Gemäuer, und es ist kühl und feucht. Ich gehe auf die Knie, stütze mich ab, um aufzustehen, da überfällt mich erneut die Übelkeit. Ich bin kurz davor, mich zu übergeben, setze mich wieder und atme, so tief es geht. Man hatte mich betäubt, deshalb ist mir so schlecht.

Ich lege mich wieder auf den Rücken, warte, bis sich mein Magen beruhigt, muss nachdenken. Mein Herz schlägt wie verrückt.

Mein Handy! Ich taste danach, als mir einfällt, dass es im Apartment liegt, der Akku war leer. Verflucht! Aber wahrscheinlich hätte man es mir sowieso längst abgenommen. Und vermutlich gäbe es hier auch keinen Empfang. Aber wenigstens hätte ich dann Licht. Ich schüttle den Kopf. Es hat keinen Sinn, mir das Hirn weiter über Eventualitäten zu zermartern, die es gar nicht gibt. Die mich nicht weiterbringen. Besser, ich finde einen Weg hier raus.

Ich gehe in die Hocke. Die Übelkeit ist immer noch da, aber nicht mehr so stark.

Vielleicht bin ich nicht allein hier. Die Vorstellung lähmt mich, ich wage es nicht, mich zu bewegen.

»Ist da wer?«, rufe ich leise in die Dunkelheit.

Ich höre nichts. Langsam beuge ich mich vor und taste mit der Hand über den Boden, bewege mich auf Knien weiter, Stück für Stück, immer mit der Angst im Nacken, dass ich auf etwas stoße, das sich anfühlt wie Haut. Fleisch. Ein toter Mensch. Aber würde ich das nicht riechen? Ich verscheuche den Gedanken. Bis jetzt spüre ich nur rauen Beton und Steine, winzig kleine vor allem, aber auch faustgroße Gesteinsbrocken. Warum hat man mich hierhergebracht? Wenn es nur nicht so stockfinster wäre.

Plötzlich ergreift mich die Angst, blind zu sein. Vielleicht ist es gar nicht dunkel.

Wieder reiße ich die Augen auf, blinzle, betaste meine Lider. Nein, ich bin bestimmt nicht blind.

Ich stehe auf und versuche, mich weiter durch die Schwärze zu tasten, die über mir, unter mir, vorn, hinten ist. Werde ich beobachtet? Aber dann müsste ich das Licht einer Kamera entdecken. Ein kleines rotes oder grünes Leuchten. Oder Blinken. Ich muss, warum auch immer, an die Kamera im Polizeipräsidium denken. Ich drehe mich um, die Steine knirschen unter meinen Schritten. Irgendwo muss doch was sein.

Da! Ein kleiner heller Schlitz in Augenhöhe.

Ich bin so erleichtert, fast euphorisch, dass mir nicht einmal in den Sinn kommt, dass ich stolpern könnte, während ich darauf zulaufe. Erst als ich dort bin und mit den Fingern die Stelle berühre, begreife ich, dass es sich um eine Tür handelt. Ich fühle sie. Glattes Metall, so breit, dass ich nur den Arm seitlich ausstrecken muss, um das andere Ende des flachen Türblatts zu ertasten. Mit ausladenden Bewegungen streiche ich über die Fläche. Ich finde keinen Griff.

Vielleicht ist hier irgendwo ein Lichtschalter. Hastig taste ich die Wand ab. Sie ist feucht und gröber als der Boden und irgendwie glitschig. Ich finde nichts. Panik überkommt mich.

Ich schreie um Hilfe, doch nichts passiert. Ein Schluchzer sucht sich den Weg durch meine Kehle, bleibt im Rachen hängen. Ich bekomme keine Luft. Das Schluchzen hört nicht auf. Ich brauche Luft! Ich muss atmen. Atmen. Atmen.

Der Druck in meiner Lunge lässt allmählich nach, je mehr ich mich darauf besinne, ruhig zu atmen. Ich zittere am ganzen Körper. Ich darf nicht in Panik verfallen. Ich finde einen Weg hier raus. Ganz sicher – auch wenn ich mir das selbst nicht glaube.

Ich beginne, weiter die Wände abzutasten. Der Raum ist annähernd quadratisch, nicht besonders groß, drei auf drei Meter vielleicht, und auch nicht hoch. Wenn ich den Arm ausstrecke, kann ich mit den Fingern die Decke berühren. Beton, wie der Boden und die Wände. Der Raum ist hermetisch abgeschlossen, die Tür hat keinen Griff, es gibt keinen Weg hier raus. Ich bebe am ganzen Körper, mir ist kalt und trotzdem schwitze ich. Kalter Schweiß, Angstschweiß.

Ich lasse mich an einer Stelle nach unten sinken, von der aus ich den hellen Schlitz sehen kann. Meine einzige Verbindung zu draußen. Er ist kaum größer als ein Kratzer, und es fällt kaum Licht hindurch. Er ist nur heller als das Schwarz drumherum. Ich frage mich, was wohl dahinter ist. Noch ein Raum vielleicht.

Bin ich in einem Haus? Möglich. Aber warum ist die Wand dann so feucht, und wieso sind hier so viele Steine?

Ich taste den Boden ab, bis ich auf einen Stein treffe, der groß und kantig ist. Jetzt stehe ich auf und bewege mich wieder auf den Schlitz zu.

Sobald ich an der Tür bin, ritze ich mit dem Stein darüber. Vielleicht schaffe ich es, ihn zu vergrößern. Ich schabe und kratze so lange, bis mir der Arm wehtut, mache mit der anderen Hand weiter, immer im Wechsel, doch der Schlitz verändert sich nicht. Die kleinen Brocken, die hörbar zu Boden rieseln, stammen allesamt von dem Stein in meiner Hand. Der Beton ist bombenfest, der Kratzer unverändert.

Verzweifelt schlage ich mit dem Stein dagegen, bis dieser ganz zerbröselt.

Mit wunden Fingern und Tränen in den Augen lasse ich mich auf den Boden sinken und warte. Weine und warte. Keine Ahnung, wie lange. Eine Stunde, zwei, vielleicht auch nur zehn Minuten. Ich weiß es nicht. Mein Zeitgefühl ist weg. Im Dunkeln gibt es keine Zeit. Es gibt nur Angst.

Ob ich jemals wieder hier herauskomme? Warum hat man mich überhaupt hierhergebracht? Wie lange werde ich hier überleben? Wie lange hält man ohne Trinken aus? Vier bis fünf Tage? Nein, vorher werde ich ersticken. Ich habe schon jetzt das Gefühl, die Luft wird knapp. Ich bin müde, und immer wieder flackern Lichtblitze durch mein Gesichtsfeld. Ich bilde mir sogar schon ein, dass jemand neben mir sitzt. Es ist, als spüre ich eine körperliche Präsenz und glaube auch, ein Schnaufen zu hören. Sogar wenn ich den Atem anhalte und mich kein bisschen rühre, vernehme ich es.

Ich strecke den Arm nach rechts aus, dann nach links, fasse ins Leere und schlage mit dem Bein nach vorn, doch da ist niemand.

»Hör auf!«, rufe ich und halte mir die Ohren zu. Oh Gott, ich werde verrückt.

Als ich die Hände irgendwann herunternehme, ist es wieder still. Halt, gerade war da ein anderes Geräusch. Ein gedämpftes Knacken. Jetzt, ein Poltern. So, als ob ein Tennisball zu Boden fällt. Es kommt nicht von hier drin. Es kommt von draußen.

Ich drehe mich um und bringe mein Ohr ganz nah an den Stahl. Drei Atemzüge lang höre ich nichts. Es bleibt still, trotzdem bin ich mir sicher: Dort draußen war jemand. Oder *ist* jemand.

30

Seit einer gefühlten Ewigkeit sitze ich an der Wand und lausche in die Dunkelheit. Inzwischen kommt mir die Erinnerung an das Knacken und Poltern wie ein Hirngespinst vor. Ich könnte nicht mal mehr sagen, wie es sich angehört hat. Meine Psyche spielt mir Streiche, erzeugt Sinneseindrücke, wo keine sind.

»Hört mich jemand?«, rufe ich ins stille Schwarz und warte, ob sich etwas tut. »Hilfeee!«, schreie ich aus tiefster Kehle, immer wieder, bis mein Brüllen in ein Keuchen und Schluchzen übergeht. Warum hört mich denn niemand?

Ich vergrabe das Gesicht in den Händen und wippe mit dem Oberkörper vor und zurück, fühle mich wie ein Baby, das von seiner Mutter in den Schlaf geschaukelt wird. Ich sehne mich nach David, seiner Umarmung, seinem Geruch, dem Gefühl der Geborgenheit. Ich werde müde, meine Augen fallen zu. Ich lasse sie geschlossen, weil es keinen Unterschied macht, ob sie auf sind oder zu.

Ich lege mich auf die Seite und krümme mich zusammen, damit mir nicht so kalt ist. Embryohaltung, so schlafe ich normalerweise nie. Trotzdem dauert es nicht lange, und meine

Gedanken driften ab. Bilder tauchen vor meinem inneren Auge auf. Ich befinde mich auf einer Wiese, und neben mir plätschert ein kleiner glitzernder Bach. Schmetterlinge mit braun gefleckten Flügeln tanzen um die Steine im Wasser. Einer flattert zu mir und setzt sich auf meinen linken Arm. Ich spüre das sanfte Kitzeln, lächle und betrachte seine winzig kleinen Fühler, als das gleichmäßige Plätschern plötzlich in ein Hämmern übergeht. Ein Bagger. Seine Schaufel gräbt sich durchs Gestein. Er will den Bach ausgraben. Die Schmetterlinge fliegen fort, und der Himmel wird mit einem Mal dunkelgrau.

Ich schrecke hoch. Die Wiese und der Bach sind weg. Alles ist schwarz. Nur das Hämmern ist noch da.

Ich brauche Sekunden, um zu begreifen, dass das keine Wirklichkeit war, dass ich noch immer in diesem Raum gefangen bin. Es war nur meine Fantasie. Aber warum hämmert es dann immer noch?

Langsam realisiere ich, dass es das Geräusch tatsächlich gibt. Dort draußen ist jemand. Ich bin mir absolut sicher.

Die zeitlichen Abstände zwischen den Schlägen werden größer, bis das Hämmern ganz verstummt. Eine Weile höre ich nichts, zweifle an meinem Verstand, dann ein leises Rumpeln, kaum wahrnehmbar. Und wieder hämmert es, diesmal lauter. Die Tür! Jemand ist an der Tür. Ich krieche hinüber, taste mit der flachen Hand nach dem Stahl, spüre, wie das Metall bei jedem Schlag bebt. Dort draußen ist jemand. Ich suche den Schlitz, aber finde ihn nicht.

»Hilfe!«, schreie ich und halte mir sogleich den Mund zu.

Was, wenn es mein Entführer ist?

Ich weiche zurück. Überlege, mir einen großen Stein zu suchen.

Aber warum hämmert er gegen die Tür?

Es knackt.

Kleine Steine schaben über den Beton, als die Tür aufgeht. Ich atme so schnell, dass mir schwindelig wird.

Eine Gestalt steht vor blauschwarzem Grund. Ich bewege mich nicht, obwohl ich sollte. Das ist meine Chance. Ich sollte …

»Kristina?«, höre ich eine entkräftete Stimme, die mir so vertraut vorkommt, dass ich auf einen Schlag zu schluchzen beginne.

Meine Knie werden weich, weil die ganze Anspannung mit einem Mal aus meinen Beinen weicht. »David?«

Etwas fällt scheppernd zu Boden. Ich höre mein Gegenüber kurzatmig schnaufen. Eine Hand greift nach meinem Arm und zieht mich aus dem schwarzen Loch, ich rieche Schweiß, Regen und Moos. Er drückt mich eine Treppe hoch, zwei Stufen, dann verschwindet seine Hand von meinem Rücken. Steine knirschen unter meinen Schuhen, als ich weiter hochsteige. Ich glaube, am Ende der Treppe eine Tür aus Brettern zu erkennen. Tatsächlich. Als ich die letzte Stufe erklommen habe, stoße ich sie auf. Die Latten sind morsch und feucht, und dahinter ist … Wald.

Ich wende mich um und betrachte die Umrisse des steinernen Verschlags, aus dem ich eben entkommen bin. Ein Bunker. Mitten im Wald.

David schleppt sich die letzten Stufen nach oben.

»Wo sind wir hier?« Wieder sehe ich mich um, habe keine Ahnung, was das für ein Wald ist. Eine Eule ruft und neben meinen Füßen raschelt es.

»Komm«, ächzt David. »Wir müssen zum Auto …«

Er streift meinen rechten Arm, als er sich an mir vorbeischiebt. Ich folge ihm, nehme wahr, wie er sich im Dunkeln durch das Gestrüpp und Geäst schleppt. Nach vorn geneigt, als trage er einen zentnerschweren Stein mit sich herum. Er schwankt wie ein Betrunkener. Irgendetwas stimmt nicht mit ihm.

»David?«

Er reagiert nicht, schleppt sich weiter. Um uns herum flattert, knackt und raschelt es. Die Geräusche des Waldes.

»Wo sind wir hier?«

Ich hole ihn ein, will endlich wissen, was los ist. Er schnauft so komisch. Ein leises Pfeifen dringt bei jedem Atemzug aus seinem Mund.

»Was ist mit dir?«, frage ich.

Er bleibt stehen. »Mir geht's nicht gut. Mir …« Er beugt sich vor, stützt sich auf den Oberschenkeln ab und fängt zu würgen an.

Diese Geräusche gehen mir bis ins Mark. Jeden Moment rechne ich damit, dass er sich übergibt, und schon kommt ein ganzer Schwall.

Ich umfasse seine Schulter, halte ihn und rieche seinen sauren Atem. Irgendwann sieht er zu mir auf. Es ist, als wolle er mir etwas sagen, aber ihm fehlt die Kraft, es auszusprechen. Mehr als ein Stöhnen bringt er nicht hervor, ehe sein Kopf wieder nach unten sackt.

»Wo steht dein Auto?«, frage ich.

»Da.« Er schafft es kaum, die Hand zu heben, versucht, sich aufzurichten, fasst sich an den Bauch und knickt wieder ein.

Ich stütze ihn, so gut es geht, damit wir weiterkommen. Er ist so schwer, und es kostet mich ungeheure Anstrengung, ihn durch den Wald zu schleppen. Meine Lippen und meine Kehle sind staubtrocken, jeder Atemzug schmerzt. Doch David geht es viel schlechter als mir. Er kann sich kaum noch auf den Beinen halten.

Nicht weit vor uns taucht eine kleine Lichtung auf mit den dunklen Umrissen eines Autos. Es sind nur noch ein paar Meter.

Schlingpflanzen krallen sich wie dürre, lange Tentakel an meine Hosenbeine und hindern mich daran, voranzukommen. Ich habe keine Kraft mehr, bin drauf und dran, aufzugeben, als wir endlich am Auto sind und ich David an die Tür lehnen kann. Ich habe plötzlich furchtbare Angst, dass er stirbt. Aber noch atmet er. Wenn auch nicht normal.

Ich grabe mit meiner Hand in seiner Hosentasche und finde, was ich suche. Die orangefarbenen Lichter am Auto blinken, als ich auf die Fernbedienung drücke. Ich zerre David zur Seite, um die Beifahrertür aufzumachen. Er ist so verdammt schwer.

»Komm schon«, flehe ich und schaffe es endlich, die Tür zu öffnen und ihn in den Wagen zu hieven.

Er hustet, als er auf den Sitz sinkt und ich seine Beine hineinverfrachte. Im Licht des Innenraums erkenne ich, wie bleich er ist. Und nicht nur das, er hustet Blut.

»Kris… Es tut mir leid«, krächzt er.

»Was? Was tut dir leid?«

»Ich wusste nicht …« Er schafft es nicht, weiterzusprechen. Sein Atem geht flach, stockend. Mit schmerzverzerrtem Gesicht sieht er mich an, dann kneift er die Augen zusammen und hustet erneut.

»Ich bringe dich ins Krankenhaus«, sage ich und schlage die Tür zu.

In Windeseile laufe ich ums Heck und steige ein, starte den Motor und fahre auf den Waldweg, der sich vor mir im Scheinwerferlicht abzeichnet. Mein Adrenalinspiegel ist so hoch, dass mein Puls fast schon vibriert. Ich habe keine Ahnung, wo wir sind, aber ich hoffe, dass es hier zu einer Straße geht.

Ich werfe einen Blick auf David. Er hat den Kopf an die Scheibe gelehnt, er atmet, glaube ich zumindest.

»Bleib bei mir«, flehe ich. »Bitte, David, bleib bei mir.« Du darfst nicht sterben.

Wie eine Verrückte brettere ich über den Schotter. Ein Schlagloch reiht sich an das andere, Sträucher kratzen an den Autotüren. Ich sollte nicht ganz so schnell fahren, sonst bricht noch die Achse. Aber ich muss hier endlich raus, David braucht ganz dringend Hilfe.

Nach ein paar Hundert Metern lichtet sich der Wald und ich komme an der Landstraße heraus, die von Niederrodenbach nach Hanau führt.

Endlos lange Minuten später erreiche ich das Ortsschild. Die Straßen sind zum Glück recht leer. Kein Wunder, es ist mitten in der Nacht. Halb zwölf. Die Geschwindigkeitsbegrenzungen sind mir egal. Mit hundertzwanzig schieße ich durch die Stadt. Mir bleibt nicht einmal die Zeit, mich zu fragen, wie lange ich in diesem Bunker war. Das Einzige, was jetzt zählt, ist, dass David überlebt.

Am Krankenhaus angekommen, fahre ich zur Notaufnahme.

»Wir sind da«, rufe ich David zu, doch er reagiert nicht und bewegt sich auch nicht.

Ich springe aus dem Auto und laufe durch die Schiebetüren, die sich öffnen. Der junge Mann am Anmeldeschalter sieht mich mit schreckgeweiteten Augen an.

»Mein Freund spuckt Blut, er ist nicht ansprechbar«, schleudere ich ihm entgegen und würde am liebsten die gesamte Station zusammenschreien. Auch wenn hier keiner ist, bis auf ein altes Paar, das auf einer der Wartebänke sitzt.

Er greift zum Hörer. »Wo ist ihr Freund?«

»Draußen, im Auto. Bitte … schnell.«

Er spricht in den Apparat, ich bekomme nicht mit, was er sagt. Bin viel zu unruhig. Warum dauert das so lange?

Endlich kommen zwei Sanitäter um die Ecke. Der Mann hinter der Glasscheibe deutet auf mich.

»Er ist draußen«, sage ich und laufe Richtung Eingang. Die beiden überholen mich, sprinten zum Auto.

Ich bleibe an der Motorhaube stehen und sehe zu, wie der eine mit David zu reden versucht, während der andere in ein Funkgerät spricht.

Es wird alles gut, sage ich mir noch, ehe mich sämtliche Kräfte verlassen und ich vor Erschöpfung zusammensacke.

31

Ich blinzle, spüre kalten Schweiß an meinem Haaransatz und fühle mich matt und erschlagen. Um mich herum ist kein Schwarz mehr, sondern Weiß.

»Sie sind zusammengeklappt«, vernehme ich eine ruhige Frauenstimme und höre Geräusche, die wohl von den Rollen eines Stuhls stammen.

Langsam nimmt auch der Raum Gestalt an, der bis in den letzten Winkel von Deckenlampen ausgeleuchtet ist, die wie quadratische Sonnen auf mich herabstrahlen. Die Wände sind in einem pastelligen Mint gestrichen. Ein Behandlungszimmer mit Geräten, Monitoren und einem Medikamentenschrank. Die Liege unter mir ist mit dünnem Papier ausgelegt, das verrutscht und knistert, sobald ich mich bewege.

»Hier«, sagt die Frau in weißer Kleidung und reicht mir ein Glas Wasser.

Ich trinke einen kleinen Schluck und gebe ihr das Glas dankend zurück.

»Wo ist mein Freund?«

»Er wird gerade notoperiert.«

Ich setze mich auf. Kurz wird mir schwindelig, doch nach zwei Atemzügen bin ich wieder im Gleichgewicht.

»Was ist mit ihm?«

»Vermutlich hat er innere Verletzungen, aber Genaueres kann Ihnen nur der Arzt sagen.« Sie dreht mir den Rücken zu und stellt das Glas auf einem Computertisch ab. Ich betrachte ihr braunes schulterlanges Haar. Es ist wellig und glänzt wie Seide.

»Er ist in eine Schlägerei geraten«, sage ich und überlege Sekunden später, ob das wirklich stimmt. Denn plötzlich kommt mir ein ganz anderer Gedanke: Woher wusste David, dass ich in diesem Bunker war? Mir bricht schlagartig der Schweiß aus. »Wann wird er wieder ansprechbar sein?«

Die Frau sieht mich mit gerunzelter Stirn an. »Das weiß ich leider nicht. Ich kann nicht sagen, wie lange die OP dauern wird und wie es ihm danach geht.«

»Aber er wird durchkommen, oder?« Er wird nicht sterben.

»Ich bin kein Arzt, tut mir leid.«

Ich weiß, ich wollte nur, dass sie mir Hoffnung macht und verspricht, dass alles wieder gut wird. Natürlich kann sie das nicht sagen. Woher soll sie es auch wissen?

Sie steht vom Rollhocker auf und nimmt das Glas, hält es mit beiden Händen fest. Ihr Blick zeigt Mitgefühl. Sie spürt, dass ich aufgewühlt bin. »Sie können jetzt nichts für ihn tun. Gehen Sie nach Hause und versuchen Sie, ein wenig zu schlafen. Ihr Freund braucht Sie, wenn er aufwacht.«

Mein Freund braucht mich. Mir wird plötzlich bewusst, wie wenig ich von David weiß. Wie gut kennt man einen Menschen wirklich, mit dem man seit acht Jahren befreundet ist? Sein Onkel hat uns jahrelang getäuscht, die Schulden, die er hinterlassen hat, waren für uns alle ein Schlag ins Gesicht. Auch ich habe mich, seit ich in Bremen lebe, anders gegeben, als ich früher war. Was, wenn ich genauso wenig von David weiß wie er von mir?

Dem Ratschlag der Schwester folgend, verlasse ich das Krankenhaus, um mich in mein Apartment zu begeben. Ich setze mich in Davids Auto, verriegle als Erstes die Türen und will dann den Sitz ein Stück höher stellen. Als ich entlang der Mittelkonsole nach dem Hebel suche, fällt mein Blick auf eine Zeitung, die unter dem Beifahrersitz hervorlugt. Ich ziehe sie heraus und stelle fest, dass es nur ein einzelnes Blatt ist. Und zwar das mit dem letzten Bericht über Alina S.

Perplex starre ich ihr Foto an, auf dem sie die Perlenkette trägt.

David hatte sich die Zeitung gekauft und nur diese eine Seite aufgehoben. Gänsehaut erfasst meinen Körper. Das heißt, er weiß davon.

Ich reiße das Handschuhfach auf und wühle mich durch CDs, Brillenetui, Fahrtenbücher und alles, was sonst noch darin liegt. Keine Ahnung, wonach ich suche. Nach irgendetwas, das mir beweist, dass ich mich in David getäuscht habe und er nicht der ist, den ich zu kennen glaubte. Ich mache das Handschuhfach wieder zu. Die Wahrheit erfahre ich nur, wenn ich mit ihm spreche. Alles andere ergibt keinen Sinn. Ich muss warten, bis die OP vorüber ist. Die Schwester hat versprochen, mich anzurufen, wenn sie David in den Aufwachraum bringen. Spätestens dann weiß ich hoffentlich mehr. An das, was bis dahin passieren kann, will ich nicht denken. Ich will nur eins: dass er überlebt. Weil ich ihn immer noch mag, so wie er ist.

Es ist kurz nach zwei in der Nacht, als ich am Apartment ankomme. Der Parkplatz ist leer, mein Auto steht vermutlich immer noch in der Nähe von Bens Wohnung, es sei denn, mein Entführer hat es weggeschafft. Erst jetzt realisiere ich so richtig, was mir widerfahren ist. Was alles hätte passieren können, wenn David nicht gekommen wäre. Vermutlich wäre ich in dem Bunker umgekommen.

Ich schnalle mich ab. Glücklicherweise habe ich David den Ersatzschlüssel fürs Apartment überlassen. Er hängt an seinem Schlüsselbund.

Leise steige ich aus dem Wagen, eile im Laufschritt zur Tür und stecke den Schlüssel ins Schloss. In der Wohnung ist es mucksmäuschenstill. Schnell schließe ich hinter mir ab und kontrolliere danach jeden Winkel. Schaue ins Bad und ins Schlafzimmer und vergewissere mich, dass auch dort niemand ist. Küche und Esstisch sind unverändert. Sogar die blutigen Papierservietten liegen noch herum.

Neben dem Sofa erblicke ich Davids Reisetasche. Ich kann nicht anders, gehe hinüber, öffne den Reißverschluss und überprüfe den Inhalt. Im Hauptfach liegen nur Klamotten und eine Kulturtasche mit Shampoo und Zahnputzsachen. Im Seitenfach steckt eine Quittung von einem Dresdener Hotel, in dem er letztes Jahr war, um die Produktionshalle eines Lieferanten zu besichtigen. Nichts, was mich weiterbringt. Seufzend ziehe ich den Reißverschluss wieder zu. Ich sollte schlafen und den Tag endlich hinter mich bringen.

Bevor ich jedoch ins Schlafzimmer gehe, hole ich noch das große Messer aus der Küchenschublade. Sicher ist sicher. Ich lege es auf den Nachttisch, mache mich fertig fürs Bett und schlüpfe unter die Decke.

Obwohl ich mich dazu zwinge, die Gedanken ziehen zu lassen, schaffe ich es nicht, zu schlafen. Ich wälze mich von einer Seite auf die andere, strample die Decke von mir, weil mir zu heiß ist, und ziehe sie Minuten später wieder über mich, weil mir kalt wird. Inzwischen ist es schon halb vier. Ich bin längst über den müden Punkt hinweg und innerlich so aufgewühlt, dass ich partout nicht in den Schlaf falle.

Nach zehn weiteren Minuten, in denen ich überlege, ob ich wieder ins Krankenhaus fahren soll, höre ich plötzlich ein polterndes Geräusch.

32

Ich kann das Geräusch nicht genau orten, aber ich glaube, dass es von draußen kommt. Sofort ist jede Zelle meines Körpers in Alarmbereitschaft. Jetzt höre ich es wieder. Ein Poltern, gefolgt von einem leisen Schaben. Im Schlaf hätte ich es niemals mitbekommen, so leise ist es. Komm runter, sage ich mir. Vielleicht ist es ein Ast, den der Wind gegen die Fensterläden peitscht. Ich sollte aufstehen und nachsehen. Ein unwohler Schauer erfasst mich, als ich ein kurzes Klacken höre. Ich schiebe die Bettdecke beiseite und trete barfuß auf die kalten Fliesen. Vorsichtig nehme ich das Messer vom Nachttisch und schleiche zur angelehnten Zimmertür. Ich bleibe stehen und horche.

Plötzlich höre ich Schritte im Kies. Sie sind so laut, als wäre … Ich ziehe die Schlafzimmertür auf und zucke zusammen, weil die Apartmenttür tatsächlich offen steht. Jemand hat sie aufgebrochen.

Mit dem Messer in der Hand bewege ich mich über die Schwelle in den Wohnbereich. Das ungute Gefühl streicht wie ein Schleier über meine Haut. Um mich herum ist es dunkel, schwärzer als draußen, wo der Mond die Umgebung zumindest ein bisschen erhellt. Aber ich wage es nicht, das Licht anzumachen. Der Eindringling soll nicht wissen, dass ich wach bin.

Wieder höre ich den Kies knirschen, die Schritte sind diesmal nicht so laut, sie tappen mehr, als dass sie hetzen. So, als pirsche sich jemand heran. In mir spannen sich sämtliche Muskeln an, ich weiß nicht, was ich tun soll. Zur Tür stürmen und sie zudrücken? Oder warten, bis er oder sie sich zeigt? Mein Griff ums Messer wird fester.

Als wollte mir dieser Jemand die Entscheidung abnehmen, taucht er plötzlich im Türrahmen auf. Ich erschrecke so heftig, dass mir ein spitzer Schrei entkommt.

»Sind Sie in Ordnung?« Eine Männerstimme. Sie klingt atemlos und vor allem besorgt. Es dauert Sekunden, bis ich darauf komme, wer er ist. Der Vermieter.

Ich lasse die Hand mit dem Messer sinken, bleibe aber wie angewurzelt stehen.

»Ja«, sage ich, auch wenn mir das Gefühl, dass hier etwas nicht stimmt, noch immer im Nacken sitzt.

»Meine Tochter hat gesehen, dass sich jemand an der Tür zu schaffen machte. Er war wohl ganz in Schwarz gekleidet.«

Ich betrachte den Umriss des Vermieters, der vor dem Schein des Mondes ebenfalls tiefschwarz ist.

»Sophia kommt immer zu uns ins Bett, wenn sie schlecht geträumt hat. Dabei hat sie ihn vom Fenster aus gesehen.« Er deutet nach rechts, obwohl ich von hier aus sowieso keine Fenster sehen kann. »Er muss gehört haben, dass ich zur Tür raus bin, und ist wohl weggerannt.«

»Ein Mann? War es ein Mann?«

»Das weiß ich nicht. Es könnte natürlich auch eine Frau gewesen sein. Man geht bei so was ja automatisch von einem Mann aus, nicht wahr?« Er lacht verlegen.

»Ja«, pflichte ich ihm bei. Es erscheint mir bizarr, dass man in so einer Situation lachen kann. Aber bestimmt ist das der Aufregung geschuldet.

»Darf ich hereinkommen und das Licht anmachen? Ich würde gerne nachsehen, ob die Tür beschädigt ist.«

Mir fällt auf, dass ich nichts außer meinem Schlaf-Shirt und einer Unterhose trage. »Natürlich. Ich ziehe mir schnell was über.«

Ich husche zurück ins Schlafzimmer, schon geht im Wohnraum das Licht an. Kurzerhand greife ich nach der Jeans von gestern, schlüpfe hinein und gehe wieder zu meinem Vermieter. Seine Haare sind vom Schlaf auf einer Seite platt-gedrückt, und das T-Shirt, das er über seiner Jogginghose trägt, ist knittrig.

»Er muss die Tür mit einem Draht oder Dietrich aufbe-kommen haben«, sagt er und kontrolliert den Rahmen. »Das Schloss ist natürlich nicht das neueste, aber es ist noch intakt. Ich …« Er kratzt sich am Hinterkopf. Der Vorfall ist ihm sicht-lich unangenehm. »Das ist wirklich noch nie passiert. Vielleicht war es einer von den Obdachlosen am Bahnhof, die hatten sich auch schon mal am Brennholz bedient, das ich hinter dem Haus hacke. Eigentlich sind die ganz harmlos. Vielleicht dachte einer, er könnte hier übernachten. Ich weiß auch nicht …«

Ich nicke nur, stehe noch immer unter hoher Anspannung, aber bei einem bin ich mir sicher: Es war kein Obdachloser.

»Wenn es Ihnen lieber ist, dann können Sie bei uns im Gästezimmer schlafen.«

»Ja, vielen Dank, das ist wahrscheinlich besser. Ich packe nur noch ein paar Sachen zusammen.«

»Soll ich warten?«

»Nein, ich komme gleich rüber.«

Als er weg ist, eile ich ins Schlafzimmer, um ein frisches Oberteil und Unterwäsche zu holen. Meinen Laptop nehme ich lieber auch mit. Er liegt auf dem Esstisch.

»Warum ziehst du nicht gleich ins Hotel?« Candys Stimme geht mir durch Mark und Bein.

Ich fahre herum und sehe sie in der Nische auf dem Sofa sitzen, die Beine lässig übereinandergeschlagen. Verdammt, *sie* war es. Sie hat die Tür zu meinem Apartment aufgebrochen und uns die ganze Zeit von hier aus belauscht.

»Was hast du hier zu suchen?«

»Er weiß, dass du in Hanau bist.«

»Von wem redest du?«

»Er ist gefährlich. Du solltest besser aufpassen.«

Sie will mir Angst machen. Mich verunsichern. Deshalb ist sie hier.

»Was soll das alles?«, fahre ich sie an.

»Du hast ihn auf den Plan gelockt. Endlich beginnt er, sich zu zeigen.«

»Wer denn? Verdammt noch mal!«

»Das nächste Mal hast du nicht mehr so viel Glück. Dann gibt es keinen David, der dich rettet.«

»Woher weißt du das? Mit wem hast du gesprochen?«

»Ich weiß es einfach. Es spielt keine Rolle, woher. Du solltest besser auf dich achtgeben, schließlich brauche ich dich noch.«

Meine Finger krallen sich um die Rückenlehne des Stuhls. Einen Augenblick lang kämpfe ich mit mir, spüre den Zorn, der in mir lodert, dann reiße ich den Stuhl hoch und schleudere ihn mit ganzer Kraft gegen das Sofa. Er verfehlt sie nur knapp und schlägt auf dem Fliesenboden auf. Ich dachte, sie damit erschrecken zu können, doch sie zuckt nicht einmal mit der Wimper.

»So wird das nichts«, sagt sie unbeeindruckt. »Früher warst du in solchen Dingen viel geübter.«

»Weshalb bist du hier?«, fauche ich. »Nur um mir zu sagen, dass jemand hinter mir her ist? Den du wahrscheinlich in voller Absicht auf mich gehetzt hast?«

»Du solltest mir dankbar sein, dass ich dich warne.«

Diese Frau ist verrückt. Bricht hier mitten in der Nacht ein, hebt mein Leben aus den Angeln und tut dann so, als wäre sie auf meiner Seite. Wie krank muss man eigentlich sein?

Ich beiße die Zähne zusammen, muss mich beherrschen, auch wenn mich ihre Spielchen auf die Palme bringen. Es hat keinen Sinn, sie zu beschimpfen oder zu attackieren. Sie lacht mich sowieso nur aus. Besser sollte ich herausfinden, mit wem sie unter einer Decke steckt, wer ihr all diese Dinge erzählt. Wer kennt mich gut genug?

Mir kommt nur einer in den Sinn: »Ben.«

»Ben? Warum Ben?«

Ich brauche eine Sekunde, um ihre Reaktion zu verinnerlichen. Kennt sie ihn etwa? Warum hat sie nicht gestutzt und mich gefragt, wer Ben überhaupt ist?

»Ihr kennt euch also«, sage ich aufs Geratewohl.

Ihre Augen weiten sich, wenn auch nur für einen flüchtigen Moment. Ist ihr eben bewusst geworden, dass sie sich verraten hat?

»Sieht so aus.« Sie lächelt breit, während sich in mir ein Abgrund auftut. Warum hat er behauptet, sie nicht zu kennen?

Ich ignoriere, wie aufgewühlt ich bin, und versuche, meine Chance zu nutzen. »Er sagte, er hat es dir erzählt.«

»Was?«

»Das mit Julian. Was damals auf der Heimfahrt passiert ist.«

Sie lacht auf. »Dann lügt er. Oder du.«

Ich presse die Lippen aufeinander und versuche ungeachtet dessen, dass sie richtig getippt hat, ruhig zu bleiben.

»Warum sollte ich lügen?« Meine Stimme klingt dünn. Bestimmt merkt sie das.

»Weil ich es nicht von Ben weiß.«

»Sondern?«

»Von dir.«

Ich schüttle den Kopf und lache nun auch. Niemals hat sie es von mir erfahren. Egal, wie gut ich Candy in dieser einen Woche kennengelernt haben mag, ich habe ihr nie im Leben so schnell mein Geheimnis anvertraut. Bei Vicki hat es zwei Jahre gedauert, bis ich mich öffnen konnte. Und das nur, weil ich mir sicher war, dass sie es für sich behält. Candy erzählt diesen Unsinn doch nur, weil sie ihren Informanten schützen will.

Ich betrachte ihr Gesicht. »Worum geht es dir wirklich?«

»Das wirst du nie erfahren, wenn du so weitermachst wie bisher. Du fragst die falschen Leute.«

»Wen soll ich fragen?«

»Du willst einen Tipp von mir?« Sie zwirbelt eine Haarsträhne.

Ich sehe sie herausfordernd an.

»Ich überlege mal, ob ich dir einen Tipp geben will.« Sie zwinkert mir zu und streicht sich die gezwirbelte Strähne hinters Ohr.

»Woher hast du eigentlich die schwarze Feder?«, frage ich, weil mein Blick wieder daran hängen bleibt.

»Wieso? Sag bloß, du vermisst sie.«

»Warst du damals auch am See?«

Sie grinst breit.

»Hast du sie mir weggenommen? Weil du dich an meine Stelle gewünscht hast? Du konntest es nicht ertragen, dass er dich einfach so ausgetauscht hat, habe ich recht? Du wolltest Luc für dich allein haben. Du wolltest, dass er dich liebt und nur dich.«

Sie wendet den Blick ab. Ihre Gesichtszüge werden hart, angespannt, ihre Augen weiten sich. Einen Moment lang bin ich perplex. Sind das Tränen? Sofort stellt sich ein kleiner Triumph bei mir ein. Habe ich ihren wunden Punkt getroffen?

Sie hält den Blick gesenkt. »Er ist mit *mir* zu dem Festival gegangen, er hätte einfach bei mir bleiben sollen, dann wäre das alles nicht passiert.«

Ich versuche, einen sanften Ton anzuschlagen, denn vielleicht kann ich ihren schwachen Moment nutzen und zu ihr durchdringen. »Du warst auch dort?«

Ihre Nasenflügel weiten sich. »Ich habe es gesehen.«

»Was? Was hast du gesehen?«

»Alles. Ich habe alles gesehen.«

Sie presst die Lippen aufeinander, sichtlich bemüht, nicht in Tränen auszubrechen.

Ich weiß nicht, warum mich ihr Schmerz plötzlich berührt. Insgeheim habe ich schon lange gespürt, dass sie eine alte Verletzung mit sich herumträgt, und jetzt kommt sie endlich zum Vorschein.

Zögernd mache ich einen Schritt auf Candy zu, in der Absicht, ihr mein Mitgefühl zu zeigen, indem ich eine Hand auf ihre Schulter lege. Da sieht sie mich vorwurfsvoll an. »Er wollte mich für immer zum Schweigen bringen. Ich musste ihn töten.«

»Luc?« Ich ziehe die Hand ruckartig zurück, versuche zu begreifen. Was hat sie gesehen? Etwa mich? Luc und mich?

Das Klingeln meines Handys, das noch immer an der Steckdose im Schlafzimmer hängt, reißt mich aus den Gedanken. Wahrscheinlich der Vermieter, der fragen will, wo ich bleibe.

»Ich … muss da kurz ran. Bin gleich wieder da.«

Ich stürme ins Schlafzimmer, reiße das Handy vom Kabel und nehme das Gespräch an.

»Hallo, Frau Kersten. Hier ist Renate Bayer vom Klinikum Hanau, wir hatten miteinander gesprochen.«

»Äh, ja.« Ich schließe die Zimmertür, damit Candy das Gespräch nicht belauschen kann.

»Ich wollte Ihnen nur Bescheid geben, dass ihr Partner die OP überstanden hat.«

»Oh Gott sei Dank. Wie geht es ihm?«

»Die Ärzte haben ihn in ein künstliches Koma versetzt.«

Nicht gut. Überhaupt nicht gut. »Was bedeutet das?«

»Dass sein Körper Ruhe braucht. Jede Art von Stress würde ihn nur belasten.«

»Aber er kommt doch durch, oder?«

»Das sollten Sie heute Nachmittag besser mit dem Arzt besprechen. Ich kann Ihnen dazu leider nichts sagen. Ich wollte nur Bescheid geben, weil ich es versprochen habe.«

»Ja, danke. Ich danke Ihnen.«

Ich lege auf und starre einen Moment lang in die Stille. Ich muss zurück zu Candy. Kurzerhand werfe ich das Handy aufs Bett, öffne die Tür und eile in den Wohnbereich, doch Candy ist fort.

33

Seit einer halben Stunde sitze ich auf diesem Klappstuhl und beobachte, wie das Beatmungsgerät mit einem steten Fauchen Luft durch Davids Brustkorb pumpt. Meine Hand liegt auf seiner. Um uns herum etliche Geräte und Monitore, aus deren Anzeigen und Signalen ich nicht im Geringsten schlau werde. Alles ist unauffällig ruhig. Außen, aber nicht in mir drinnen. Ich ärgere mich immer noch, dass ich ans Telefon gegangen bin, statt Candy weiter zuzuhören. Sie war dabei, sich zu öffnen. Aber ich konnte ja nicht ahnen, dass sie sich still und heimlich davonschleichen würde. Und jetzt sitze ich hier seit einer halben Stunde und frage mich, wann endlich ein Arzt kommt, der mir sagen kann, wie es um David steht.

So wie er daliegt, regungslos und nur von Apparaten und Schläuchen am Leben erhalten, könnte man meinen, er sei tot. Seine Hand ist warm, aber sie bewegt sich nicht, nicht einmal, wenn ich mit dem Daumen seine Haut streichle. Man hat ihm die Brille abgenommen – das war das Erste, das mir aufgefallen ist, als ich den Raum betrat. Sein Gesicht ist blass, die inzwischen violette Schwellung an seinem linken Auge glänzt, wahrscheinlich hat sie jemand mit Salbe eingerieben. Ich kann nicht glauben, dass er wirklich in eine Schlägerei geraten ist. Mein

Gefühl sagt, da steckt mehr dahinter. So viel mehr, von dem ich nichts weiß. Nichts wissen darf. Aber warum?

Ich lege die Hände an mein Gesicht und inhaliere seinen Geruch, der an meinen Fingern haftet, erzeuge beim Ausatmen ein Geräusch, das Davids künstlichem Atem gleicht.

Die Warterei macht mich verrückt. Ich stehe auf. Muss endlich einen Arzt sprechen.

Entschlossen eile ich durch die große Tür in den riesigen Gang, hinüber zu dem von Glaswänden umgebenen Stationsstützpunkt. Zwei Krankenschwestern sitzen vor dem Computer und verfolgen konzentriert das Geschehen am Monitor.

»Könnte ich bitte einen Arzt sprechen, der mir sagen kann, wie es um meinen Freund steht?«

Beide blicken synchron zu mir auf, dann sehen sie sich gegenseitig an.

»Wer ist Ihr Freund?«, fragt mich die Jüngere mit dem dicken blonden Pferdeschwanz.

»David Fendt. Er liegt dort hinten.« Ich deute zur Durchgangstür.

Sie streicht sich ihren Pony aus dem Gesicht und sieht mich aus mitleidsvollen Rehaugen an. »Ich fürchte, der Arzt wird Ihnen keine Auskunft geben dürfen.«

Die andere Schwester mit dem rot gefärbten Bob und den spitzen Wangenknochen pflichtet ihr schulterzuckend bei, dann greift sie nach einer Wasserflasche, die auf einer Zeitung steht. Ich bleibe mit dem Blick an der Schlagzeile hängen.

Was ist nach dem Festival vor acht Jahren passiert? Die Suche nach Alinas Mörder läuft auf Hochtouren.

Darunter ein Bild, das jedoch nicht ganz zu sehen ist, weil die Zeitung an der Stelle gefaltet ist.

»Nur nahe Angehörige dürfen über den Zustand eines Patienten informiert werden«, spricht die blonde Pflegerin weiter.

»Darf ich mir kurz die Zeitung borgen?«, frage ich, worauf sie mich irritiert ansieht und ihr mitleidiger Blick einem misstrauischen weicht.

»Ich möchte noch eine Weile bei meinem Freund bleiben, nur ist er momentan nicht sehr gesprächig.«

Makaber, ich weiß, aber mir ist keine bessere Ausrede eingefallen.

Sie sieht sich wortlos nach der Zeitung um. Die Rothaarige ist schneller und reicht sie mir.

»Ich bringe sie wieder«, sage ich.

»Schon in Ordnung. Behalten Sie sie.«

Zurück bei David, setze ich mich auf den Klappstuhl und schlage die Zeitung auf. Auf dem Foto wimmelt es von Menschen. Ich folge dem Pfeil, der auf ein blondes Mädchen zeigt, das wie viele andere auch die gehörnte Hand zum Himmel streckt. Eine typische Heavy-Metal-Geste.

In der Bildunterschrift heißt es:

> Seit dem Oscura-Festival blieb sie acht Jahre verschwunden, dann fand ein Wanderer ihre Leiche. Wer hat Alina zuletzt lebend gesehen?

Ich lese den Artikel. Die Polizei berichtet, dass mehr als zwanzig Hinweise eingegangen seien, es aber bisher keinen Durchbruch in den Ermittlungen gebe. Trotzdem habe man eine konkrete Spur, der man im Moment folge.

Das Festival, das jedes Jahr an verschiedenen Orten stattfindet, sei bekannt für Drogen- und Alkoholexzesse. Alinas Eltern beteuern jedoch, dass ihre Tochter nie mit Drogen zu tun hatte.

Sie war eine gute Schülerin, bereitete sich fleißig aufs Abitur vor und träumte davon, Jura zu studieren. Sie können sich nicht erklären, warum ihre Tochter sterben musste, schließlich ging sie Konflikten stets aus dem Weg.

Offenbar war Alina das Gegenteil von mir. Denn ich stellte mich Konflikten liebend gern in den Weg, war nicht selten diejenige, die einen Streit begann. Ich war ein Rebell durch und durch, und Drogen und Alkohol waren meine besten Freunde.

Ich überfliege die vielen Köpfe auf dem Foto und suche mich. Dabei entdecke ich einen jungen Mann, der neben Alina steht und sie lachend anschaut. Mich trifft fast der Schlag.

Obwohl er auf dem Bild noch jünger aussieht, besteht kein Zweifel. Die Frisur, das helle Haar, die Brille. Das ist David! Ich erkenne sein Gesicht. Er ist es!

Fassungslos ziehe ich den direkten Vergleich.

»Du warst auch auf dem Festival?«, flüstere ich. »Du weißt, wer Alina ist.«

Das würde bedeuten, er hat mir die ganze Zeit etwas verschwiegen. War es vielleicht gar kein Zufall, dass er mich in jener Nacht mit dem Auto aufgelesen hat?

Ich lege die Zeitung auf meinen Oberschenkeln ab, da fängt es plötzlich an zu piepsen. Ein lauter, schriller Ton, der mich ruckartig durchzuckt. Am Monitor leuchtet ein rotes Feld. Was ist hier los?

Ich springe auf, um schleunigst Hilfe zu holen. Vielleicht hat er meine Worte gehört, und das ist seine Reaktion.

An der Tür kommt mir schon die Schwester mit den roten Haaren entgegen.

»Irgendetwas stimmt nicht mit ihm«, sage ich. »Es hat gepiepst«.

Sie geht zum Monitor und tippt das rote Feld an. Das hässliche Geräusch verstummt.

»Machen Sie sich keine Sorgen, es geht ihm gut. Die Infusion ist durchgelaufen.« Sie schenkt mir ein warmes Lächeln, das meine Aufregung verschwinden lässt.

Routiniert prüft sie, ob alle Kabel und Verbindungsstücke noch an Ort und Stelle sind.

»Können Sie mir sagen, wie gut es ihm wirklich geht?«

Sie rückt den Infusionsständer ein Stück zur Seite.

»Er ist mein Freund und mein Chef. Er hat niemanden mehr außer mir.«

»Dann wird vom Gericht ein gesetzlicher Vormund bestimmt.«

Ich seufze.

»Er ist auf dem Weg der Besserung«, sagt sie dann.

»Wie lange wird er noch im Koma bleiben?«

»Das entscheiden die Ärzte.«

»Okay.« Ich bemühe mich um ein Lächeln, das sie erwidert, bevor sie das Zimmer verlässt.

Ich kann nicht warten, bis sie David aus dem Koma holen. Ich muss herausfinden, woher er Alina kennt.

34

Im Apartment durchsuche ich noch einmal Davids Gepäck. Wenn er wenigstens sein Handy hiergelassen hätte. Aber das liegt bestimmt irgendwo im Krankenhaus bei den übrigen Sachen, die sie streng vertraulich für ihn aufbewahren.

Ich suche die E-Mail heraus, die mir der Redakteur vom Hanauer Tagblatt geschickt hat, und tippe seine Nummer ins Telefon. Nach zweimal Läuten nimmt er das Gespräch entgegen.

»Hallo, Herr Kühne, hier ist Kristina Kersten. Wir hatten vor ein paar Tagen telefoniert, Sie haben mir einen Zeitungsartikel gemailt.«

»Ich erinnere mich.«

»In der aktuellen Ausgabe ist ein Foto vom Festival abgebildet. Können Sie mir sagen, woher Sie das haben?«

Was, wenn es von der Polizei zur Verfügung gestellt wurde? Dann müsste Schweigert David erkannt haben. Denn obwohl er sich im Lauf der Zeit verändert hat, sind Frisur und Brille gleich geblieben. Und so wie er sich dem Mädchen auf dem Foto zuwendet, gibt es keinen Zweifel, dass er sie kannte.

»Das Foto stammt aus unserem Archiv. Wir waren damals vor Ort und haben über das Festival berichtet. Unser Praktikant hat das Material durchsucht, bis er eines gefunden hat, auf dem das Mädchen drauf ist.«

»Gibt es noch mehr Fotos mit ihr?«

»Nein, das war wohl das einzige. Warum fragen Sie?«

»Ich bin am Überlegen, ob ich sie gesehen habe. Beziehungsweise könnte es sein, dass ich jemanden kenne, der nach dem Festival mit ihr zusammen war. Können Sie mir sagen, wofür die Abkürzung S steht?«

»Seifert. Alina Seifert. Sagt Ihnen der Name etwas?«

»Ich bin mir nicht sicher«, erwidere ich und mache mir eine Notiz auf den Rand der Zeitung.

»Könnte es sein, dass Ihre Bekannte sie kennt?«

»Meine Bekannte?«

»Die Frau, die neulich bei uns war. Candy.«

»Ähm, ich habe noch nicht mit ihr gesprochen, ich weiß nicht, wo sie aktuell ist.«

»Vor zwei Tagen habe ich sie noch beim Streetfood-Markt gesehen.«

»Tatsächlich? Haben Sie mit ihr gesprochen?«

»Nein, sie hat sich die ganze Zeit mit einem Mann unterhalten.«

Ich lege den Stift ab. »Einem Mann? Wo war das?«

»Im Central. Sie wirkten sehr vertraut, fast wie ein Paar. Aber er könnte auch einfach nur ein guter Freund gewesen sein, ich will hier keine Gerüchte streuen. Es war ein Schlanker mit blonden, gewellten Haaren und schwarz gerahmter Brille.«

Mein Herz verwandelt sich in einen Eisklumpen. David.

Ich habe Candy vor dem Café gesehen. Dann war da dieses Glas auf dem Tisch ...

»Trug er einen blauen Kapuzenpulli?«, frage ich aufgewühlt.

»So genau habe ich nicht hingesehen, aber ... ja doch, er hatte was Blaues an. Ich bin nur kurz an den beiden vorbei. Mein Sohn musste dringend auf die Toilette.«

Ich brauche einen Moment, um zu begreifen, dass David sich mit Candy getroffen hat.

»Es wäre besser, wenn Sie sich mit Hinweisen direkt an die Polizei wenden«, sagt Kühne.

»Ja, natürlich. Ich ... Das habe ich vor. Mir ging es nur um das Bild.«

»Ist die Person, von der sie glauben, dass sie mit dem Mädchen zusammen war, auf dem Foto zu sehen?«

»Nein.« Ich schlucke. »Sie ist nicht drauf.«

Nachdem er mir noch einmal nahelegt, zur Polizei zu gehen, wenn ich etwas Wichtiges zu wissen glaube, verabschiede ich mich und lege auf.

Eine Weile denke ich darüber nach, warum David sich mit Candy getroffen haben könnte. Das alles behagt mir ganz und gar nicht. Ist das nicht Beweis genug dafür, dass er mich belogen hat? Einen Moment lang hatte ich sogar das Gefühl, dass er Candy kennt, obwohl er es vehement abgestritten hat. Und Alina kennt er auch.

Ich hole meinen Laptop aus dem Schlafzimmer, setze mich wieder an den Esstisch und fahre ihn hoch. Ungeduldig trommle ich mit den Fingern auf den Tisch, dann endlich baut sich der Desktop auf. Hastig öffne ich den Internetbrowser und tippe »Alina Seifert« in die Suchmaske. Eine Litanei von Treffern erscheint. Nach und nach klicke ich mich durch, aber bis auf ein paar Schulprojekte, bei denen sie mitgewirkt hat, finde ich nichts über eine Alina Seifert aus Mainz. Ich logge mich bei Facebook ein und fahnde dort nach ihr. Überrascht stelle ich fest, dass tatsächlich noch ein Profil von ihr existiert. Vielleicht gibt es niemanden, der die Zugangsdaten kennt, sodass es für ewige Zeiten im Internet verbleiben wird. Zumindest so lange, bis auch Facebook tot ist.

Ihre Freundesliste ist nicht einsehbar. Ich seufze und scrolle durch die Timeline, überfliege die Posts von ihren Freunden, in denen gemeinsame Erinnerungen geteilt wurden, ebenso wie Suchaktionen, Wünsche und Hoffnungen. Sie gehen mir unerwartet nahe, obwohl ich nicht einmal weiß, ob ich das Mädchen gekannt habe.

Ich klicke mich durch die Fotos und bekomme nur eine glückliche Alina zu sehen. Schließlich bleibt mein Blick an einem Bild hängen, auf dem sie ein rotes Mixgetränk in die Kamera hält. Der Hintergrund kommt mir bekannt vor. Die vielen Postkarten an der Wand. Sie erinnern mich ans Mexx. Ich scrolle weiter. Auf einem anderen Bild ist sogar die Bar zu sehen und der Flipper, an dem wir – Vicki und ich – regelmäßig unser Restgeld verspielt haben. Das Datum, an dem die Fotos gepostet wurden, ist der 28. August. Vor genau acht Jahren.

Ich öffne ein neues Browserfenster und suche nach Adressen mit dem Familiennamen Seifert in Mainz. Exakt in dem Moment klingelt mein Handy. Der Name meines Vermieters aus Bremen steht im Display.

Ich gehe ran. »Herr Michel?«

»Guten Tag, Frau Kersten. Ich stehe gerade vor Ihrem Garten und würde gern wissen, was hier los ist.«

»Was meinen Sie?«

»Die Polizei ist hier und gräbt alles um. Angeblich hat ein Nachbar gesehen, dass Sie kürzlich etwas im Blumenbeet vergraben haben. Doch inzwischen sind die Beamten mit dem Metalldetektor schon an der Hecke angekommen.«

Seibold muss mich an die Polizei verraten haben. Mir wird auf einen Schlag übel. Wenn sich bewahrheitet, dass Candy das Messer in meinem Garten vergraben hat, dann werden sie es finden.

Er räuspert sich. »Ich weiß ja nicht, was an den Gerüchten dran ist, aber im Moment sieht es nicht danach aus, als wäre die Polizei nur spaßeshalber hier. Der Kommissar sagte mir, er hätte einen Durchsuchungsbescheid, weshalb sie auch in Ihrer Wohnung sind. Vielleicht sollten Sie lieber schnell herkommen.«

»Ich bin gerade … Ich kann gerade nicht weg.«

Oh Gott, was, wenn sie die Perlenkette entdecken? Und die Gedichte, aus denen hervorgeht, was für ein schlechter Mensch ich einmal war. Nein, das Versteck ist viel zu gut, das werden sie nicht finden.

»Stimmt es wirklich, dass Sie jemanden umgebracht haben?«, fragt mich mein Vermieter geradeheraus. Es hat sich also schon herumgesprochen.

»Nein. Das ist ein Irrtum. Ich war es nicht.«

Er schweigt.

»Herr Michel, ich erkläre Ihnen gern alles, wenn ich wieder in Bremen bin. Momentan ist es schlecht.« Was will ich ihm denn bitte erklären? Dass ich zwar nicht Luc, aber womöglich jemand anderen getötet habe?

»Weiß die Polizei denn, wo Sie sind?«

»Ja, weiß sie.« Deshalb sollte ich jetzt keine Zeit mehr verlieren.

Ich verabschiede mich, lege auf und rufe der Reihe nach mit unterdrückter Nummer alle Seiferts an, bis ich Alinas Mutter am Apparat habe.

35

»Sind Sie Alina Seiferts Mutter?«, frage ich, nachdem ich behauptet habe, im Auftrag der Kriminalpolizei Hanau anzurufen, um einigen Hinweisen nachzugehen. Wahrscheinlich mache ich mich damit strafbar, aber schlimmer kann es ohnehin nicht mehr werden.

»Ja.« Mehr sagt sie nicht. Ihre Stimme klingt brüchig. Ich kann mir vorstellen, wie schlimm das alles für sie sein muss.

»Das, was mit Ihrer Tochter geschehen ist, tut mir sehr leid«, sage ich.

Eine Sekunde herrscht Schweigen. »Es ist erleichternd, endlich Abschied nehmen zu können. Die ewige Hoffnung war das Schlimmste. Nicht zu wissen, was mit ihr passiert ist. Ob sie noch lebt. Es klingt vielleicht komisch, aber ich bin froh, dass sie nicht lange … Ich hoffe, dass sie nicht leiden musste.«

»Das verstehe ich.«

»Haben Sie eine neue Spur?«

Ich räuspere mich, um wieder in meine Rolle zu finden. »Möglicherweise. War Ihre Tochter mit einem Jungen namens David befreundet?«

»David? Ich weiß nicht. Alina hatte keinen festen Freund, aber es könnte natürlich sein, dass es einen David in ihrem Freundeskreis gab. Nadja könnte das wissen.«

»Nadja?«

»Meine zweite Tochter, Alinas Schwester. Sie ist momentan nicht da, aber ich kann ihr sagen, dass sie Sie anrufen soll, wenn sie sich wieder meldet.«

»Hat sie eine Handynummer?«

»Nein. Sie ist seit zwei Wochen auf einer Tagung. Ich weiß leider nicht, wo die Tagung stattfindet, aber sie wollte sich morgen bei uns melden.«

»Verstehe.«

»Nadja war mit Alina damals auf dem Festival, deshalb ist es für sie besonders schwer, damit klarzukommen. Alina ist damals nur mitgegangen, weil sich Nadja mit einem Jungen treffen wollte.«

»Einem Jungen? Wie hieß der Junge?«

Sie seufzt. »Das weiß ich leider nicht mehr, das ist zu lange her.«

»Vielleicht Lukas Barke?«

»Ich glaube, der hieß anders. Nadja erinnert sich bestimmt. Wenn Sie mir Ihre Nummer geben, dann …«

»Ich würde mich einfach morgen noch mal melden. Vielleicht können Sie Ihre Tochter bitten, eine Telefonnummer dazulassen, unter der wir sie erreichen können.«

»Werde ich tun. Bitte versprechen Sie mir, dass Sie die Person finden, die meiner Tochter das angetan hat.«

»Wir tun alles, was in unserer Macht steht.« Mit diesen leeren Worten beende ich das Gespräch und stelle fest, dass ich keinen Schritt weiter bin.

Gerade als ich mein Handy zur Seite lege, klingelt es erneut. In einem mulmigen Anflug denke ich, dass es die Polizei ist, aber der Name im Display ist ein anderer. Einer, den ich vor wenigen Tagen abgespeichert habe.

»Hallo?«, melde ich mich.

»Guten Tag. Sven Liebert. Ich habe hier einen Zettel, auf dem Ihre Nummer steht. Mit drei Ausrufezeichen.«

»Herr Liebert, danke dass Sie sich melden. Ich dachte, Sie sind erst heute Abend zurück.«

»Ich bin soeben heimgekommen. Darf ich erfahren, wer Sie sind?«

»Ich bin Kristina Kersten, eine ehemalige Freundin von Luc.«

Ein Stuhl knarzt, offenbar hat er sich hingesetzt. »Luc. Meine Güte, ich habe gehört, was mit ihm passiert ist.«

»Michelle Wegener meinte, Sie könnten mir vielleicht weiterhelfen.«

»Die Frau von Patrick meinen Sie?«

»Ja, sie sagte, dass Sie Luc seit Ewigkeiten kannten.«

»Von klein auf. Wir haben viel zusammen durchgemacht. Er war halt einer, der gern provoziert hat, aber das wissen Sie wahrscheinlich selbst. Das wusste jeder. Von mir ließ er sich da nicht viel sagen. Ich kann mir vorstellen, dass das jemandem gewaltig gegen den Strich gegangen ist, und der hat dann einfach zugestochen.«

»Gut möglich. Können Sie sich noch an Candy erinnern? Sie war vor mehreren Jahren mit Luc zusammen.«

»Klar. Sie war ein paar Mal in seiner Shisha-Bar, dort hat Luc sie mir auch vorgestellt. War eine Hübsche. Aber die hatte es faustdick hinter den Ohren.«

»Inwiefern?«

»Na ja, es gab kaum was, wovor sie zurückgeschreckt ist. Sie spielte sich gern auf, und nicht selten hat sie andere benutzt, um das zu erreichen, was sie wollte.«

Ob sie auch mich nur benutzt? Zumindest hat sie es so weit gebracht, dass mir jemand ans Leder will.

»Wissen Sie ihren richtigen Namen?«

»Nee. Hatten Lucs Frauen überhaupt richtige Namen?« Er lacht. »Viel hatte ich mit denen auch nicht zu tun. Für Luc waren sie mehr Trophäen als Freundinnen. Er hatte fast jede Woche eine andere, manchmal sogar mehrere gleichzeitig. Dabei hat sich Candy wirklich ins Zeug gelegt. Einmal hat sie ›Ich will dich, Luc‹ auf das Pflaster des Rathausplatzes gesprayt, nur um ihm zu zeigen, wie sehr sie für ihn schwärmt. Luc fand's natürlich geil, aber das muss man sich mal vorstellen, ein Liebesbekenntnis auf dem Rathausplatz.«

Inzwischen kenne ich Candy so gut, dass mich gar nichts mehr wundert.

»Wann haben Sie Candy das letzte Mal gesehen?«

»Ich glaube, das war beim Oscura-Festival, danach hat Luc mit ihr Schluss gemacht. Ich weiß noch, wie sie dort heulend zu mir kam und sich beschwerte, dass er mit einer anderen nach Niederrodenbach wollte. Da lernte ich das erste Mal ihre verletzliche Seite kennen. Sie tat mir wirklich leid. War ja absehbar, dass Luc ihr das Herz brechen würde.« Ein schrilles Läuten dröhnt durch die Leitung. »Ach, jetzt ist auch noch jemand an der Tür. Wahrscheinlich Yin, meine Nachbarin. Ich war nämlich drei Wochen nicht da.«

»Hätten Sie Zeit, dass wir uns irgendwo treffen? Ich würde Sie gern noch ein paar Dinge über Candy fragen.«

»Denken Sie, sie hat was mit Lucs Tod zu tun?« Er klingt betroffen, als wäre ihm das gerade siedend heiß in den Sinn gekommen. Patrick hat das auch gefragt. Warum denken das alle?

»Wie kommen Sie darauf …?«

Wieder läutet es. Er stöhnt. »Tut mir leid, ich muss jetzt Schluss machen. Kommen Sie doch in einer Stunde vorbei, dann packe ich zwischenzeitlich meine Koffer aus, und wir reden in Ruhe über alles.«

»Wo wohnen Sie?«

»Grünweg 2, Klein-Auheim.«

»Danke! Ich bin in einer Stunde da.«

Nachdem ich geduscht habe, setze ich mich in Davids Auto und lasse mich über mein Handy zu Sven Lieberts Adresse navigieren. Es ist bereits halb fünf, ich habe die Zeit vergessen. Eigentlich wollte ich um kurz nach vier los. Ich bin aufgeregt und spüre im ganzen Körper, dass die Wahrheit zum Greifen nahe ist. Ganz offensichtlich hat sich Candy wegen mir bei Sven Liebert ausgeheult. Mir scheint, als fehlen nur noch ein paar entscheidende Puzzleteile, bis sich alles aufklärt. Mir brennen so viele Fragen auf der Seele, dass ich zappelig im Auto sitze und am liebsten den Fahrer vor mir von der Straße hupen würde, weil er jede Kurve im Schneckentempo nimmt. An der übernächsten Kreuzung biegt er endlich ab, und ich kann aufs Gaspedal treten.

Das Navi leitet mich in ein dicht besiedeltes Wohngebiet mit kleinen Einfamilienhäusern und Bungalows. Die Grundstücke sind allesamt mit Maschendrahtzäunen voneinander abgegrenzt. Überall blüht und wuchert es. Auf den Rasenflächen stehen vereinzelt Bäume, Sträucher und Stauden, weshalb mich die Siedlung ein wenig an Schrebergärten erinnert.

Sven Liebert wohnt in einem der Bungalows. Ich parke meinen Wagen am Zaun, neben einer monströsen Schilfhecke, schnalle mich ab und steige aus. Das Gartentor steht offen, und dahinter führt ein Weg aus Steinplatten zum Eingang. Bereits als ich auf die Haustür zugehe, kann ich die Heavy-Metal-Musik hören, die von drinnen kommt. Die Tür ist nur angelehnt.

Ich klingle und warte. Doch nichts passiert. Ob er sie bei der lauten Musik überhaupt hört? Ich läute ein zweites Mal, diesmal länger. Wieder keine Reaktion. Ich werde doch nicht vergeblich gekommen sein.

Nach kurzem Zögern gebe ich der angelehnten Tür einen Schubs und kann jetzt in den Windfang blicken. Sehe Schuhe, Jacken und einen Koffer, der neben einem leeren Schirmständer steht.

Ich rufe laut, dann versuche ich, Sven Liebert übers Handy zu erreichen. Nachdem er auch das nicht zu hören scheint, wage ich mich weiter vor.

»Herr Liebert?«, rufe ich laut und betrete den Flur. »Sind Sie da?«

Ich laufe über den hellen Fliesenboden, folge der Musik und luge durch eine offen stehende Tür, hinter der sich das Wohnzimmer verbirgt. Die Stereoanlage muss in diesem Raum sein, denn ich spüre die Bässe in meiner Magengegend wummern. Geradeaus neben dem Fenster thront ein großes, beleuchtetes Terrarium. Am Telefon hatte mir die Asiatin erklärt, dass sie sich während Lieberts Abwesenheit um die Schlange kümmert, aber bis auf Grünzeug und einen dicken verzweigten Ast kann ich nichts, vor allem keine Schlange darin entdecken. Plötzlich nehme ich eine Bewegung an der Gardine wahr. Es ist, als würde sie zittern. Mein Blick fällt nach unten, und der Schreck fährt mir durch alle Glieder. Direkt vor dem Fenster liegt eine große, braun gemusterte Schlange. Der vordere Teil ihres Körpers reckt sich nach oben, und ihr Kopf ist jetzt direkt auf mich gerichtet. Obwohl gute fünf Meter zwischen uns sind, werden meine Beine weich. Ich will weg, aber schaffe es nicht, mich von der Stelle zu bewegen – als habe sie mich allein mit ihrem Blick gelähmt. Geschmeidig schlängelt sich ihr schuppiger Körper zu einem Bündel zusammen. Das Schwanzende ragt nun ebenfalls in die Luft, und wegen der Rassel weiß ich, dass es eine Klapperschlange ist. Sind Klapperschlangen nicht giftig? Warum ist die Schlange nicht dort, wo sie hingehört, nämlich im Terrarium? Ich neige mich vor und überblicke den Raum. Erst jetzt bemerke ich, dass jemand hinter einem Ledersessel liegt. Ich sehe Beine und eine Hand. Für einen Moment glaube ich, mein Herz bleibt stehen. Ist er das? Ist er tot? Hat die Schlange ihn gebissen? Ich will nicht nachschauen, solange das Tier im Raum ist. Ich muss den Notarzt rufen! Und dann von hier verschwinden. Die Türklingel reißt mich urplötzlich aus meiner Starre. Obwohl die Musik so laut ist, hört man sie deutlich. Ich fahre herum und gehe von der Zimmertür weg, da erscheint eine kleine, zierliche Asiatin im Windfang. Das muss Yin sein.

»Wo Sven? Warum Musik so laut?«, ruft sie mit ihrer hellen Stimme.

Ich deute zum Wohnzimmer, schon wetzt sie an mir vorbei ins Zimmer. Dann ein spitzer Schrei. Sie kommt zurück zu mir und zieht die Tür hinter sich zu. Der Sound der Elektrogitarre wird dumpfer.

»Er tot«, stammelt sie. »Bambi gebissen.« Sie legt sich beide Hände an den Mund, als begreife sie erst jetzt, was geschehen ist. »Wie das passieren?«, fragt sie mich.

»Ich weiß es nicht.« Ich zucke mit den Schultern, spüre, wie sich ihre Aufregung auf mich überträgt.

Ihre Stimme überschlägt sich, lässt mich nicht einmal mehr klar denken. »Sven machen Schlange nie raus. Nie, nie, nie.« Ihr Blick verändert sich, wird böse. »Sie das waren! Was Sie machen in Haus?«

»Ich bin nur … Ich habe nichts damit zu tun.« Ich schüttle heftig den Kopf, als müsse ich mich selbst davon überzeugen, dass mich keine Schuld trifft. Ich taste meine Hose ab, muss endlich den Notarzt rufen. Wo habe ich nur mein Handy wieder hingesteckt? Ich gehe nach draußen, brauche frische Luft, muss Hilfe holen.

Yin folgt mir. »Sie in Wohnzimmer waren, bei Sven. Wieso?« Sie attackiert mich regelrecht mit ihrer Frage.

»Ich dachte, er hat die Klingel nicht gehört, wegen der Musik.«

Warum ist die Musik eigentlich so laut? Einen Moment lang glaube ich, dass Yin auch darüber nachdenkt. Doch dann geht ein Ruck durch ihren Körper.

»Ich rufen Polizei. Sie hier warten.« Sie streckt die Hand nach mir aus, als wolle sie mich am Ärmel festhalten, damit ich nicht das Weite suchen kann. Mit der anderen Hand fischt sie ihr Handy aus der Jackentasche, tippt drei Tasten und hebt es sich ans Ohr. Argwöhnisch behält sie mich im Blick.

Wie benebelt lausche ich ihrer hohen Stimme, mit der sie ins Telefon spricht und mit abgehackten Wortfetzen ihrem Gesprächspartner klarmacht, dass hier ein Mord passiert ist.

Im Geist spiele ich durch, was geschehen wird, wenn die Polizei meine Kontaktdaten notiert – so wie sie es auch nach Vickis Tod getan hat.

Wenn Yin recht hat und jemand anderer die Schlange aus dem Terrarium genommen hat, wird Maihofen darüber informiert werden. Denn Sven Liebert war mit Luc befreundet. Was also habe ich hier zu suchen, obwohl ich Luc ja angeblich nicht kenne? Diese Frage wird er mir stellen. Und ich habe keine Antwort, die mich nicht in zusätzliche Schwierigkeiten bringen würde. Ich sitze in der Klemme, das spüre ich mit jeder Faser meines Körpers.

36

Es dauert keine fünf Minuten, dann trifft der Rettungswagen ein, gefolgt von Polizei und einem weißen Kombi, aus dem ein Mann steigt und einen Kunststoffbehälter aus dem Kofferraum holt. Gleichzeitig laufen die Sanitäter und der Notarzt an uns vorbei ins Haus.

»In Wohnzimmer«, ruft Yin hinterher. »Giftige Schlange auch in Wohnzimmer.«

Der Mann mit dem Kunststoffbehälter folgt den Sanitätern nach drinnen. Kurze Zeit später verstummt die Musik. Offenbar haben sie die Stereoanlage gefunden und ausgeschaltet.

Jetzt kommen auch die Streifenpolizisten auf uns zu – eine kleine Frau mit Zopf und ein hochgewachsener Mann mit schiefer Nase und verkniffenem Mund.

»Mein Nachbar tot!«, klärt Yin die beiden auf. »Sven Liebert. Gebissen von giftiger Schlange.«

Wie betäubt stehe ich daneben und realisiere langsam, dass wieder jemand tot ist, von dem ich mir Antworten erhoffte.

»Und Sie haben ihn gefunden?«, fragt der Polizist Yin.

»Sven heute gekommen von Safari. Ich immer füttern Schlange und gießen Pflanzen. Aber Terrarium nie öffnen, wenn ich füttern Schlange. Immer gebe Futter in Kasten mit

Schiebetür. Ich hier, um Schlüssel zurückbringen.« Sie öffnet die Hand und zeigt ihm den Schlüsselbund. »Aber Tür war offen. Ich hineingegangen und gesehen diese Frau bei Sven und Schlange.« Sie zeigt anklagend auf mich, dann schluchzt sie und hält sich erneut beide Hände vors Gesicht. »So schrecklich alles.«

»Sie waren bei dem Toten im Wohnzimmer?«, fragt mich der Polizist.

Meine Kehle fühlt sich trocken an, ich muss mich räuspern. »Die Musik war so laut, und die Haustür war nicht zu. Ich dachte, er hat die Klingel nicht gehört …«

»Ich nicht wissen, warum diese Frau hier«, fällt Yin mir ins Wort. »Und Sven jetzt tot! Ich diese Frau nicht kennen!«

»Ich war mit Herrn Liebert verabredet«, sage ich lauter. »Er wollte, dass ich vorbeikomme, aber er hat nicht aufs Klingeln reagiert, weil er *schon tot war*.«

»Beruhigen Sie sich bitte. Wir nehmen erst mal Ihre Personalien auf.«

War klar, dass sie wissen wollen, wer ich bin. Sofort verspüre ich Panik in mir aufsteigen.

»Mein Ausweis liegt im Auto«, sage ich. »Soll ich ihn holen?«

Er nickt und winkt mich fort.

Ich verliere keine Zeit, steige über das Beet mit den Thymiansträuchern und stapfe durch das hohe Gras zum Gartentor, verwundert darüber, dass mich keiner der Polizisten begleitet. Anscheinend glauben sie mir. Warum auch nicht? Ich habe zusammen mit Yin auf sie gewartet. Eine Mörderin würde das bestimmt nicht tun.

Noch während ich mich entferne, höre ich, wie die Asiatin erneut zu wettern beginnt. »Jemand Terrarium geöffnet haben muss. Ich nicht wissen, was diese Frau in Svens Haus machen!«

»Wir klären das schon«, beruhigt die Polizistin sie.

Ich schlüpfe zwischen Notarzt- und Polizeiwagen hindurch und bin froh, als ich endlich an der Straße bin. Jetzt, wo keine Uniformen und keine wortgewaltige Frau mehr um mich herum sind, kommt es mir vor, als falle die große Anspannung wie schweres Gepäck von mir ab. Mit jedem Meter, den ich zurücklege, atme ich freier, und der Gedanke, der mich schon die ganze Zeit umtreibt, nimmt fixe Formen an.

Was, wenn ich einfach abhaue?

Ohne meine Personalien weiß niemand, wer ich bin. Davids Auto ist vom Schilf und dem Rettungswagen verdeckt, die Polizisten werden nicht mitbekommen, wenn ich wegfahre. Und ich glaube auch nicht, dass sich einer der Schaulustigen, die sich dort hinten am Zaun versammelt haben, das Kennzeichen notiert. Viel spannender ist für sie doch die Frage, was im Haus ihres Nachbarn passiert ist.

Noch unterm Gehen ziehe ich den Autoschlüssel aus meiner Jackentasche, da ruft mir plötzlich jemand hinterher.

»Halt, warten Sie!«

Mein Vorhaben droht an diesen drei Worten zu scheitern. Für den Bruchteil einer Sekunde bin ich geneigt, die Aufforderung zu ignorieren, einfach ins Auto zu steigen, den Motor anzulassen und davonzubrausen. Doch ich drehe mich um.

Ein Mann um die fünfzig mit Glatze und bulligen Schultern kommt mir im Laufschritt entgegen.

»Sie haben da was verloren«, sagt er und deutet auf ein kleines Stück Papier, das, von einem Windstoß erfasst, über die Straße geweht wird. »Es ist aus Ihrer Jackentasche gefallen, als Sie Ihre Hand herausgezogen haben.«

Ich bücke mich, hebe das Papier auf und lese.

19 Uhr Atlantikbar, Alina.

Ein Schauder läuft mir über den Rücken. Wenn mich nicht alles täuscht, ist das Candys Handschrift. Sie muss ihn in meine Tasche gesteckt haben, als sie in der Nacht bei mir war und ich hinter geschlossener Tür mit dem Krankenhaus telefoniert habe. Aber warum? Ich weiß natürlich, wo die Atlantikbar ist. Sie gehört zur Spielhalle im Mexx. Die Bilder auf Alinas Facebook-Profil kommen mir in den Sinn. Weiß Candy, dass Alina dort war? Will sie mich deswegen dort treffen?

Ich stecke die Nachricht ein.

»Danke«, sage ich zu dem Mann und werfe noch einen flüchtigen Blick auf die Einsatzfahrzeuge, bevor ich das Auto entriegle.

»Was ist denn mit dem Liebert passiert?«, fragt mich der Mann.

Ich öffne die Tür. »Eine Schlange hat ihn gebissen.«

Er schaut mich entgeistert an, und als ich mich ins Auto setze und mit einem bedauernden Blick die Tür zumache, dreht er sich um und geht.

Im Seitenspiegel beobachte ich, wie er zu den anderen Nachbarn schlendert. Die Sanitäter sind bereits wieder am Rettungswagen und räumen in aller Ruhe ihre Sachen ein, weil sie nichts mehr für Sven Liebert tun können. Ich schaue auf die Uhr. Es ist Viertel vor sieben. Wenn ich jetzt losfahre, schaffe ich es, rechtzeitig im Mexx zu sein.

37

Mit einem Kribbeln im Nacken blicke ich in den Rückspiegel und stelle fest: Es kümmert niemanden, dass ich so einfach davonfahre und nach ein paar Hundert Metern um die Ecke biege. Eine eigenartige Mischung aus Erleichterung und krimineller Energie nimmt von mir Besitz. Es war die richtige Entscheidung, rede ich mir ein. Sollte Schweigert davon erfahren, dass ich am Tatort war, würde sich sein Verdacht erhärten, egal, ob ich etwas mit Lieberts Tod zu tun habe oder nicht. Wenn es ein Unfall war, dann kräht ohnehin kein Hahn danach, warum eine unbekannte Zeugin plötzlich verschwunden ist. Und wenn es keiner war, dann gewinne ich auf diese Weise wenigstens Zeit. Denn so schnell werden sie nicht herausfinden, dass ich da war.

Ich bin jetzt außer Sichtweite, biege in eine Seitenstraße ab und irre durch die Gegend, bis ich auf die Bundesstraße gelange.

Ich löse den Gurt, streife meine viel zu warme Jacke ab und werfe sie auf den Beifahrersitz. Mein Adrenalinpegel ist noch immer auf höchster Stufe. Ich lasse das Fenster herunter, damit kühle Luft ins Wageninnere gelangt, und brause Richtung Innenstadt.

Um kurz vor sieben bin ich beim Mexx. Ich warte, bis eine Gruppe Jugendlicher grölend an meinem Auto vorbeigelaufen ist, dann steige ich aus. Mir kommt es vor, als wäre eine Ewigkeit vergangen, seit ich das letzte Mal hier war. Der gesamte Komplex wurde erweitert und erstreckt sich bis hin zum Einkaufszentrum, das damals nur über eine eigene Zufahrt erreichbar war. Wo früher Wiese war, sind heute Parkplätze. Der Anbau beherbergt neben einem Fitnessstudio auch eine Eisdiele und besteht überwiegend aus Spiegelglas und Stahl. Dagegen sieht das alte Gebäude, das immer noch unverändert seinen Platz verteidigt, seltsam verloren aus. Die Fassade im Erdgeschoss ist nach wie vor in einem schmutzigen Rostrot gestrichen, und die Glaskuppel über dem ersten Stock hat ihre moderne Anmutung längst verloren.

Ich gehe durch die große Schwingtür und gelange ins Atrium. Die Spielhalle. Hier haben wir uns immer getroffen, bevor wir durch die Kneipen und Hinterhöfe der Stadt gezogen sind. Bier und andere alkoholische Getränke waren im Mexx günstiger, außerdem kamen wir leichter an Drogen aus zuverlässigen Quellen. Zumindest glaubten wir das. Mit der Zeit baut man zu den Dealern eine Beziehung auf. Obwohl wir nie wussten, woher sie ihre Ware hatten – wahrscheinlich wussten sie es selbst nicht so genau –, vertrauten wir darauf, dass sie uns nichts unterjubelten, was nicht sauber war. Doch möchte ich nicht wissen, wie oft wir Marihuana bekamen, das mit Glas, Blei, Dünger oder Haarspray gestreckt war. Ich frage mich, ob die jungen Leute, die gerade an den Airhockey- und Billardtischen ihr Geld verzocken, auch so drauf sind wie wir damals. Die Atmosphäre ist immer noch dieselbe, es riecht nach Münzgeld und Sandwiches, und bis auf ein paar neue Spielautomaten hat sich hier optisch nicht viel verändert. Die schwarzen Wände hinter den Loungesesseln sind mit Postkarten gepflastert, und die Bar stellt nach wie vor den Mittelpunkt des Atriums dar. Kreisrund, in der Mitte ein dicker Pfeiler, der bis zur Glaskuppel reicht, und mit einer Holzreling als Tresen. Wie der Korb eines Schiffsmasts. Daher auch der Name Atlantikbar.

Ich bin überrascht, Scholle hinter der Bar zu entdecken. Er arbeitet also immer noch hier, schiebt gerade drei Flaschen Bier über den Tresen, die ein junger Kerl um die zwanzig mit ausgefransten Jeans und einem Sweatshirt, das ihm bis zu den Knien reicht, entgegennimmt und zu seinen Kumpels trägt.

Scholle hat sich kaum verändert. Er ist noch genauso prall und rund wie früher, was sicher dazu beiträgt, dass er von Falten verschont geblieben ist – je voller das Gesicht, desto straffer die Haut. Er ist ein Mensch, mit dem man sich gut verstehen möchte, was hauptsächlich daran liegt, dass er jeden so nimmt, wie er ist. Auch sich selbst.

Ich setze mich auf einen der Barhocker, verschränke die Arme auf dem Tresen und warte, bis er zu mir hersieht. Es dauert nicht lange, und er hat mich entdeckt.

»Kristina Kersten«, sagt er lässig und kommt zu mir herüber. »Was für eine Überraschung! Willst du ein Bier?«

»Ich nehme eine Cola. Mit Zitrone, wenn du hast.«

Er macht ein Gesicht, als würde ich ihm eine Kugel Eis für zwanzig Euro andrehen wollen. »Mit einem kleinen Schuss Whiskey?« Er hebt die Stimme und führt Daumen und Zeigefinger so nah zusammen, dass höchstens ein Streichholzkopf dazwischen Platz gefunden hätte.

Ich lehne dankend ab und sehe auf mein Handy. Es ist genau sieben Uhr.

Er hebt ein leeres Glas in die Luft, dreht es gekonnt um die eigene Achse und füllt es mit Cola aus der Eineinhalbliterflasche. »Ich habe dich beim Streetfood-Markt gesehen.«

»Ich weiß. Timo hat es mir erzählt.«

»Die alte Petze.« Er grinst verschmitzt und lässt eine Scheibe Zitrone in die Cola fallen, woraufhin kleine Luftblasen nach oben perlen. »Wo warst du denn die ganzen Jahre?«

Ich greife zum Glas und trinke einen Schluck, spüre die süße Flüssigkeit durch meine Kehle prickeln und überlege, was ich antworten soll.

»Irgendwo«, sage ich schließlich.

»Irgendwo, nur nicht hier. Wenn du gekommen bist, um ein paar bekannte Gesichter zu sehen, muss ich dich enttäuschen. Ich bin der Einzige, der noch übrig geblieben ist.«

Ich schmunzle und schaue auf mein Handy. Drei Minuten nach sieben. Erneut sehe ich mich in der Halle um. Wo bleibt sie nur?

»Oder erwartest du jemanden?«

»Ja«, sage ich, obwohl ich mir da nicht mehr so sicher bin. Vielleicht ist das nur ein Hinterhalt.

»Welch ein Zufall. Ich auch.«

Ich lache, weil ich es für einen Scherz halte, schließlich arbeitet er hier.

Er schaut auf seine Armbanduhr. »Angeblich will mich um neunzehn Uhr eine Lady treffen.«

Ich höre auf zu lachen. »Meinst du das ernst?«

»Sehe ich aus, als mache ich Späße?«

»Ein wenig.«

»Ernsthaft. Eine Frau hat angerufen und gefragt, ob ich um neunzehn Uhr hier bin.«

»Eine Frau? Wie hieß sie?« Mein Bauch krampft sich zusammen. Das kann unmöglich ein Zufall sein.

»Lass mich kurz nachdenken.« Er kneift sich mit Daumen und Zeigefinger ins Kinn, und noch während mir die Antwort auf der Zunge liegt, sagt er: »Ich glaube, sie hieß Candy.«

38

»Wann hat sie angerufen?«, frage ich Scholle, der einen Packen Eiswürfel aus der Gefriertruhe holt und in den Eiscrusher kippt.

»Ich müsste Bernadette fragen, sie hat es mir ausgerichtet, bevor sie gegangen ist. Das war vor etwa einer Stunde. Aber wann sie mit der Frau telefoniert hat, weiß ich nicht. Könnte auch gestern gewesen sein, da war ich nämlich nicht da.«

»Sie wollte, dass auch ich um neunzehn Uhr hier bin«, sage ich.

Er lehnt sich seitlich an den Tresen und grinst mich schelmisch an. »Vielleicht will sie uns verkuppeln.«

Ich lächle halbherzig, dabei könnte er in gewisser Weise recht haben. Sie sagte, dass sie darüber nachdenkt, mir einen Tipp zu geben, wen ich fragen soll. Aber warum ausgerechnet Scholle?

»Kennst du sie?«, frage ich ihn.

»Ich kenne nur Kandiszucker.«

Ich lache und denke an das, was auf dem Zettel stand. »Und Alina Seifert? Das Mädchen, dessen Leiche aufgetaucht ist? Kanntest du sie?«

»Heiliger Strohsack, dass die nach so vielen Jahren gefunden wurde, ist schon abartig. Erinnerst du dich noch an die Suchaktion, die ihre Familie veranlasst hat? Da hingen an jeder Ecke Plakate, und jetzt taucht plötzlich ihre Leiche auf.«

Ich nicke, obwohl ich von der Suchaktion nichts mitbekommen habe, denn zu dem Zeitpunkt war ich längst weg. In der Zeitung stand davon jedenfalls nichts.

»Kanntest du sie?«, frage ich noch einmal.

»Nein, wieso fragst du?«

»Offenbar war sie mal hier.«

Er schaut mich begriffsstutzig an.

»Oder kennst du einen Blonden mit schwarz gerahmter Brille? Er heißt David.«

Er verzieht den Mund. »Keine Ahnung. Wer ist das?«

Ich seufze. »Nicht so wichtig.«

Ich verstehe das nicht. Was bezweckt Candy damit, wenn sie uns beide zur selben Zeit hierherbestellt?

Scholle wischt mit einem Schwammtuch über die Theke. »Ich kann mich an den Typen erinnern, der dich auf dem Billardtisch beinahe ausgezogen hätte. Aber der war nicht blond.«

»Ausgezogen?«

»Der Tätowierte mit den Lederklamotten.«

»Luc?«

»Ich weiß nicht, wie der hieß.«

»Wie sah die Tätowierung aus? War das ein Dreieck mit Flammen?«

»Ja, irgend so was.«

Ich spüre die Anspannung in meinen Gliedern. Ich war mit Luc im Mexx?

»War er öfter hier? Und war sonst noch jemand dabei?«

»Ich habe ihn nur dieses eine Mal gesehen. Mit dir. Vicki hat das ganz schön zugesetzt. Sie mochte den Kerl nicht. Ich glaube, sie hatte Angst, dass sie dich an ihn verliert.«

»Ja.« Ich nicke und muss an das letzte Gespräch mit ihr denken. Ich trinke einen Schluck. »Ich hab sie im Stich gelassen«, sage ich und muss aufpassen, dass ich nicht losheule. Hier erinnert mich so vieles an sie. Da hinten am Flipperautomaten haben wir besonders oft gesessen, und der Billardtisch im Eck war unserer …

»Es ist nicht deine Schuld«, sagt Scholle. »Sie ist für sich selbst verantwortlich. Ich habe ihr Hilfe angeboten und sie ermutigt, auf Entzug zu gehen, aber sie will nicht. Meistens denken die Menschen erst um, wenn sie ganz am Boden sind.«

»Dafür ist es jetzt wohl zu spät.«

»Muss nicht sein. Wenn ihr Wille stark genug ist, kann sie es schaffen.«

»Sie ist tot.«

Er öffnet den Mund, sagt aber nichts. Er taumelt rückwärts gegen den Pfeiler und schlägt entsetzt die Hand vor den Mund. Dann entfährt ihm ein: »Ach du Scheiße.«

»Ja.«

»Ich habe sie seit ein paar Monaten nicht mehr gesehen, aber ich wusste nicht …«

»Es ist erst ein paar Tage her.«

»Überdosis?«

Ich nicke. Auch wenn ich nicht glauben will, dass sie wirklich daran gestorben ist.

Er nimmt die Flasche, gießt sich selbst etwas Cola in ein Glas und trinkt es leer.

»Kannst du mir bitte doch einen Whiskey geben?«, frage ich, weil es sowieso egal ist.

Ich weiß einfach nicht mehr weiter. Alle Menschen, die mir etwas hätten sagen können, sind tot. Keine Ahnung, wen ich überhaupt noch fragen soll, wo ich suchen soll. Die Polizei ist sich sicher, dass ich Lucs Mörderin bin, bei meinem Pech hat sie inzwischen auch die Kette unter der losen Diele im Schlafzimmer gefunden und fahndet nach mir. Sogar David hat mich verraten, sich hinter meinem Rücken mit Candy getroffen und mir ins Gesicht gelogen. Mein Leben ist ein einziges Trümmerfeld. Gratuliere, Candy, du hast dein Ziel erreicht, ich gebe auf.

Scholle stellt den Whiskey vor mich hin, und ich kippe ihn in die Cola.

»Bist du damals mit dem tätowierten Typen durchgebrannt?«, fragt er.

Ich schüttle den Kopf und trinke, spüre dem warmen Brennen nach, das durch meine Kehle rinnt. Wie eine Flammenspur, die alles auslöscht. Man muss sich nur darauf einlassen, dann erledigt sie den Rest. So einfach ist das.

»Nach dem Oscura-Festival warst du nicht mehr da, drum dachte ich …«

Ich hebe den Blick. »Du warst auch bei dem Festival?«

»Natürlich. Da ging doch jeder hin.«

»Hast du mich dort gesehen?«

»Klar, ich habe dich sogar noch zur alten Fabrik gefahren.«

Der nächste Schluck bleibt mir in der Kehle stecken, ich huste. »Die Fabrik bei Niederrodenbach?«

Irgendetwas löst das in mir aus, aber ich weiß nicht, was es ist. Die Fabrik ist ein heruntergekommenes Gebäude in einem einsamen Waldstück. Seit dem Krieg steht es leer und darf offiziell nicht betreten werden. Der Weg dorthin führt über die Landstraße von Hanau nach Niederrodenbach – die, auf der mich David aufgelesen hat.

»Warum hast du mich dorthin gebracht?«

»Du wolltest dich mit ein paar Leuten treffen und brauchtest jemanden, der dich hinfährt. Du warst ziemlich nervös.«

»Nervös?«

»Wahrscheinlich wegen diesem Typen.«

»Luc?«

»Ja, der, der dich auf dem Billardtisch beinahe ausgezogen hätte. Du hast mir seinen Namen nie genannt, aber ich nahm an, dass du dich dort mit ihm treffen wolltest.«

Scholle fängt meinen gedankenverlorenen Blick auf und runzelt die Stirn. »Sag bloß, du weißt das alles nicht mehr.«

»Ich kann mich an nichts erinnern.«

»Nicht an das Festival?«

»An nichts, was mit Luc zu tun hat. Mir fehlt fast eine ganze Woche.«

»Soweit ich mich erinnere, bist du nach dem Festival aus Hanau weggezogen. Vicki hat mir erzählt, du hast von heute auf morgen alle Zelte abgebrochen.«

»Ja.«

»Warum?«

Ich zucke mit den Schultern. Soll ich ihm sagen, was ich befürchte?

Er fragt weiter. »Gibt es irgendetwas, woran du dich erinnerst?«

»Ja, dass ich davongelaufen bin.«

»Wovor?«

Am liebsten würde ich ihm die Wahrheit sagen. Aber ich weiß sie nicht. Der Drang, mich ihm mitzuteilen, wird unerträglich groß, und nicht nur, weil Scholle so gezielte Fragen stellt. Die vielen Bruchstücke, die ich inzwischen in Erfahrung gebracht habe, bringen meinen Kopf allmählich zum Platzen. Ich will sie vor mir ausbreiten, ordnen und mir endlich Klarheit verschaffen. Ich fühle mich so einsam und wünschte plötzlich, David wäre hier. Ich will, dass alles wieder gut wird.

»Vielleicht hat dich irgendetwas traumatisiert«, unterbricht Scholle meinen Gedankenstrom. »Wenn du dich nicht erinnern kannst, dann musst du etwas Schreckliches erlebt haben, was dein Unterbewusstsein verdrängt.«

Ich nicke, denn ich weiß, wovon er spricht. Ich habe viel über dieses Thema gelesen, bevor ich angefangen habe, abgefuckte Gedichte zu schreiben. Ein Therapeut hätte möglicherweise Licht ins Dunkel gebracht, aber ich wollte mich niemandem anvertrauen. Zu groß war die Angst, abgestempelt zu werden. Lieber habe ich alles verdrängt. Doch inzwischen will ich nur noch wissen, was geschehen ist.

»Man nennt das retrograde Amnesie«, fährt Scholle fort.

Ich nicke wieder. Auch darüber habe ich mich informiert. Wenn man etwas erlebt oder getan hat, vor dem die Psyche einen schützen will. Es kommt vor, dass sich Menschen, die einen Mord begangen haben, nicht mehr an ihre Tat erinnern. Das Vergessen betrifft dann nicht nur das Ereignis selbst, sondern es reicht bis zu jenem Zeitpunkt zurück, an dem noch alles in Ordnung war. Deshalb fehlt mir auch fast eine ganze Woche. Mir fehlt alles, was damit zu tun hat.

»Ich werde aus dem, was ich herausgefunden habe, einfach nicht schlau«, sage ich. »Es ist, als gäbe es immer neue Theorien, die kurz darauf wie Seifenblasen zerplatzen.«

»Das menschliche Gehirn sucht instinktiv nach Mustern und Zusammenhängen. Wir versuchen ständig, Sachverhalte mit unserer Logik zu vervollständigen, bis sich daraus ein für uns stimmiges Bild ergibt. Aber nicht selten liegt die Wahrheit ganz woanders.«

»Woher weißt du das alles?«

»Wenn man, wie ich, seit zwanzig Jahren in dieser Bude arbeitet, dann lernt man so einiges über die Spezies Mensch. Nein, im Ernst, ich habe drei Semester Psychologie studiert. Und nur weil ich bei den Klausuren durchgerasselt bin, heißt das nicht, dass nichts hängen geblieben ist. Ich war nur zu faul, nicht zu dumm. Psychologisch gesehen habe ich lediglich die Prioritäten ungünstig gesetzt, das Feiern war mir wichtiger, aber an sich hat mich die Psyche der Menschen schon immer interessiert.«

Das erklärt, warum er sich so gut in andere hineinversetzen kann. Warum er keine Vorurteile hegt.

Er würde mich verstehen.

Egal, was ich getan habe.

Ich trinke meinen Whiskey Cola, dann erzähle ich ihm alles.

Er hört mir schweigend zu und nickt an passenden Stellen mit dem Kopf. Ab und zu gerate ich ins Stocken, weil es mir schwerfällt, den Tatsachen ins Gesicht zu sehen, aber die Erleichterung, endlich alles aussprechen zu können, überwiegt.

»Klingt, als hätte diese Candy ein seelisches Problem«, sagt Scholle, als ich geendet habe. »Irgendetwas scheint sie nicht verkraftet zu haben und macht es dir zum Vorwurf.«

»Sie behauptet steif und fest, dass ich Alina auf dem Gewissen habe.«

»Glaubst du, sie sagt die Wahrheit?«

Ich atme tief durch. »Vielleicht. Im Internet habe ich von einem Mann gelesen, der seine Frau erdrosselt hat und sich danach an nichts mehr erinnern konnte. Seine Psyche hat das Geschehene einfach verdrängt. Obwohl man ihm die Tat nachweisen konnte, wollte er nicht glauben, dass er zu so etwas imstande war. Das Schlimme ist, ich weiß, wie ich früher war. Aber ich kann mir nicht erklären, was ich mit Alina zu tun hatte. Wenn ich mich wenigstens erinnern würde.«

»Vielleicht solltest du zur Fabrik fahren. Manchmal kommt die Erinnerung hoch, wenn man an den Ort zurückkehrt, an dem es passiert ist. Aber mach das besser nicht allein.«

»Würdest du mitfahren?«

Er denkt eine Weile nach, dann schaut er auf die Uhr. »In einer halben Stunde. Dann ist meine Schicht zu Ende. Wir fahren aber mit meinem Auto, denn ich passe nicht in jedes Fabrikat.«

39

Vielleicht betrachtet mich Scholle als Studienobjekt, an dem er Versäumtes nachholen kann. Er war fasziniert von dem, was ich ihm erzählt habe, und ich glaube, es interessiert ihn brennend, was damals geschehen ist. Schließlich hat er nichts zu befürchten. Er war nur derjenige, der mich nichtsahnend zu dem unheilvollen Ort chauffiert hat.

Wusste Candy, dass Scholle mich dort hingebracht hat? Wollte sie deshalb, dass wir miteinander reden? Gehört es vielleicht sogar zu ihrem Plan, dass wir jetzt nach Niederrodenbach fahren?

Ganz ehrlich, es ist mir egal, was sie will, denn mein Gefühl sagt, ich habe einen persönlichen Meilenstein erreicht. Ich weiß jetzt, wo ich war, bevor mein Gedächtnis einen Schnitt gemacht hat. Ich bin bereit für die Wahrheit. Jetzt gilt es nur noch herauszufinden, ob ich dort etwas entdecke, das mich weiterbringt.

Draußen dämmert es bereits, filigran gebogene Laternen erhellen das gesamte Areal vor dem Glasanbau, und bis auf die drei Mädchen, die gackernd und nur mit Tops und knappen Röcken bekleidet an mir vorbeihuschen, sind kaum Leute auf dem Parkplatz. Ich eile zu Davids Auto, um noch schnell meine

Jacke zu holen, da bemerke ich, dass der Hinterreifen einen Platten hat. Die Felge steht beinahe auf dem Boden auf.

Wie kann es sein, dass mir das beim Fahren nicht aufgefallen ist? Ich nähere mich dem Heck und suche den Boden ab. Bin ich beim Einparken vielleicht versehentlich über eine Glasscherbe gefahren? Dann stelle ich fest, dass auch der andere Hinterreifen keine Luft mehr hat. Das war kein Versehen!

Ich schaue mich um. Hinten an der Laterne lungern ein paar Jugendliche herum, aber ich glaube nicht, dass es einer von denen war. Sie hätten längst bemerkt, dass ich am Auto stehe, und vielleicht sogar gekichert. Ich gehe zu ihnen.

»Hallo. Habt ihr zufällig jemanden beobachtet, der die Reifen an meinem Wagen zerstochen hat?«

»Wir sind erst seit einer Minute hier«, sagt ein Mädchen mit Glitzerhaarreif.

»Ich hab nichts gesehen«, sagt ein anderer, und seine Freunde bestätigen das schulterzuckend.

Ich laufe zurück zum Wagen und überlege, ob man im Fitnessstudio etwas mitbekommen haben könnte.

»Hey!«, ruft jemand hinter mir.

Ich drehe mich um und sehe schon wieder Patrick. Der fehlt mir gerade noch. »Mr. Superbuddy« steht auf seinem T-Shirt, und in der Hand hält er eine Waffel mit einer Kugel Eis.

»Sie sind ja überall«, scherzt er.

»Hi! Jemand hat meine Reifen zerstochen.«

»Echt jetzt? Ich hab von der Eisdiele aus einen Kerl gesehen, der hier herumgeschlichen ist, aber ich wusste nicht, dass … hatten Sie nicht einen Beetle?«

»Das Auto gehört meinem Freund.«

»Na, der wird sich freuen.« Er beugt sich zum Reifen hinunter und wetzt mit dem Fingernagel über die Einstichstelle. »Sieht nicht gut aus.«

»Wie hat der Kerl ausgesehen?«

Patrick stützt sich an der Motorhaube ab und kommt aus der Hocke. »Dunkle, glatte Haare und 'nen großen Fleck an der Schläfe, sah aus wie ein Feuermal.«

Mein Blick rast umher, die Gedanken stürmen durch meinen Kopf, doch ich bekomme keinen vernünftigen zu fassen. Kann es sein, dass Ben das war?

»Sie können bei mir mitfahren«, bietet Patrick an und schleckt an seinem Eis. »Wenn Sie wollen, bringe ich Sie nach Hause. Ihre Karre werden Sie wohl abschleppen lassen müssen.«

Ich reibe mir über die Stirn.

»Na, kommen Sie, ich fahr Sie schnell.«

»Nein, ich kann noch nicht nach Hause«, sage ich und hole meine Jacke aus dem Auto. »Ich muss dringend noch wohin.«

Patrick macht ein irritiertes Gesicht, als ich an ihm vorbeiflitze.

»Trotzdem danke.«

»Keine Ursache, ich wollte nur helfen. Besuchen Sie heute noch den Liebert?«, ruft er mir hinterher.

Ich drehe mich noch mal um. »Nein, das hat sich schon erledigt.«

Während ich zum Eingang vom Mexx laufe, ärgere ich mich, das gesagt zu haben. Was wird Patrick denken, wenn er erfährt, dass Liebert tot ist? *Das hat sich schon erledigt.* Das klingt, als hätte ich ein Problem beseitigt.

40

Scholle fährt einen Touareg, dessen Innenraum so groß ist, dass wir uns keinen Millimeter in die Quere kommen. Am Armaturenbrett leuchtet alles blau, und die Sitze sind mit cremefarbenem Leder bezogen. Zum ersten Mal, seit ich Scholle wieder begegnet bin, nehme ich diesen leicht fischigen Geruch wahr, den ich schon damals mit ihm in Verbindung gebracht habe. Er erklärte einmal, dass er an einer seltenen Stoffwechselkrankheit leide, deren Name mir nicht mehr einfällt. Vielleicht hat er deshalb die Lüftung auf höchste Stufe gestellt, damit seine Ausdünstungen mit der Luft von draußen zirkulieren.

Es regnet inzwischen, die dunkelblaue Landschaft wirkt verschwommen. Die Straße erscheint mir wie ein Fluss, und wir sitzen in einem Boot, das uns in unbekannte Gewässer bringt. Vom Mexx bis zur Fabrik sind es höchstens dreißig Minuten, doch mir kommt es wie eine Ewigkeit vor. Aus irgendeinem Grund bin ich extrem aufgeregt. Seit wir losgefahren sind, erzählt Scholle von seiner Leidenschaft, Modellflugzeuge zu bauen. Ich gebe erstaunte und anerkennende Laute von mir, während ich gedanklich ganz woanders bin.

Dass es vielleicht Ben war, der meine Reifen zerstochen hat, lässt mir keine Ruhe. Ich hätte ihm niemals zugetraut, dass er mich derart terrorisieren würde. Aber bedeutet das nicht, dass er wusste, wo ich bin? Allerdings könnte er mich auch zufällig gesehen haben oder mir die ganze Zeit über gefolgt sein.

Mein Handy läutet. Ich ziehe es ein Stück weit aus der Hosentasche, doch als ich sehe, dass es ein anonymer Anruf ist, schalte ich auf lautlos und schiebe es wieder zurück.

Während mein Handy weiter vibriert, schaut mich Scholle fragend an.

»Ist nicht wichtig«, sage ich.

Er richtet den Blick wieder auf die Straße und wirkt dabei eigenartig zufrieden. Es regnet ohne Ende. Im Rückspiegel nehme ich die Lichter des Autos hinter uns wahr. Mir kommt es vor, als folge es uns, seit wir gestartet sind.

War es ein Fehler, mit Scholle mitzufahren? Ich allein mit ihm, bei Dunkelheit, an einem Ort, wo uns niemand finden wird? Ist das alles ein Komplott?

Ich kneife die Augen zusammen und vertreibe diese paranoiden Gedanken aus meinem Kopf. Das sind nur Muster, die sich mein Gehirn zusammensetzt, beschwichtige ich mich. Scholle hat keinen Grund, mir etwas anzutun. Niemals würde er mir übelwollen. »Wir müssen aufpassen, dass wir die Einfahrt nicht verpassen«, sagt er und schaltet das Fernlicht an, woraufhin die Regentropfen wie winzig kleine Kometen an die Scheibe knistern. »Ich habe im Kofferraum einen Schirm. Und eine Taschenlampe. Aber ich kann auch die von meinem Handy benutzen, dann kannst du die Taschenlampe haben. Ich hoffe, die Batterien sind noch einigermaßen voll.«

»Okay«, sage ich. Das hoffe ich auch.

Wenig später drosselt er das Tempo und biegt auf einen Waldweg ab. Noch ein paar Hundert Meter, dann sind wir am Fabrikgelände.

Ich hole mein Handy aus der Hosentasche, prüfe, ob ich Empfang habe. Zwei Balken, das ist gut. Der Akku steht auf achtzig Prozent. Und eine Taschenlampe hat mein Handy auch.

Ich schiebe es wieder in die Hose, dann lichtet sich der Wald, und die Umrisse der Fabrik tauchen im Regen auf. Wie eine zerfallene Festung auf weiter Flur. Gespenstisch.

Mit neunzehn hätte ich sicher keine Skrupel gehabt, dort einzubrechen. Damals machten wir ständig solche Sachen. Damals. Vielleicht ist es auch die Tatsache, dass hier möglicherweise vor acht Jahren ein Verbrechen geschah, die mir den Schweiß auf die Stirn treibt. Ein Verbrechen, an dem ich beteiligt war. Ich atme tief durch, um die Übelkeit loszuwerden, die meinen Organismus übermannt.

Scholle stellt den Wagen neben dem Zaun ab, der das Gelände umgibt. Er ist etwa zwei Meter hoch, mit einem gewundenen Stacheldraht obendrauf, damit kein Unbefugter drüberklettert.

Wir steigen aus, und ich ziehe mir die Kapuze über den Kopf. Scholle geht zum Kofferraum und holt Schirm und Taschenlampe heraus. Er knipst sie an und malt einen hellen Kringel in die Luft, wohl um zu prüfen, ob die Batterie noch etwas taugt.

»Die sollte gehen«, sagt er und reicht sie mir. Dann öffnet er den Schirm und hebt ihn über seinen Kopf.

Ich muss schmunzeln, denn das Ding ist eindeutig zu klein für ihn.

Nachdem er die Taschenlampe an seinem Handy eingeschaltet hat, gehen wir den Zaun entlang zum Tor und stellen mit einem ernüchterten Seufzer fest, dass es mit einer dicken Kette gesichert ist. Scholle rüttelt daran, doch obwohl die Glieder stark verrostet sind, lässt sie sich nicht so einfach aufbrechen.

Während er eifrig versucht, das Vorhängeschloss zu knacken, gehe ich ein paar Meter weiter und finde eine Stelle am Zaun, die ein wenig aufgebogen ist. Das Schlupfloch ist gerade mal so groß, dass der Pudel meines Nachbars durchgepasst hätte, trotzdem will ich den Versuch wagen. Ich bücke mich, lege die Taschenlampe ins nasse Gras und zwänge meinen Oberkörper hindurch. Die Drähte kratzen über meine Kopfhaut und schürfen meinen linken Ellenbogen auf, als wollten sie mich davon abhalten, auf die andere Seite zu gelangen.

»Du denkst nicht ernsthaft, dass ich da durchpasse«, höre ich Scholle sagen, der mir mit seinem Handy ins Gesicht leuchtet, während ich – bis zur Hüfte im Zaun feststeckend – zu ihm aufsehe. Der Regen fällt mir in die Augen, sodass ich blinzeln muss. Ich betrachte meinen Hintern, der gerade so durch die Lücke passt, dann seinen. »Könnte eng werden.«

Er richtet den hellen Strahl seines Handys auf den Boden. »Hätte ich das gewusst, hätte ich einen Bolzenschneider mitgenommen. Ich suche mir einen anderen Weg. Einen, der nicht für bleistiftdünne Menschen gemacht ist.«

Er stiefelt davon, und ich zwänge mich weiter durch die Öffnung. Als ich es auf die andere Seite geschafft habe, greife ich durch den Zaun nach der Taschenlampe, raffe mich auf und stapfe durch das nasse Gras auf das Fabrikgebäude zu.

Vor Jahrzehnten wurden hier Fleisch und Wurst in Konserven abgefüllt, und soweit ich weiß, beherbergten die Mauern auch eine Schlachterei. Als sich nach dem Zweiten Weltkrieg die wirtschaftliche Lage verändert hat, stellten die Inhaber den Betrieb ein und überließen das Gebäude dem Verfall.

Ich sehe mich um. Etliche Meter weiter rechts hüpft ein Licht umher. Das ist Scholle, der immer noch den Zaun absucht. Sicherheitshalber schalte ich die Taschenlampe aus, damit mich niemand bemerkt, sollte doch jemand hier sein. Ich fühle mich sicherer, wenn ich nicht als wandelnder Lichtpunkt durch das hohe Gras marschiere. Denn je näher ich der Ruine komme, desto unwohler fühle ich mich.

41

Im Mondlicht, das durch die Regenwolken dringt, sieht das verlassene Gebäude gespenstisch aus. Sträucher umwuchern die Fassade, und die Fensterscheiben sind allesamt zerbrochen. Es ist, als kehre ich in eine längst vergessene Zeit zurück. Obwohl die Fabrik wie ausgestorben wirkt, macht es dennoch den Anschein, als verberge sich Leben darin, das alles vertreiben will, was ihm zu nahe kommt. Dazu noch die bedrohlichen Geräusche der Natur. Die Regentropfen, die vereinzelt auf meine Kapuze prasseln, der Wald, in dem es heult und knistert.

Als ich zum Eingang komme, suche ich die Fenster ab, um mich zu vergewissern, dass niemand dahinter steht. Aber es ist zu dunkel, um etwas zu erkennen.

Die Tür oberhalb der zwei Stufen ist komplett verschüttet, was allerdings niemanden davon abhalten wird, ins Innere zu gelangen. Ich bewege mich auf die Werkshalle zu. Schon von außen kann ich schemenhaft die Schmierereien an den Wänden erkennen, und vor einem der Fenster entdecke ich neben ein paar zerbrochenen Flaschen eine Bierkiste, über die ich ins Innere klettere.

Damals machten Gerüchte die Runde, dass hier geheime Szenepartys stattgefunden haben, zu denen Vicki und ich jedoch nie eingeladen wurden. Wahrscheinlich, weil wir uns in zu harmlosen Kreisen bewegten. Deshalb wundert es mich nicht, dass ich Luc unbedingt hier treffen wollte. Mich faszinierte dieser Ort, genauso wie die Leute, die hierherkamen, um zu feiern.

Die Halle ist etwa halb so groß wie ein Fußballfeld und wird von Betonpfeilern gestützt. Durch die vielen Fenster dringt Mondlicht ins Innere und lässt die mit Graffiti beschmierten Wände grotesk aussehen. Überall sind Trümmer und Schutthaufen, und es riecht stark nach altem Müll und feuchtem Putz.

Ich streife die Kapuze vom Kopf, wische mir mit dem Ärmel die Nässe aus dem Gesicht und leuchte mit der Taschenlampe auf den Betonboden, wo kaputte Bierflaschen, Chipstüten und zerdrückte Pizzakartons liegen.

Nichts hier in dieser Halle kommt mir vertraut vor — was mich ein wenig ernüchtert. Ich hatte gehofft, zumindest irgendwie spüren zu können, schon einmal hier gewesen zu sein.

Ich werfe einen Blick nach draußen und sehe Scholle, der sich inzwischen auf dem Gelände befindet. Als dunkle Gestalt stapft er durchs Gras. Mit der Taschenlampe blinke ich ein paar Mal in seine Richtung, doch er reagiert nicht. Es wird sicher noch eine Weile dauern, bis er bei mir ist. Ich drehe mich wieder um und gehe ein paar Schritte durch die Halle.

Scherben und Steine knirschen unter meinen Schritten. Jedes Geräusch hallt in dem heruntergekommenen Gemäuer wider, dumpf und doch beängstigend laut.

Durch ein Tor gelange ich in ein stockdunkles Treppenhaus, das kein einziges Fenster besitzt. Ich leuchte umher und habe plötzlich das unbestimmte Gefühl, nicht allein zu sein. Mein Herz pocht hart in meiner Brust. Angespannt orte ich jedes noch so leise Geräusch. Mit dem hellen Spot taste ich die Wände ab und sehe plötzlich eine Gestalt. Erschrocken reiße ich die Hand zurück und schalte die Taschenlampe aus. Da ist jemand. Ich setze zum Weglaufen an, doch wenn ich jetzt den Rückzug antrete, hört er meine Schritte. Ich beschließe, auf Konfrontation zu gehen, und leuchte dorthin, wo er gestanden hat.

Erleichtert atme ich auf. Das war kein Mensch. Jemand hat eine Figur mit Umhang und Kapuze an die Wand gesprayt. Wahrscheinlich um Leute wie mich zu erschrecken. Hier ist niemand.

Ich warte, bis mein Herz sich beruhigt hat, dann leuchte ich weiter. Je eine Betontreppe führt nach oben und nach unten. Verstaubte Spinnweben hängen wie Fäden herab, ein Geländer fehlt.

Ich setze meinen Rundgang im Erdgeschoss fort. Die nächsten Zimmer sind kleiner. Ich tippe auf Büros oder Geschäftsräume. Ein alter Schreibtisch steht an der Wand und davor ein Stuhl, leicht schräg, als hätte noch vor wenigen Minuten jemand darauf gesessen. Vielleicht wartet dieser Jemand jetzt hinter dem Mauervorsprung auf mich. Ich sollte aufhören, mir solche Geschichten auszudenken, und versuchen, das Ganze als das zu sehen, was es ist. Ein harmloses altes Gemäuer.

Ich gehe weiter und schaue mir jeden Flecken an, bevor ich ihn betrete. Ein Raum führt zum nächsten, und schon bald habe ich das Gefühl, die Orientierung verloren zu haben. Räume, Gänge, Flure, noch mehr Räume. Alles ist dunkel, verwinkelt, und überall sind Schächte im Boden, die ich erst bemerke, wenn der Lichtkegel darüber streift. Ich muss höllisch aufpassen, wohin ich die Füße setze, und sollte mir besser merken, wo sich was befindet, für den Fall, dass ich die Flucht ergreifen muss. Dieser Gedanke kommt mir mit einem Mal so vertraut vor, dass ich mich frage, ob ich schon einmal hier war; in diesem Raum.

Ich leuchte in einen der Schächte, sehe nur Beton und Dreck. Anscheinend führen sie in den Keller. Ich umrunde die Schächte und trete durch die nächste Tür. Vernünftiger wäre es, umzukehren und auf Scholle zu warten. Ich könnte nach ihm rufen, aber ich habe Angst, dass nicht nur er mich hört. Ein idiotischer Gedanke, trotzdem hält er mich davon ab, auch nur einen Mucks von mir zu geben.

Auf den nächsten Metern stinkt es furchtbar nach Urin. Ich befinde mich in einem Flur, der zu einem weiteren Raum führt. Als ich diesen betrete, habe ich ein seltsames Kribbeln im Nacken. Der Schein meiner Taschenlampe trifft auf eine Art Heizofen aus Gussmetall, es könnte aber auch etwas anderes sein. Daneben liegen eine zertretene Plastikflasche und ein Feuerzeug, was bedeutet, dass hier schon mal jemand war. Ein klein wenig beruhigt mich das. Ich will weitergehen, als es plötzlich raschelt. Hastig schwenke ich die Taschenlampe umher, leuchte zurück in den dunklen Flur und wieder zum Ofen. Wieder raschelt es. Ich schicke den Lichtstrahl in die Richtung, aus der das Geräusch gekommen ist. Neben einem leeren Tetrapack sitzt eine Maus und sieht mich an, als hätte *ich sie* erschreckt. Schnell dreht sie sich um und huscht hinter den Ofen.

Dieser Ort ist nichts für mich.

Über einen Flur erreiche ich eine Halle, etwas kleiner als die erste. An der meterhohen Decke verlaufen riesige Blechrohre, und von irgendwo tropft es.

Patsch. Patsch. Patsch.

Mein Herz schlägt schneller. Ich weiß nicht warum. Es ist dieses sekündliche Patschen, das etwas in mir auszulösen scheint. Als habe ich es schon einmal gehört. Irgendetwas verbindet mich mit dieser Halle, diesem Geräusch und dem starken Geruch nach Moder und feuchtem Zement, der mich begleitet, seit ich in dem Fabrikgebäude bin. Ich umrunde eine Pfütze vor der Tür und leuchte die Wand entlang. Dort hinten neben einem riesigen Stapel zerfallener Bretter ist ein Durchgang. Noch ein Raum, denke ich und gehe hinüber. Warum schlägt mein Herz auf einmal wie wild? Als wolle es mich warnen. Ich bleibe stehen. Bis auf das regelmäßige Hallen der Tropfen vernehme ich nichts. Inzwischen bin ich so tief in die Fabrik vorgedrungen, dass ich nicht einmal mehr wüsste, wie ich hier auf schnellstem Weg wieder hinauskomme.

Vielleicht sollte ich die Taschenlampe ausschalten.

Warum denke ich das? Hier ist niemand. Ich hätte es längst rascheln hören, oder atmen. Noch einmal verhalte ich mich ruhig und lausche.

Patsch. Patsch. Patsch.

Vorsichtig bewege ich mich weiter, auf flachen Sohlen, um kein Geräusch zu verursachen. Ich beiße die Zähne zusammen, als ich versehentlich auf einen Stein trete, der knarzend unter meinem Schuh zerbröselt. Es ist kaum möglich, sich hier lautlos zu bewegen. Für die Dauer eines Herzschlags verharre ich und horche erneut, dann gehe ich weiter. Als ich bei dem Bretterstapel ankomme, leuchte ich durch die schmalen Ritzen und erfasse den dahinter liegenden Raum. Er dürfte kaum größer sein als eine Garage. Alles ist kantig und starr. Nichts dort drin bewegt sich, trotzdem sagt mir meine innere Stimme, irgendwas ist da.

Ich wage mich an dem Stapel vorbei und betrete den Raum. Leuchte in jeden Winkel. In der Mitte steht, wie aus dem Boden gewachsen, ein zementiertes Podest. Etwa so groß wie ein Esstisch. Die Löcher an den Ecken deuten darauf hin, dass sich dort eine Maschine befunden hat, bevor hier alles abgerissen wurde. Die Tür an der gegenüberliegenden Seite ist aus Eisen, offenbar führt sie ins Freie, denn daneben ist ein Fenster, durch das ich den Mond sehen kann. Er füllt den Raum mit seinem silberfahlen Licht. Ich muss an die Schlachterei denken, die sich möglicherweise hier befunden hat, und merke, wie mir augenblicklich übel wird. Je länger ich hier stehe, desto beklemmender ist das Gefühl in meinem Nacken. Ob es an der gespenstischen Atmosphäre liegt, die mir langsam zu Kopf steigt?

Ich muss nach Scholle suchen. Wahrscheinlich irrt auch er durch das Labyrinth von Räumen und Gängen, auf der Suche nach mir.

Ich folge dem Schein meiner Taschenlampe und will wieder in die Halle zurückkehren, als ich etwas sehe, das mich erstarren lässt. Langsam gehe ich in die Hocke und leuchte die kleine Kugel an, die in einer Bodenritze liegt. Mit den Fingerspitzen hebe ich sie auf und erkenne, als ich die Staubschicht abwische, dass sie türkisfarben ist. Türkis marmoriert, wie die Perlen von Alinas Kette.

Ich richte mich auf, blicke auf das Podest, und mit einem Mal bricht die Gewissheit mit aller Wucht über mich herein: Hier ist es passiert.

42

Es ist ein intuitives Gefühl, das unter meine Haut kriecht. Scharfkantig zieht es sich bis zu meinem Nacken hinauf, breitet sich in mir aus, bis ich glaube, zu zerspringen. Als hätte sich ein Ventil in meinem Innersten geöffnet, schießt die Erinnerung wie Gischt in mir empor.

Plötzlich sehe ich alles deutlich vor mir, als wäre es gerade erst passiert. Ich bin wieder neunzehn Jahre alt, stehe hinter dem Stapel Bretter und spähe durch einen schmalen Spalt in den Raum, der sich dahinter verbirgt. Mein Herz klopft so stark, dass ich befürchte, man könne jeden einzelnen Schlag laut vernehmen.

Klopf, klopf, klopf. Patsch. Klopf, klopf, klopf. Patsch.

Sie können mich nicht sehen, aber ich sehe sie. Luc und dieses blonde Mädchen, mit dem er beim Festival geflirtet hat. Alina. Dahinter, oh mein Gott, Patrick und ein Junge mit blonden Haaren und schwarz gerahmter Brille. David!

Die vier wissen nicht, dass ich ihnen gefolgt bin, und jetzt stehe ich hier, versteckt hinter den Brettern, und beobachte, wie Luc das Mädchen küsst. Zorn steigt in mir auf, ich will hineinstürmen und ihn zur Rede stellen, aber ich schaffe es nicht, mich von der Stelle zu bewegen. Als brauche ich noch mehr Beweise, dass er mich betrügt. Patrick hat sein Handy auf die beiden gerichtet, leuchtet alles aus und schleicht um sie herum, als drehe er eine verfickte Doku-Soap.

David steht nur da. Sein Blick schießt unruhig hin und her, als verstehe er nicht, was hier passiert.

»Mach sie heiß«, grölt Patrick, woraufhin Luc das Mädchen küsst, gegen die Mauer drückt und mit der Hand unter ihren Rock gleitet.

Sie packt sein Handgelenk und drückt es weg, aber Luc reagiert nicht darauf, grapscht einfach weiter.

»Hör auf damit!«, geht David dazwischen.

Luc schubst ihn weg und lacht. »Es war doch deine Idee. Du wolltest, dass wir ein bisschen Spaß zusammen haben. Wegen dir sind wir hier, also was soll der Scheiß?«

»Das geht zu weit«, sagt David.

»Das hat sich auf dem Festival aber noch anders angehört. Als ich dich angesprochen habe, hast du so getan, als wärst du die Coolness in Person. Du warst derjenige, der sie wollte. Russisch Roulette, du hast sie ausgewählt. Du steckst da genauso drin wie wir, mein Freundchen, also mach gefälligst mit.«

Luc hebt ihr Kinn an und leckt über ihre Kehle.

»So meinte ich das aber nicht. Du hast mich gefragt, welches Mädchen ich attraktiv finde, ich sollte dir eine nennen, mehr nicht.«

»Aber du wolltest doch Party machen.«

»Aber nicht so. Wir fahren jetzt besser!« David will ihm das wimmernde Mädchen entreißen, da ertönt ein leises Klicken. Patrick richtet eine Waffe auf ihn.

Ich schnappe nach Luft. Wie gebannt stehe ich da, schaffe es nicht einmal, Augen und Mund zu schließen, bin zugleich geschockt und entsetzt über das, was hier passiert.

»Die Pistole ist mit exakt einer Patrone geladen«, sagt Patrick. »Das sind die Regeln des Spiels. Russisch Roulette. Willst du es riskieren? Vielleicht bleibt das Mädchen dann verschont. Vielleicht aber auch nicht.«

»Hör auf, Mann!« Auch David ist das Entsetzen anzuhören.

»Ziehst du es mit uns durch?«, zischt Patrick und richtet die Waffe auf Davids leichenblasses Gesicht.

Er zögert, dann: »Ja, verdammt. Nimm das Ding weg!«

Patrick lässt die Waffe sinken und schwenkt das Handylicht wieder auf Luc, der sich immer noch an dem Mädchen zu schaffen macht. Wie eine Puppe reißt er es herum und schleppt es zum Podest.

Das alles geht so schnell, dass es mir nicht gelingt, wegzuschauen. Das, was dort geschieht, zieht meine Blicke an wie ein Magnet.

Als Alina die Waffe sieht, die Patrick immer noch in der Hand hält, schreit sie auf. Luc drückt ihr die Hand auf den Mund und zwingt sie auf den Zementblock. Sie wehrt sich, schlägt mit Händen und Füßen um sich, bis Luc ihre Perlenkette packt und sie damit stranguliert. Es schnalzt, die Kette reißt. Alina ringt keuchend nach Luft, und Luc schleudert den Strang von sich. Einige Perlen kullern wie Murmeln über den Boden.

Jetzt drückt er Alina aufs Podest, holt aus und schlägt ihr mit der Faust ins Gesicht. Es knackt. Mir bleibt die Luft weg, als hätte er in diesem Moment mich getroffen. Ihre Arme und Beine geben nach, regungslos kommt ihr Körper auf dem Podest zum Liegen, wie eine Marionette, deren Schnüre durchgeschnitten wurden. Mein Blick schießt zu David. Mit schreckgeweiteten Augen schaut er zu, fährt sich in einer Geste der Hilflosigkeit durchs Haar, während ich nicht fähig bin, einen einzigen klaren Gedanken zu fassen, der mich aus meiner Verstörung befreit. Ich fühle mich gelähmt, ohnmächtig, gefangen in einem Szenario, das mich vor Angst und Schrecken paralysiert. Luc, der Mann, in den ich mich unsterblich verliebt habe, weil er etwas Gefährliches ausstrahlt, das mich so anzieht, zeigt ein Gesicht, das mich bis ins Mark erschüttert. Ich wollte sein wie er, aber das Einzige, was ich jetzt spüre, sind Scham und abgrundtiefe Angst.

Er reißt Alinas Bluse auf, ein mehrmaliges Ratschen. Ihre Arme schlottern, als habe sie einen epileptischen Anfall. Patrick hält mit dem Handy alles fest. Blutflecke sind auf ihrer Bluse, aber ihr Gesicht kann ich nicht sehen, da Luc direkt davorsteht. Er kehrt mir den Rücken zu. Ich weiß nicht, was er macht, vermutlich hat er ihren Rock hochgeschoben. Galle brennt in meiner Kehle. Egal, wie oft ich schlucke, der bittere Geschmack verschwindet nicht.

Er bewegt seine Hüfte vor und zurück, immer schneller, gieriger, minutenlang, bis er schließlich keuchend erstarrt. Langsam entspannen sich seine Muskeln.

»Du bist dran«, sagt er zu David, aber der reagiert nicht, steht nur da und macht ein verängstigtes Gesicht, bis Patrick mit der Waffe wedelt und ihn auffordert, mit Luc Platz zu tauschen.

»Besorg's ihr, na los«, ruft Luc und macht den Weg frei.

Jetzt sehe ich ihr Gesicht. Stumme Tränen laufen über ihre Wangen, vermischen sich mit dem hellen Blut, das aus ihrer Nase quillt. Ihr Blick ist starr auf mich gerichtet. Sieht sie mich? Patrick durchtrennt unsere Blicke, als er sich zwischen uns stellt. Er filmt David, der am ganzen Leib zittert und zaghaft versucht, das Mädchen anzufassen.

»Schlappschwanz!«, sagt Patrick harsch und winkt David mit der Waffe fort. »Lass mich ran.«

David sinkt zu Boden und kriecht einen Meter zurück.

»Wo willst du hin?«, fragt Patrick und hält die Pistole einige Sekunden auf ihn gerichtet, dann schwenkt er sie zu dem Mädchen. »Du willst doch nicht das Finale verpassen.«

Patrick steckt den Lauf in Alinas Unterleib und bewegt ihn unablässig vor und zurück. Sie wimmert und schluchzt. Dann, urplötzlich, löst sich ein Schuss. Laut und dennoch gedämpft. Die Bluse des Mädchens färbt sich dunkelrot, fast schwarz. Ich schrecke zurück. Atemlos stiere ich durch den Spalt zwischen den Brettern, spüre meine Knie zittern und bemerke, dass Alina nicht mehr schlottert.

Patrick schnalzt mit der Zunge und steckt die Waffe weg.

»Das nenne ich Pech«, bedauert Luc, dann packt er David am Kragen und zieht ihn auf die wackeligen Beine. »Du steckst da mit drin, das weißt du«, sagt er. »Wenn das die Polizei erfährt, wanderst du in den Knast. Und wenn du auch nur ein Wort zu irgendjemandem sagst, verbreiten wir dein Video im Netz, wir zerstören dich, mein Freund.«

»So sieht's aus«, stimmt Patrick zu und streichelt dem zuckenden Mädchen über das schweißnasse Haar.

Luc legt den Arm kumpelhaft um Davids Schulter, schlendert mit ihm zur Eisentür und stößt sie auf. »Lasst uns eine rauchen gehen. Danach machen wir hier sauber.«

»Wir sollten sie in den Bunker bringen, vielleicht ist sie ...«, höre ich Patrick noch sagen, als er ihnen ins Freie folgt, dann schlägt die Tür ins Schloss, und einzig der Vollmond, dessen fahler Schein immer noch durch das Fenster fällt, lässt mich mit dem Schrecken allein. Wie versteinert stehe ich in meinem Versteck, bewege mich nicht vom Fleck und höre nur das monotone Tropfen.

Patsch. Patsch. Patsch.

Ich schaffe es nicht, den Blick von dem regungslosen Mädchen zu lösen, als ich bemerke, dass sich ihr Brustkorb leise hebt und senkt. Sie atmet noch. Mein Herz beginnt zu rasen. Sie atmet noch! Unruhe wühlt mich auf und zwingt mich zu handeln. Ich sehe zur Eisentür, versichere mich, dass sie auch wirklich zu ist, dann stürze ich zu dem Mädchen, das wie tot daliegt, und versuche mit beiden Händen, ihren Puls zu ertasten.

Ein leises Glucksen dringt aus ihrem Mund, als ich ihre Kehle berühre. Ihre Augenlider flattern.

»Wa … Warum hast du mir nicht geholfen?«, haucht sie, kaum, dass ich es verstehen kann. Zwei schwache, kurze Atemzüge folgen, dann nur noch Stille.

Ich wende den Blick auf meine blutverschmierten Hände, die immer noch das Leben in ihr suchen, doch ihr Puls hat aufgehört zu schlagen. Ihre Augen starren mich an. Vorwurfsvoll, anklagend. Ein schmerzliches Gefühl überschwemmt mich und breitet sich wie eine dünne Eisschicht unter meiner Haut aus. Ich betrachte ihr puppenhaftes Gesicht, dem ich vor kaum einer Stunde noch mit Eifersucht begegnet war, und empfinde plötzlich nur noch Schuld. Ich habe zugesehen, wie sie getötet wurde. Anstatt Hilfe zu holen oder irgendwas zu tun, habe ich nur zugesehen. Ich bin schuld, dass sie jetzt tot ist.

Ein Knarzen lässt mich aufschrecken. Die Türklinke bewegt sich. Hastig fahre ich herum, stolpere dabei zu Boden und schlage mir das Knie auf. Ein spitzer Schmerz zieht sich durch mein linkes Bein. Ich will aufstehen, drücke mich vom Boden ab und spüre etwas unter meiner Hand, packe zu und raffe mich auf. Es ist Alinas Perlenkette. Ich umfasse sie so fest, als wäre sie meine einzige Chance, mich zu verteidigen. Als ich auf den Beinen bin, schwingt die Tür auf, und Luc betritt den Raum. Eine Sekunde lang sehen wir uns in die Augen. Adrenalin flutet meinen gesamten Körper.

»Scheiße«, raunt er und kommt auf mich zu.

In dem Moment weiß ich: Er wird mich töten, wenn er mich erwischt.

Ich flüchte zurück in die Halle, renne so schnell ich kann.

»Verdammte Scheiße«, flucht er, während ich hinaus in den Gang stürze. Meine Beine schwingen so schnell durch die Luft, dass ich kaum merke, wie sie den Boden berühren. Ich weiß, dass er mir folgt. Ich höre seine Schritte. Ich laufe und laufe und laufe. Endlich erreiche ich den Ausgang, stürze ins Freie, springe die beiden Stufen hinab, stürme über die Wiese, zu der Lücke im Zaun. Luc ist hinter mir, ich höre ihn, er hat mich bald erreicht. Ohne einen Gedanken zu verlieren, hechte ich durch das Schlupfloch und bleibe mit dem Hosenbein am Draht hängen. Luc ist nur noch wenige Meter entfernt. Ich packe den Stoff meiner Cargohose, reiße daran und schlüpfe durch die Lücke. Er greift nach meinem Fuß, doch ein gezielter Tritt und er lässt los. Ich rapple mich auf, laufe auf die Straße und schaue nur nach vorn, höre, wie Luc scheppernd gegen den Zaun schlägt.

»Du verdammtes Miststück!«, schreit er mir hinterher. »Ich werde dich finden, und dann bringe ich dich um!«

43

Mein Herz schlägt so hart und schnell, dass ich glaube, meine Brust zerspringt. Ich stehe noch immer in dem Raum, erkenne deutlich die Umrisse des Podests, dahinter die Eisentür, das Fenster. Die Taschenlampe ist mir während des Flashbacks aus der Hand gefallen und liegt jetzt auf dem Boden, den Schein gegen die Wand gerichtet. Ich hebe sie auf und leuchte den Zementblock an, als müsste ich mich davon überzeugen, dass das Mädchen nicht mehr daliegt. Meine Hände zittern.

»Hier hattest du dich also versteckt.« Eine männlich tiefe Stimme bringt mein Herz zum Stolpern.

Ich fahre herum, leuchte unwirsch den Bretterstapel ab und sehe, dass sich dahinter etwas bewegt. Mein Puls beginnt erneut zu rasen, dann bemerke ich eine dunkle Gestalt am Durchgang zur Halle. Ich richte den Lichtstrahl auf das Gesicht und stelle mit Entsetzen fest, dass es Patrick ist.

»Ich weiß, was ihr getan habt«, schmettere ich ihm entgegen, als könnte ich ihm damit Angst einjagen, aber er lacht nur.

»Weil du dich erinnerst? Oder hat David es dir gesagt?« Sein Blick verfinstert sich.

Ich schüttle benommen den Kopf. »Ich habe gesehen, wie ihr ihm gedroht habt, ich habe gesehen, was ihr Alina angetan habt.«

Mein Blick fällt auf die Perle zwischen meinen Fingern, dann auf das Podest. Die grausamen Bilder sind noch so frisch, dass es mir unmöglich ist, sie einfach auszulöschen. Ich weiß gerade nicht, was mich mehr verstört. Das, was ich beim Flashback gesehen habe, oder dass Patrick leibhaftig vor mir steht.

»Dann erinnerst du dich also wieder.« Er tritt in den Raum. Seine Größe und die breiten Schultern wirken im Schein meiner Taschenlampe bedrohlich, sie holen mich knallhart in die Wirklichkeit zurück. Nimm dich in Acht, ermahne ich mich, er ist gefährlich und würde sicher nicht davor zurückschrecken, auch dich zu töten.

»Luc und ich haben die ganze Zeit gerätselt, warum du nie die Polizei auf uns gehetzt hast«, sagt er ruhig. »Dabei hatten wir einfach nur Glück, dass du dich an nichts erinnern konntest.«

Also wusste er die ganze Zeit, wer ich bin. Aber das ist im Moment eher unwichtig. Ich überlege, wie lange ich brauchen werde, um zur Eisentür zu gelangen, die Klinke zu drücken und zu verschwinden.

Als könne er meine Gedanken lesen, kommt er auf mich zu und drängt mich neben das Podest. Ich müsste es komplett umrunden, um die Tür zu erreichen, während er nur ein paar Schritte bräuchte.

Er legt die Hand auf den Zementblock und streicht darüber. »Alina war das perfekte Opfer. Hübsch, vertrauensselig, ein bisschen naiv. Sie war sofort dabei, als wir ihr vorgeschlagen haben, nach dem Festival noch ein wenig Party zu machen. David hat dir nichts davon erzählt, weil es seine Idee war. Er steckt da mittendrin, verstehst du? Ich bin ihm vor ein paar Tagen zufällig über den Weg gelaufen und habe ihm das noch mal deutlich vor Augen geführt. Offenbar hat das gewirkt.

Eigentlich hätte ich ihn ausknocken sollen. Die paar Tritte, die ich ihm dann noch verpasst habe, waren viel zu wenig dafür, dass er sich damals mit dir aus dem Staub gemacht hat.«

Ich schalte die Taschenlampe aus, trotzdem spüre ich instinktiv, wie er mich ansieht und meine Angst auskostet. Offenbar fühlt er sich überlegen. Ob er ahnt, warum ich das Licht ausgemacht habe?

»Luc ist in Panik geraten, als plötzlich Alinas Leiche aufgetaucht ist«, fährt er unbeirrt fort. »Er wollte nach Bremen, um David ins Gewissen zu reden. Dass er dort auf dich treffen würde, damit hat er wohl nicht gerechnet.« Patrick streicht mit einer Hand über den rauen Stein, so als wolle er ihn liebkosen. »Luc war ein Naturtalent. Ein Frauenmagnet, dem sich auch Alina nicht entziehen konnte. Er lockte sie mit seinem Charme, umgarnte sie und gab ihr das Gefühl, begehrenswert zu sein. Damit baute er Vertrauen auf. Aber wem sage ich das? Dich hat er ja genauso rumgekriegt.«

Er will mich provozieren, mich wütend machen, um sich womöglich daran aufzugeilen, aber ich gehe nicht darauf ein. Stattdessen suche ich nach einem Ausweg. Wenn ich mich ein Stück zur Seite drehe, könnte ich vielleicht unbemerkt nach meinem Handy in der Hosentasche greifen. Aber wie schaffe ich es, einen Notruf abzusetzen, ohne dass er das helle Display bemerkt? Vielleicht ist es besser, ihn abzulenken, um an ihm vorbeizukommen. Wenn er bemerkt, dass ich ein Handy habe, wird er es mir abnehmen wollen, und genau diesen Moment werde ich nutzen.

Er lacht leise. »Ich muss zugeben, es hatte seinen Reiz, dass du mir die letzten Tage immer wieder entwischt bist. Meine Vorfreude stieg dadurch ins Unermessliche. Obwohl es mich schon geärgert hat, dass ich es nicht mal bis in dein Apartment geschafft habe. Und vorhin am Parkplatz dachte ich ernsthaft, dass du mir nun nicht mehr entkommst. Ich habe deine Reifen zerstochen, weil ich wollte, dass du in mein Auto steigst. Als ich dich gestern dabei beobachtet habe, wie du dich mit dem Fleckengesicht gestritten hast, war mir klar, dass du mir die Story abkaufen wirst.«

Er ist mir zu Ben gefolgt? »Dann hast du mich in dieses Loch gesperrt.«

»Ich hätte wissen müssen, dass David dich im Bunker suchen wird. Er wusste, dass ich dich dort hinbringen würde, weil ich das auch mit Alina vorhatte. Aber sie war schon tot, wir hätten nichts mehr mit ihr anfangen können, also haben Luc und ich sie in einem Waldstück an der Kinzig verscharrt.« Es bereitet ihm sichtlich Freude, mir das alles haarklein zu erzählen.

»Warum hast du mich dort hingebracht?«

Er grinst dreckig. »Der Bunker ist das ideale Versteck, um noch ein bisschen Spaß zu haben. Ich sehe meine Beute gerne leiden, bevor ich sie«, er macht eine bedeutungsvolle Pause, »dem Tod überlasse. Weißt du, wie geil es ist, zu wissen, dass ein hilfloses Mädchen in diesem dunklen Mauerwerk festsitzt? Wie es schreit und fleht und weint?« Er raunt.

Ich schlucke. »Dann war die Nachricht unterm Scheibenwischer also auch von dir.«

Meine Finger zittern so stark, dass es mir schwerfällt, das Handy unauffällig aus der Tasche zu ziehen.

»Schlaues Mädchen. Angst kann grausam sein, nicht wahr?«

Ich darf mich nicht von ihm einwickeln lassen, ich muss mich endlich konzentrieren, damit mein Plan aufgeht.

Während Patrick weiter auf mich einredet, schaffe ich es endlich, das Telefon aus der Tasche zu befreien. Wie ein verräterischer Zünder liegt es in meiner Hand. Ich mache mich bereit und drücke den Einschaltknopf. Das Display leuchtet auf.

Nur eine Sekunde später zieht er eine Pistole und richtet sie auf mich. Der Schreck jagt mir durch alle Glieder. Erst recht, als das unmissverständliche Klicken ertönt. Ich habe nicht damit gerechnet, dass er seine Waffe dabeihat. Ich dachte, er würde sich auf mich stürzen und ich könnte ihm einen gezielten Tritt verpassen und durch die Tür entkommen.

»Gib her das Ding«, fordert er mich auf und streckt mir die freie Hand entgegen.

Eine Sekunde zögere ich. Würde er mich wirklich auf der Stelle erschießen, wenn er doch lieber seinen Spaß mit mir haben will? Ich lege das Handy aufs Podest und gebe ihm einen Schubs, sodass es über die gesamte Fläche schlittert. Er reagiert so, wie ich es erwartet habe, beugt sich zur Seite und greift danach. Ich nutze den Moment, stürze an ihm vorbei und haste um den Bretterstapel in die angrenzende Halle. Mit dröhnenden Ohren sprinte ich geradewegs in Richtung Flur. Es ist so dunkel, dass ich kaum sehen kann, wohin mich meine Schritte tragen. Aber ich habe keine andere Wahl, als meinem Instinkt zu vertrauen.

»Du brauchst nicht denken, dass du mir entkommst«, höre ich ihn hämisch rufen.

Mein Fuß tritt in eine Pfütze, und ich weiß, hier ist die Tür. Langsam und mit ausgestreckten Armen bewege ich mich weiter. Rechne jeden Moment damit, dass sich eine Hand in meine Kapuze krallt und mich mit einem Ruck zurückreißt oder schlimmer noch, dass er auf mich schießt. Mein Herz klopft wie wild, während ich mich an der Wand entlangtaste und kurz darauf ins Leere fasse. Ich trete in den Flur und verschanze mich hinter dem nächstgelegenen Mauervorsprung. Mein ganzer Körper bebt vor Anspannung.

Als ich nichts mehr höre, schalte ich die Taschenlampe an und leuchte in die Richtung, in der ich den Eingang vermute. Ich folge dem dünnen Strahl, hetze durch weitere Flure und Gänge, begleitet von Geräuschen, die meine Anspannung ins Unermessliche treiben, bis ich in einen Raum gelange, von dem aus es nicht mehr weitergeht. Während ich mit der

Taschenlampe einen riesigen Schutthaufen beleuchte, muss ich plötzlich an Candy denken. Was hat sie mit all dem zu tun? Warum wollte sie mir einreden, ich sei eine Mörderin? Warum hat sie Luc getötet, wenn sie denkt, dass ich …

Ein Geräusch durchbricht meine Gedanken. Mit schweiß-nassem Daumen drücke ich den Riegel der Taschenlampe nach hinten, um das Licht auszumachen. Ich drehe mich um und bleibe regungslos stehen. Es knirscht und knackt, Schritte hallen. Jemand ist im Flur. Gänsehaut läuft mir den Rücken hinab. Jetzt sehe ich ein kleines Licht, wie ein Laserpointer irrt es umher, und dann trifft es mich. Blendet mich so stark, dass ich mir die Augen mit der Hand abschirmen muss.

»Gott sei Dank, du bist es. Ich habe dich überall gesucht«, höre ich Scholle sagen und spüre, wie mein Herz ganz schwer wird vor Erleichterung.

Ich hebe den Zeigefinger an die Lippen, um ihn zum Schweigen zu bringen, doch er spricht einfach weiter. »Verdammt unheimlich hier drin. Ich war oben, weil ich dachte, ich hätte dich dort gehört. Dort sind auch lauter Schächte, die bis in den Keller gehen. In die meisten hätte ich nicht mal reingepasst. Aber stell dir mal vor, ich stecke da fest.«

»Jemand ist hier«, flüstere ich. »Wir müssen hier weg.«

»Keine Sorge, notfalls verpasse ich dem Penner einen Fausthieb. Ich hab mal Taekwondo gelernt. Du hättest mich sehen sollen, ich bin die ganze Zeit in dieser Position hier durchgelaufen.« Sein Licht bewegt sich von mir weg, sodass ich nicht sehe, welche Position er meint.

»Wir müssen hier weg«, sage ich noch einmal und komme endlich auf die Idee, die Taschenlampe wieder anzuschalten.

Scholle steht mit geballten Fäusten vor mir, die eine Hand nach vorn gestreckt, die andere angewinkelt am Körper. Wie Kung Fu Panda. Wäre ich nicht so angespannt, müsste ich lachen. Er ist ohne Zweifel kampfbereit, aber gegen Patricks Pistole hat er keine Chance.

»Wo geht es hier raus?«, frage ich und merke, wie die Unruhe all meine Glieder erfasst. Es bleibt keine Zeit für lange Erklärungen, wenn Patrick uns entdeckt, sind wir erledigt.

»Dort drüben ist die Werkshalle. Ich habe gesehen, wie du daran vorbeigelaufen bist. Komm mit.« Er winkt mich zu sich.

»Bitte sei leise«, sage ich und folge ihm.

44

Die Werkshalle ist nur ein paar Meter entfernt, genauer gesagt die Tür raus in den Flur, dann rechts. Ständig sehe ich mich um, doch nichts deutet darauf hin, dass Patrick in der Nähe ist.

»Hier irgendwo habe ich meinen Schirm hingelegt«, sagt Scholle und läuft an der mit Graffiti beschmierten Wand entlang.

»Scheiß auf den Schirm«, will ich gerade sagen, als ich aus dem Augenwinkel eine Bewegung feststelle. Ich fahre herum, leuchte ein Fenster nach dem anderen an und erschrecke fast zu Tode, als ich im dritten von links Patrick entdecke. Schlagartig presst sich Luft in meine Lunge und entlädt sich in einem erstickten Schrei.

Er muss das Gebäude durch die Eisentür verlassen haben. Statt durchs Dunkel zu irren wie ich, ist er einfach außen rum, weil er wusste, dass sich unsere Wege hier kreuzen würden.

»Mach dir nicht ins Höschen, ich bin bei dir«, sagt Scholle, der sich zu mir umgedreht hat.

Noch bevor ich einen Ton herausbekomme, hebt Patrick die Waffe und richtet sie auf ihn.

»Nicht!«, rufe ich, und im selben Moment knallt es. So laut, dass meine Ohren pfeifen.

Mit einem dumpfen Aufprall sackt Scholle zu Boden. Ich richte den Schein auf ihn. Er rührt sich nicht mehr. Ist das Blut? Es ist Blut! Schnell leuchte ich wieder zu Patrick, der jetzt durch das Fenster in die Halle klettert.

Meine Beine bewegen sich rückwärts, bis ich gegen die rohe Wand pralle. Mein Kopf ist völlig leer, mein Brustkorb zugeschnürt. Ich kann nicht atmen, nicht denken, spüre nur die Angst, wie sie durch meine Adern kriecht.

»Die Party kann beginnen«, raunt er, lässt die Knöchel seiner Finger knacken und kommt auf mich zu. Die Pistole hat er offensichtlich weggesteckt.

Ich muss hier raus. Aber die Fenster sind unerreichbar, solange er davorsteht. Ich atme zweimal kurz durch, nehme innerlich Anlauf und renne zurück in den Gang, geradewegs durch die Dunkelheit. Das Licht meiner Taschenlampe flackert wild umher wie bei einer Papierlaterne. In flüchtigen Momenten zeigt sie mir, wo eine Tür ist und wo die Wand. Hinter mir höre ich Patricks keuchende Laute, die wie ein ersticktes Lachen klingen. Als bereite es ihm Freude, mich durch die Finsternis zu jagen. Ich spüre seine Gegenwart im Rücken, wie eine Welle, die mich jeden Moment zu überrollen droht. Meine Muskeln sind schmerzlich bis zum Äußersten angespannt. Ich sollte die Taschenlampe ausmachen, damit er mich nicht sieht, aber ich brauche das Licht.

Der lange Gang kreuzt einen schmalen Flur. Ich biege rechts ab und laufe weiter an der Wand entlang. Ich habe keine Ahnung, wohin es geht. Dort vorn ist eine Tür. Im Licht sehe ich dünne Rohre an der Wand. Ich lasse den Lichtstrahl verschwinden, indem ich die Lampe gegen meine Hüfte presse, und renne weiter auf mein Ziel zu. Die Geräusche ändern sich, als ich die Schwelle übertrete. Sie hallen nicht mehr. Ich verstecke mich neben der Tür, lehne meinen Rücken an die Wand. Meine schweren Atemstöße zerreißen die Stille. Wo ist Patrick?

Eben war er doch noch hinter mir. Warum höre ich ihn nicht? Vielleicht ist er wieder außen herum, weil er glaubt, ich will zur Eisentür.

Vorsichtig spähe ich in den Flur, sehe nichts und höre nichts. Dann bewege ich den Strahl der Taschenlampe durch den Raum.

Plötzlich nehme ich doch etwas wahr. Er ist hier! Ich schalte das Licht aus und verharre in meiner Position. Mein Herz pumpt und pumpt und pumpt. Schritte hallen, dann ein metallisches Schaben, als wäre er auf einen Kronkorken getreten. Gänsehaut breitet sich auf meinen Armen aus, mein Puls steigt auf hundertachtzig.

Was mache ich jetzt?

Auf Zehenspitzen tappe ich weiter, stolpere im Dunkeln über etwas und lande mit den Knien auf dem harten Boden. Die Taschenlampe schlägt blechern neben mir auf. Verflixt. Schnell beuge ich mich vor und greife danach, da packt mich eine Hand am Nacken. Ich japse nach Luft.

»Schluss mit dem Versteckspiel«, raunt er mir ins Ohr und zieht mich auf die Füße.

Mein Atem geht stoßweise, als er mich ein paar Zentimeter vom Boden hebt. Er fasst so kräftig zu, dass es sich anfühlt, als stecke mein Hals in einem Schraubstock fest. Ich wehre mich, aber egal, wie sehr ich an seinen Fingern zerre, wie unerbittlich ich gegen seine Schienbeine trete und in die Fabrik hineinwimmere, sein Griff bleibt schmerzlich hart.

»Erzähl doch mal. Hast du die liebe Candy noch gefunden?«, fragt er und lacht spöttisch. »Ich war wirklich verblüfft, als du von mir wissen wolltest, wer sie ist. Aber dann dachte ich mir, ich spiele einfach mal mit.«

Ich ringe nach Worten, doch sein Arm drückt mir die Luft ab. Egal, wie sehr ich an seiner Kleidung zerre, er schleift mich ohne Mühe mit sich.

Tränen füllen meine Augen, es bringt nichts, wenn ich mich ihm widersetze. Ich muss meine Kraft aufsparen. Irgendwann wird er mich loslassen. Irgendwann. Also lasse ich mich von ihm durch die Dunkelheit zerren, fühle mich wie in einem Nebel und bekomme kaum noch mit, wohin er mich bringt. Das Licht, das ihm den Weg weist, stammt von einem Handy. Vielleicht mein Handy, das ich ihm dummerweise überlassen habe.

Wir gelangen in einen der Büroräume. Zwei Fenster lassen den Schein des Mondes herein. Patrick bleibt stehen und zwingt mich auf die Knie. Er steckt das Handy weg, dann lässt er endlich meinen Nacken los.

Ich muss hier weg, denke ich, doch plötzlich zieht er seine Waffe und presst mir die Mündung an die Schläfe. Als er sie mit einem satten Klicken entsichert, breitet sich ein bitterer Geschmack an meinem Gaumen aus.

»Ich habe mir viele Gedanken gemacht, was ich alles mit dir anstellen werde«, sagt er und positioniert sich so nah vor mir, dass seine Füße meine Knie berühren und mein Gesicht nur wenige Zentimeter von seinem Schritt entfernt ist. Ich wende angewidert den Kopf zur Seite, da packt er meine Haare und zwingt mich, zu ihm aufzusehen. Seine Gestalt ragt im Halbdunkel wie eine Furcht einflößende Statue über mir auf. Immer wieder blinzle ich zur Pistole, die sich spürbar an meine Schädelwand drückt. Jede Sekunde rechne ich damit, zu sterben. Ich habe Todesangst.

»Wir sollten mit etwas Harmlosem anfangen. Leg dich hin.«

Ich schaffe es nicht, mich zu bewegen. Ich zittere am ganzen Körper.

Kurzerhand packt er mich am Hals, presst meine Kehle zusammen und zwingt mich nach hinten. Mein Oberkörper schlägt auf dem Boden auf, und ein stechender Schmerz fährt durch eine Stelle an meinem unteren Rücken.

Ich stöhne auf und versuche, mit der Hand an den spitzen Gegenstand zu gelangen, der sich tief in meine Haut bohrt. Mit den Fingerspitzen berühre ich etwas Hartes. Glas, eine Glasscherbe. Ich will sie greifen, und im selben Moment legt sich Patrick mit seinem ganzen Gewicht auf mich.

Ich schreie auf, sein Griff schnürt mir die Luft ab, und der Schmerz am Rücken raubt mir fast den Verstand. Ich zwänge die Hand weiter unter meinen Körper, fuchtle wie wild herum und kämpfe mich zu dem brennenden Stich vor, der sich bis in meine Beine zieht. Patrick nimmt die Hand von meinem Hals und reißt jetzt meine Hose auf. Es interessiert mich nicht, denn der Schmerz überdeckt gerade alles. Endlich bekomme ich die Glasscherbe zu fassen und reiße sie mit einem Ruck aus der Wunde. Ein Moment der Erleichterung durchflutet mich.

Während Patrick meine Hose samt Slip nach unten zieht, sehe ich zur Seite. Die Pistole liegt neben meinem Kopf, der Lauf ist immer noch auf mich gerichtet, seine Hand auf dem Griff. Erneut packt mich Angst, doch ich stehe sie durch und konzentriere mich auf die Glasscherbe in meiner Hand. Sie ist schwer, massiv, als stamme sie vom Boden einer Flasche. Ich kann sogar die feinen Rillen spüren. Mit zittrigen Fingern drehe ich sie herum und ertaste die scharfe Spitze, auf der ich eben noch gelegen habe. Eine Mischung aus Panik und Aufregung durchfährt mich, weicht mich innerlich auf, und in dem Moment, als er sich weiter über mich beugt und gewaltsam in mich einzudringen versucht, ramme ich die Spitze mit ganzer Wucht in seinen Hals. Ein tiefes, animalisches Röcheln dringt aus seinem Mund, während sein Atem in heißen Schwaden meine Stirn berührt. Warmes Blut rinnt über meine Finger. Ich höre, wie er die Pistole zu greifen versucht, und bete zu Gott, dass es ihm nicht gelingt. Während ich mit der einen Hand an seinem Ärmel zerre, um ihn davon abzuhalten, bohre ich mit der anderen die Scherbe tiefer in sein Fleisch – so lange, bis sein Körper auf mich nieder sackt und mich vollends unter sich begräbt. Glucksende Würgelaute dringen an mein Ohr, dann kehrt Stille ein.

Sein Blut läuft in Strömen über mein Schlüsselbein und tränkt den Kragen meiner Jacke. Es riecht metallisch, und allein der Gedanke, dass es sein Blut ist, sorgt dafür, dass mir übel wird. Ich lasse die Scherbe stecken und zwänge mich unter seinem Gewicht heraus, schiebe ihn hastig von mir, bevor mir endgültig der Magen hochkommt. Eine Weile bleibe ich ange- widert neben ihm sitzen und betrachte seinen reglosen Körper. Überall fühle ich sein warmes, klebriges Blut.

Obwohl er sich nicht mehr rührt, rechne ich in meiner Vorstellung damit, dass er sich jeden Moment umdreht, mich packt und erschießt. Ich raffe mich vorsichtig auf, steige über seinen Kopf und stoße die Waffe mit der Schuhspitze fort. Auf keinen Fall will ich sie anfassen. Sie rutscht in die Dunkelheit und bleibt irgendwo unterhalb eines Fensters liegen.

In seiner Hose, die locker an seinem Gesäß hängt, suche ich nach dem Handy. Als ich es aus der Tasche ziehe, stelle ich fest, dass es tatsächlich meines ist. Hastig tippe ich auf dem Display herum, bis endlich das Licht angeht. Ich richte den Schein auf sein Gesicht, das halb in einer riesigen Blutlache liegt. Ich muss mich davon überzeugen, dass er tot ist.

Während ich seine leblosen Züge betrachte, fällt mir Scholle ein.

Ich drehe mich um und hetze durch die zahlreichen wie an einer Schnur aufgereihten Büroräume, bis ich ins Treppenhaus gelange und von dort aus in die Werkshalle. Auf der anderen Seite sehe ich Scholles massigen Körper auf dem Boden. Ist er tot? Ich laufe zu ihm und leuchte in sein Gesicht. Die Augen sind geschlossen. Etwa zwei Drittel aller Menschen sterben mit geschlossenen Augen, schießt mir die Belehrung des Bestatters durch den Kopf.

Ich beuge mich zu ihm hinab und ertaste mit zittrigen Fingern seinen Puls. Die Haut fühlt sich warm an. Heißt das, er lebt noch? Jetzt fühle ich das sanfte Klopfen. Er lebt. Oh Gott, er lebt!

»Scholle«, rufe ich aufgeregt, »hörst du mich?«

Er reagiert nicht.

»Scholle. Rede mit mir!«

Ich tätschle seine Wange. Er ist bewusstlos. »Scholle!«

Hilflos blicke ich umher. Ich muss einen Krankenwagen rufen.

Unverzüglich gebe ich die Notrufnummer in mein Handy ein und warte, bis sich jemand meldet. Eine Frau hebt ab. Ich teile ihr mit schnellen Worten mit, dass jemand angeschossen wurde und wo wir uns befinden. Sie sagt, der Krankenwagen sei unterwegs, dann leitet sie mich an, was ich tun soll. Vor allem Ruhe bewahren. Für das, was ich heute erlebt habe, bin ich erstaunlich ruhig. Vielleicht stehe ich unter Schock. Mir kommt es vor, als ziehe die Situation wie ein Schnellzug an mir vorbei. Als würde mich das alles nicht betreffen. Ich funktioniere nur, ohne es zu fühlen, obgleich mein Herz noch immer heftig klopft.

Nach einer gefühlten Ewigkeit sehe ich das Blaulicht flackern. Zwei Kranken- und ein Notarztwagen halten. Bis sie es durch den Zaun auf das Gelände schaffen, vergehen weitere Minuten. Ich stehe am Fenster und winke mit dem Handylicht, damit sie wissen, wo sie hinmüssen. Mehr kann ich nicht tun. Inzwischen ist auch die Polizei eingetroffen. Zwei Streifenwagen und ein Privatauto. Ich hätte der Frau meinen Namen nicht nennen sollen. Nein, sage ich mir, es besteht kein Grund mehr, mir Vorwürfe zu machen. Ich werde der Polizei alles erzählen. Das, was Alina widerfahren ist, und das, was Patrick mit mir vorhatte. Mir blieb keine andere Wahl, als ihn zu töten. Es war Notwehr. Entweder er oder ich.

Die Sanitäter kümmern sich sofort um Scholle, betten ihn auf eine Trage und schaffen ihn mit vereinten Kräften nach draußen.

Mit Blick auf meine blutgetränkte Jacke erkundigt sich eine Sanitäterin nach meinem Befinden. Ich sage, dass ich in Ordnung bin. Mir ist wichtiger, dass Scholle versorgt wird.

Als ich hinter ihnen her über die Wiese laufe, werde ich von zwei Polizisten empfangen, die mich bitten, ihnen zu folgen. Ich eröffne den beiden, dass es einen Toten gibt, und fühle, wie mir das Grauen in alle Knochen kriecht. Sie sagen, dass sie sich darum kümmern werden, und bleiben an meiner Seite, bis wir an der Straße sind.

Unwillkürlich schrecke ich zurück, als mir Maihofen zusammen mit einem weiteren Polizisten entgegenkommt. Ich bereite mich innerlich darauf vor, ihm alles zu gestehen, da bemerke ich aus dem Augenwinkel, dass der Polizist nach den Handschellen greift, die er am Bund der Hose trägt.

Maihofen bleibt mit ernster Miene vor mir stehen. »Frau Kersten, wir haben einen richterlichen Haftbefehl gegen Sie. Ich muss Sie festnehmen, weil Sie im Verdacht stehen, Lukas Barke getötet zu haben. Ich bitte Sie, mitzukommen. Alles Weitere klären wir auf dem Präsidium.«

45

»Ich bin unschuldig«, sage ich laut. Nur hört mir niemand zu. Nachdem ich Maihofen erzählt habe, was in der Fabrik geschehen ist, wurde ich in diese Zelle gebracht. In Untersuchungshaft.

Ich weiß nicht, wie lange ich schon auf dem Metallbett sitze, das genauso karg ist wie der Rest des Raums. Im Mondschein, der durch das vergitterte Fenster fällt, gibt es nicht viel zu entdecken. Vor mir ein Klo, daneben ein Waschbecken und ein Holztisch an der leeren Wand. Alles sehr übersichtlich, nichts, was einen überfordert. Vielleicht ist das Absicht, damit der Häftling zur Besinnung kommt und sich über seine Tat Gedanken macht.

Ein leises Quietschen durchbricht die Stille, sobald ich mich auf der Matratze nach hinten neige, um mich an die kalte, glatte Wand zu lehnen. Ich weiß nicht einmal, wie spät es ist, fühle mich nicht sonderlich müde, eher aufgeputscht, verzweifelt, allein gelassen. Als hätte man mich lebendig begraben, und niemand will mir sagen, ob ich je wieder die Welt dort draußen zu sehen bekommen werde. Das Gefühl zerreißt mich. Ich sehne mich nach David und möchte, dass er mich in die Arme nimmt und ganz fest an sich drückt.

Mit Tränen in den Augen wende ich den Blick zur Zellentür, denke an das Verhör vor – ich weiß nicht … einer Stunde?

Maihofen hat gesagt, dass die Tatwaffe gefunden wurde, in meinem Garten. Davon, dass es Candy gewesen sein muss, die sie dort vergraben hat, wollte er nichts wissen. Die genaue Sachlage besprechen wir erst morgen Vormittag, wenn Kommissar Schweigert anwesend ist. Für den Moment interessierte Maihofen nur, was in der Fabrik geschah. Warum ich Patrick die Kehle aufgeschnitten habe.

Ich erzählte ihm, was sie Alina angetan haben. Dass Patrick das Gleiche mit mir vorhatte und mir keine andere Wahl blieb, als ihm die Scherbe in den Hals zu rammen. Maihofen notierte alles auf seinem Schreibblock, ohne irgendetwas dazu zu sagen.

Ich sehe noch immer Patricks Gesicht vor mir, kann nicht glauben, dass ich ihn getötet habe. Es ging alles so schnell. Aber ich musste es doch tun. Ansonsten wäre ich jetzt tot. Trotzdem fühle ich mich schlecht deswegen. So schlecht, dass mir augenblicklich übel wird.

»Hör auf zu denken«, tadle ich mich und horche in die Stille meiner Zelle. Dann lege ich mich hin, konzentriere mich einzig und allein auf meinen Atem und nicke irgendwann ein.

Ein lautes Poltern reißt mich aus dem Schlaf. Die Metalltür wird geöffnet, und eine Frau in dunkelblauer Uniform und mit burschikosem Haarschnitt kommt herein und schmettert mir routinemäßig ein »Guten Morgen« entgegen.

Ich hebe den Kopf und bin zu überrumpelt, um etwas zu erwidern. Als hätte sie mir einen Eimer Wasser ins Gesicht gekippt, fällt mir siedend heiß ein, wo ich bin.

»Wie spät ist es?«, frage ich mit kratziger Stimme.

»Viertel vor sieben.« Sie trägt ein Metalltablett herein und stellt es kommentarlos auf den Tisch. Dann verlässt sie die Zelle und schließt hinter sich ab. Wieder ist es still.

Ich reibe mir über das Gesicht und blicke auf den Becher und die zwei Scheiben Brot mit Schinken.

Ich bemühe mich, nicht loszuheulen, sondern besinne mich darauf, dass sich alles klären wird.

Nach dem Frühstück sitze ich wieder auf dem Bett und starre durch die Gitter am Fenster auf den grauen Himmel, bis die Tür erneut aufgeht und mich zwei uniformierte Männer bitten, mitzukommen. Meine Knie sind weich, es wundert mich, dass ich überhaupt noch normale Schritte machen kann.

Die Beamten führen mich durch einen Korridor in ein Vernehmungszimmer, das bis auf einen Tisch und vier am Boden festgeschraubte Stühle komplett leer ist. Nachdem ich endlos scheinende Minuten dort sitze und an meinen Nägeln zupfe, geht die Tür auf. Maihofen betritt mit einer schwarzen Ledermappe unterm Arm den Raum, gefolgt von Kommissar Schweigert, der mich prüfend ansieht, bevor er sich mir gegenüber auf den Stuhl fallen lässt.

»Guten Morgen, Frau Kersten«, sagt er mit seiner typisch sonoren Stimme und fragt, wie es meinem Rücken geht.

»Gut«, sage ich knapp. Die Stelle, an der sich die Glasscherbe in meinen Rücken gebohrt hat, wurde von einem Sanitäter verarztet, bevor Maihofen mich mit aufs Präsidium nahm. Offenbar ist Schweigert darüber informiert worden.

Er belehrt mich über meine Rechte und erinnert mich daran, dass mir jederzeit ein Anwalt zusteht. Ich erkläre, dass ich den nicht brauche, da ich die Wahrheit sagen werde. Schließlich habe ich nichts mehr zu verbergen und werde auch nichts mehr verheimlichen. Und es kann alles aufgezeichnet werden, was ich äußere, damit mir später niemand falsche Worte in den Mund legen kann.

»Wie ich erfahren habe, erinnern Sie sich wieder«, sagt er und öffnet seine graue Mappe. Sie kommt mir nicht viel dicker vor als beim letzten Mal.

»Nicht an alles«, erwidere ich. »Nur an das, was damals in der Fabrik passiert ist. Ansonsten weiß ich nur die Dinge, die man mir erzählt hat. Das habe ich Ihrem Kollegen aber schon gesagt.« Ich sehe zu Maihofen, der kurz mit dem Kopf nickt.

»Dazu kommen wir noch«, sagt Schweigert. »Erst einmal möchte ich wissen, ob Ihnen das bekannt vorkommt.« Er zeigt mir ein ausgedrucktes Foto.

»Das ist das Messer aus dem Pub«, sage ich ohne Umschweife.

Schweigert weiß, dass ich hinter der Bar damit gearbeitet habe. Und Maihofen hat mich gestern darüber informiert, dass sie es in meinem Garten gefunden haben.

»Bis auf das Blut des Opfers und Ihre Fingerabdrücke konnten wir keine weiteren Spuren darauf finden, was wiederum das Gericht dazu veranlasst hat, das Messer als belastendes Beweismittel anzuerkennen.« Er legt den Ausdruck wieder in die Mappe zurück, als gäbe es dem nichts hinzuzufügen. Als wäre damit ein für alle Mal bewiesen, dass ich die Täterin bin.

»Ich habe Lukas Barke nicht getötet«, sage ich bestimmt und lege die Hände auf meine Oberschenkel, damit das Zittern aufhört.

»Wie erklären Sie sich dann, dass das Messer in Ihrem Garten vergraben war und nur Ihre Fingerabdrücke darauf zu finden sind?«

»Candy hat es dort vergraben. Die Frau, von der ich Ihnen erzählt habe. Sie hat das alles so geplant. Wahrscheinlich hat sie Handschuhe getragen.«

»Aha.«

»In derselben Nacht, in der sie ihn erstochen hat, ist sie bei mir eingebrochen. Sie hat das Messer in meinem Garten versteckt und mir eine Drohung auf den Tisch gelegt.«

»Eine Drohung?«

»Sie hat Alinas Perlenkette in meinem Schrank gefunden. Ich habe Ihrem Kollegen erzählt, dass ich sie vom Boden

285

aufgehoben hatte, bevor Luc mich damals in der Fabrik entdeckt hat. Candy war in meiner Wohnung und hat die Kette auf den Tisch gelegt, weil sie mich an meine Tat erinnern wollte.«

»Ich dachte, Sie haben nichts getan.«

»Habe ich auch nicht. Aber zu dem Zeitpunkt konnte ich mich an nichts erinnern. Ich habe ihr geglaubt.« Ich habe wirklich in Betracht gezogen, dass ich eine Mörderin bin, und jetzt sitze ich hier, und sie läuft frei herum.

Er nickt scheinbar verständnisvoll. »Haben Sie der Polizei den Einbruch gemeldet?«

Ich schüttle den Kopf.

Jetzt schnaubt er und hebt die Brauen, als sei für ihn klar, dass ich das alles nur erfinde.

»Ich habe meinem Nachbarn davon erzählt«, sage ich schnell. »Er hat gesehen, dass jemand in meiner Wohnung war.«

Schweigert nimmt den Stift und notiert etwas auf einem Blatt Papier. Ich nenne ihm den Namen des Nachbarn. Schweigert sieht mich kurz an und schreibt ihn auf.

»Laut Protokoll haben Sie am 28. August vor acht Jahren heimlich beobachtet, was nach dem Festival passiert ist. Ist das wahr?«

»Ja. Ich habe mich hinter einem Stapel Bretter versteckt und gesehen, was sie mit Alina gemacht haben.«

Er blättert die Seite des Berichts um und überfliegt die Zeilen. »Und als es vorbei war, sind Sie zu dem Mädchen, um ihren Puls zu fühlen. Herr Barke hat Sie dabei ertappt, ist Ihnen hinterher und hat gedroht, sie zu töten. Korrekt?«

»Ja. Er hat gesagt: Ich werde dich finden, und dann bringe ich dich um.«

Er überprüft die Zeile im Protokoll und brummt zustimmend. »Demnach haben Sie also ein Motiv. Sie wussten, was Ihnen blüht, als Herr Barke im Pub auftauchte, und dachten sich, bevor er mich tötet, töte ich ihn.«

Ich schüttle vehement den Kopf, um seinen Vorwurf von mir zu weisen. »Ich habe ihn nicht umgebracht! Es war Candy!«

Eigentlich habe ich mir vorgenommen, ruhig zu bleiben, aber jetzt brennt die Wut in meiner Kehle wie loderndes Feuer. »Diese Frau ist verdammt raffiniert. Sie hat alles glaubhaft eingefädelt, damit kein Zweifel besteht, dass ich es war. Luc muss ihr gesagt haben, dass er mich sucht. Sie waren beide an dem Abend im Pub. Er hat beobachtet, wie ich ihr ein Glas Wodka hingestellt habe, und als ich den Tisch wieder verlassen habe, hat er zu ihr gesehen und den Kopf geschüttelt. Er muss ihr damit irgendetwas zu verstehen gegeben haben.«

»Und was?«

»Ich weiß es nicht! Woher, zum Teufel, soll ich das wissen? Sie hat das alles eingefädelt, um sich an mir zu rächen.«

Schweigert lässt mein Zorn offenbar kalt. Mit vor der Brust verschränkten Armen schaut er mich an, als würde er einem Affen beim Schaukeln zusehen. »Rächen wofür?«

»Vielleicht will sie Vergeltung. Sie war damals zur selben Zeit mit Luc zusammen wie ich. Er hat sie mit mir betrogen. Also hat auch sie ein Motiv. Sie hat ihn umgebracht, und mich will sie bestrafen.«

Schweigert wirft Maihofen einen kurzen Blick zu, den ich nicht deuten kann. Wahrscheinlich glauben sie mir nicht.

Ich schließe die Augen und versuche, mich zu sammeln.

»Sie müssen Candy finden«, sage ich so ruhig wie möglich. »Und Ben. Fragen Sie Benjamin Nolte. Candy hat gesagt, dass sie sich kennen, aber er hat es abgestritten. Vielleicht stecken sie unter einer Decke. Sie müssen prüfen, ob er Alina gekannt hat, vielleicht waren sie sogar ein Paar. Vielleicht glaubt er, dass ich sie getötet habe. Irgendetwas läuft da gegen mich. Sie müssen das herausfinden. Ich habe ihn nicht umgebracht.«

Schweigert schaut mich noch eine Weile an. Es hat den Anschein, als habe ich sein Interesse geweckt. Vielleicht glaubt er mir ja doch.

Er brummt wieder leise, kratzt sich hinterm Ohr und blättert weiter in seinen Akten.

»Sie kannte auch Vicki Lange«, sage ich. »Sie war an dem Tag bei ihr, als sie gestorben ist.«

»Der Tod von Frau Lange war selbst verschuldet«, wirft Maihofen ein. »Sie hat sich eine Überdosis Heroin gespritzt, ohne Fremdeinwirkung. Unseren Ermittlungen zufolge war Ihre Freundin in keiner Weise in den Vorfall verstrickt. Weder war sie bei dem Festival anwesend, noch hatte sie eine Verbindung zu Lukas Barke oder Patrick Wegener. Das, was Ihrer Freundin widerfahren ist, ist leider bittere Realität, wie wir sie viel zu häufig erleben.«

Ich nicke, auch wenn ich ein ungutes Gefühl dabei habe. Irgendetwas muss Candy von Vicki gewollt haben.

Schweigert sieht von seinen Unterlagen auf. »Sie gaben zu Protokoll, dass auch Ihr Chef David Fendt in die Tat von damals verwickelt ist. Er war es auch, der Sie in derselben Nacht mit nach Bremen genommen hat. Kannten Sie sich zu dem Zeitpunkt bereits?«

»Nein. Als das Mädchen vergewaltigt wurde, habe ich ihn zum ersten Mal gesehen, aber daran konnte ich mich nicht mehr erinnern. Als ich zu ihm ins Auto gestiegen bin, war er mir fremd.«

»Und Sie waren ihm auch fremd?«

»Ich glaube nicht, dass er mich kannte. Er hat nicht gesehen, dass ich in der Fabrik war. Ja, ich bin mir sicher, dass er nicht wusste, wer ich bin, als ich zu ihm ins Auto stieg. Das hätte ich gemerkt. Aber …« Ein mulmiges Gefühl gräbt sich durch meinen Bauch.

»Aber was?«

Ich zögere, denn ich will nichts sagen, was ihn belastet. Andererseits glaube ich nicht, dass er etwas getan hat, wofür man ihn belangen könnte. Ich weiß, dass er niemals jemandem schaden wollte, und er ist der Einzige, der an meine Unschuld glaubt.

»David hat sich mit Candy getroffen«, sage ich.

»Er kennt sie?«

»Er hat mir mehrmals versichert, dass er keine Candy kennt. Aber vielleicht kennt er sie nur unter ihrem richtigen Namen, oder sie hat sich als jemand anderes ausgegeben.«

»Woher wissen Sie, dass er sich mit ihr getroffen hat?«

»Christoph Kühne, ein Redakteur beim Hanauer Tagblatt, hat sie zusammen gesehen, beim Streetfood-Markt im Central. Candy war ein paar Tage vorher bei Herrn Kühne und wollte, dass er einen Zeitungsbericht heraussucht, in dem es um den Fund von Alinas Leiche geht. Sie hat ihm meine Nummer aufgeschrieben, damit er mich darüber in Kenntnis setzt.«

Schweigert und Maihofen sehen mich ratlos an. Ich merke, wie sie versuchen, das alles auf einen Nenner zu bringen.

»Bitte«, sage ich. »Fragen Sie David.«

»Sie wissen, dass Herr Fendt im Koma liegt?«, fragt Schweigert.

Ich nicke und versuche, nicht darüber nachzudenken, wie es um ihn steht. Zumindest aber hat man mir gesagt, dass Scholle durchkommen wird. Gestern habe ich Maihofen erzählt, dass Patrick David zusammengeschlagen hat und ich ihn ins Krankenhaus gebracht habe, nachdem er mich aus dem Bunker befreit hat. Ich habe alles erzählt. Die ganze Wahrheit.

»Wir werden ihn befragen, sobald er vernehmungsfähig ist«, sagt Schweigert und gibt das Wort an Maihofen, der ein Foto aus seiner schwarzen Ledermappe zieht und zu mir rüberschiebt.

»Kennen Sie diesen Mann?«, fragt er.

Ich betrachte das kantige Gesicht, die ausgeprägte Unterlippe, den Tunnel am Ohrläppchen. »Nein. Wer ist das?«

»Dieser Mann wurde gestern Nachmittag in seinem Haus vergiftet. Meine Kollegen wollten eine Zeugin befragen, nur leider ist sie ihnen entwischt, bevor sie ihre Personalien dagelassen hat. Die Nachbarin des Toten gab an, besagte Zeugin in seinem Haus gesehen zu haben.«

Ich möchte etwas dazu äußern, doch obwohl Maihofen merkt, dass ich mich zu Wort melden will, spricht er weiter. »Wir haben die Telefonliste des Toten kontrolliert. Um fünfzehn Uhr siebenundzwanzig, am Tag seines Todes, hat er bei der Nummer Ihres Handys angerufen. Meine Kollegen haben bestätigt, dass Sie der entflohenen Zeugin ähnlich sehen.«

Er legt den Kopf schräg, endlich bereit, mir zuzuhören.

»Ich wusste nicht, wie er aussieht. Wir haben nur miteinander telefoniert. Als ich bei ihm angekommen bin, war er schon tot. Ich habe nur seine Hand und die Beine gesehen.«

»Und warum sind Sie geflohen?«

»Ich hatte Angst, dass Sie denken, dass ich es war. Ich wollte Zeit gewinnen, um der Sache auf den Grund zu gehen.«

»Warum hätte ich das denken sollen?«

»Weil Sven Liebert mit Lukas Barke befreundet war. Und ich unter Verdacht stehe, Luc getötet zu haben.«

Er lässt meine Worte eine Weile im Raum stehen. »Wieso wollten Sie sich mit ihm treffen?«

»Ich hatte vor, mit ihm über Luc und Candy zu sprechen.«

»Er kannte diese Candy auch?«

»Ja. Er hat gesagt, dass Luc sie ihm damals vorgestellt hat.«

»Woher wussten Sie, dass Sven Liebert und Lukas Barke Freunde waren?«

»Michelle und Patrick Wegener haben es mir gesagt.«

Er macht sich eine Notiz, da kommt mir plötzlich in den Sinn, was er über die Todesursache erwähnte.

»Haben Sie gesagt, dass er vergiftet wurde?«, frage ich nach.

»Ja.«

»Aber war es nicht die Giftschlange, die ihn gebissen hat?«

»Wir gehen davon aus, dass der Täter die Schlange aus dem Terrarium genommen hat, um seine Tat zu vertuschen. Der Tote hatte zwei Einstichstellen am Arm, aber das Gift, das ihm gespritzt wurde, stammt von einer anderen Schlange. Anscheinend war dem Täter nicht bewusst, dass sich das nachweisen lässt.«

Ich nicke und denke eine Weile darüber nach.

»Es könnte Patrick gewesen sein«, sage ich. »Denn genau genommen war es seine Frau Michelle, die mir den Tipp gegeben hat, dass ich mich an Sven Liebert wenden soll. Als ich mit Herrn Liebert telefoniert habe, hat es an seiner Tür geklingelt. Eine Stunde später war er tot. Patrick hat zu mir gesagt, dass Liebert erst am Abend nach Hause kommt, aber das stimmte nicht. Vielleicht wusste er, wann Liebert von der Safari zurückkommt und wollte mir zuvorkommen, um zu verhindern, dass er mir zu viel verrät.«

Maihofen schreibt etwas auf, dann steckt er den Kugelschreiber in die Schlaufe der Ledermappe und schließt den Deckel. »Sobald die Spuren ausgewertet sind, wissen wir mehr. Wenn Sie nicht in Herrn Lieberts Wohnzimmer waren, dürften keine Spuren von Ihnen zu finden sein.«

»Sie werden in dem Zimmer keine Spuren von mir finden.«

»Das werden wir sehen.«

46

Sechs Tage. So lange bin ich jetzt schon in Untersuchungshaft. Abgeschottet von der Welt. Dort draußen könnte Krieg ausbrechen, und ich würde es nicht mitbekommen. In der einen Stunde am Tag, in der ich mir die Füße im Hof vertreten darf, sehe ich nur den Himmel, und der ist meistens grau. Die restliche Zeit sitze ich in meiner Zelle und starre entweder durchs Fenster auf die Fassade des angrenzenden Trakts oder ich zähle die Dellen an der Wand. Dem letzten Stand nach sind es vierunddreißig. Manchmal denke ich darüber nach, wie sie entstanden sein könnten, und finde die wildesten Erklärungen.

Mein einziger Kontakt zur Außenwelt ist Kommissar Schweigert. Bei der letzten Vernehmung vor vier Tagen versicherte er mir, dass kein Krieg ausgebrochen ist. Leider beruhigte mich das wenig.

Unser Verhältnis hat sich ein wenig gebessert, seitdem ich über alles offen rede. Ich hatte sogar das Gefühl, er würde sich wünschen, ich säße nicht hier drin. Sie haben jetzt Patricks Pistole untersucht, und es konnte bestätigt werden, dass sich die Einschussstelle an Alinas Skelett mit dem deckt, was ich im Flashback erlebt habe. Inzwischen haben sie auch den Bunker gefunden und Blutspuren entdeckt, die nicht von mir stammen.

Schweigert geht davon aus, dass es noch weitere Opfer gegeben hat. Michelle wusste angeblich nichts von seinem Doppelleben. Die Ermittlungen laufen.

Mein Auto haben sie nicht gefunden, vielleicht hat Patrick es in irgendeinem See versenkt. Schweigert sagte mir, dass einige Indizien bereits dafür gesprochen haben, dass Luc etwas mit Alinas Verschwinden zu tun hatte, aber erst nach meiner Aussage ergab alles ein Bild.

Sie haben Patricks Spuren bei Sven Liebert sichergestellt. Er war es, der an der Tür geklingelt, ihn vergiftet und das Terrarium geöffnet hat. Er wollte ihn zum Schweigen bringen, denn die Kripo hatte vor, mit Liebert zu sprechen. Einem Informanten zufolge wusste Liebert, mit wem Luc nach dem Festival nach Niederrodenbach gefahren ist. Nämlich mit Patrick, David und Alina.

Doch all das ändert nichts daran, dass sie mich immer noch für Lucs Mörderin halten.

Gestern hatte ich ein Gespräch mit einer Gerichtsgutachterin. Doktor Margarete Volk. Eine Frau um die sechzig mit randloser Brille, grauen Locken und schweren Ohrringen, die schon seit Ewigkeiten an ihren Ohrläppchen zu hängen scheinen. Ihr Händedruck war warm und kräftig, und im Gegensatz zu mir wirkte sie sehr ausgeglichen. Sie wollte noch einmal genau wissen, was damals in der Fabrik geschehen ist und welches Detail diese Erinnerung bei mir ausgelöst hat. Sie interessierte sich für meine Kindheit und Jugend genauso wie für mein Leben nach dieser schrecklichen Nacht. Es war mir peinlich, über meine früheren Sünden zu sprechen. Wenn sie auch nicht so schlimm waren wie das, was mir jetzt vorgeworfen wird, geben sie mir dennoch das Gefühl, ein schlechter Mensch zu sein. Einer, der es nicht wert ist, geliebt zu werden. Ich schäme mich, dass ich zu Leuten wie Luc gehören wollte, und ich fühle mich immer noch schuldig, weil ich Alina nicht geholfen habe. Im Lauf unseres Gesprächs merkte ich erst, wie sehr mir das zu schaffen macht, wie stark mich das immer noch belastet. Eigentlich habe ich das halbe Gespräch lang nur geweint. Ich erzählte ihr von David, der mich aufgefangen, und von Candy, die mein heiles Leben wieder zerstört hat. Ich sagte, dass Candy mir einreden wollte, ich hätte Alina auf dem Gewissen, und ich legte offen, was sie alles über mich weiß. Sogar über den Unfall mit Julian habe ich gesprochen. Es war, als hätte ich das ganze Gewicht, das ich jahrelang mit mir herumgetragen habe, endlich ablegen können.

Jetzt, einen Tag nach dem Gespräch, fühle ich mich noch immer aufgewühlt. Auch, weil ich mich dazu durchgerungen habe, meine Mutter anzurufen.

Schweigert erzählte mir, dass die Polizei bei ihr angerufen hat, während ich mit Scholle zur Fabrik gefahren bin. Man wollte wissen, wo ich stecke. Vermutlich kann sie sich inzwischen denken, wo ich bin, und das beschert mir ein äußerst schlechtes Gewissen. Ich will nicht, dass sie glaubt, ich hätte ein Verbrechen begangen.

Ich werfe zwei Euro in das Münztelefon. Eine halbe Stunde wurde mir gestattet, überwacht von einem Gefängniswärter, der jedes Wort mithört.

Es klingelt zweimal, dann vernehme ich die Stimme meiner Mutter. »Hallo?«

»Hallo, ich bin's, Kristina.«

»Kristina! Wo bist du? Die Polizei hat angerufen, und ich konnte dich nicht erreichen.«

»Ich weiß. Ich sitze seit ein paar Tagen in Untersuchungshaft.«

»Oh mein Gott, wieso das? Wie geht es dir?«

Sie macht sich Sorgen. Das tut mir in der Seele weh, denn so war sie früher nie.

Ich hole tief Luft und erzähle ihr alles. Das, was damals in der Nacht passiert ist, warum man mich für eine Mörderin hält und dass mich keine Schuld trifft. »Ich habe Luc nicht umgebracht«, sage ich und will nur, dass sie mir glaubt.

»Ist das der Luc, wegen dem du damals eine Anzeige bekommen hast?«, fragt sie mich wie aus dem Nichts.

»Eine Anzeige?«

»Du hast, ein paar Tage, bevor du uns vor Jahren verlassen hast, einen Spruch auf den Rathausplatz gesprayt.«

»Einen Spruch?« Auf den Rathausplatz?

»Es waren die Worte: ›Ich will dich, Luc‹.«

»Und zum Dank ist er mit uns nach Bad Homburg gefahren«, höre ich plötzlich Candys Stimme.

Ich schaue nach rechts. Sie lehnt lässig an der Wand und grinst. Vor Schreck entgleitet mir der Hörer.

Was macht sie hier? Und vor allem, woher weiß sie, was meine Mutter gesagt hat?

Entsetzt blicke ich zum Wärter, der seelenruhig den Dreck unter seinen Fingernägeln herauspult und schließlich zu mir aufsieht.

»Wieso ist sie hier?«, frage ich.

Verdutzt schaut er sich um. »Von wem reden Sie?«

47

Mir bleibt keine Zeit, herauszufinden, was hier los ist, denn Sekunden später kommt ein Justizvollzugsbeamter um die Ecke und fordert mich auf, mitzukommen.

»Ich will erst wissen, warum sie hier ist«, keife ich.

»Du solltest besser tun, was sie von dir verlangen«, entgegnet Candy süffisant.

Der Wärter zuckt mit den Schultern, woraufhin mich der Beamte am Arm packt und von Candy wegzieht. Als ich mich losreißen will, wird sein Griff fester. Er zieht mich einfach mit zu den Vernehmungszellen.

Ich bin einmal mehr überrascht und bestürzt, als wir den Raum betreten und ich neben Kommissar Schweigert Frau Volk sitzen sehe.

Ich muss davon ausgehen, dass sie ihm alles erzählt hat. Das fühlt sich heftig an, wie ein Vertrauensbruch. Ich habe mich ihr geöffnet, weil sie mich verstanden hat. Sie gab mir das Gefühl, zu mir zu halten. Und jetzt sitzt sie auf der Seite des Tisches, die gegen mich ist. Schweigert wird mir vieles von dem, was ich ihr erzählt habe, zu meinen Ungunsten auslegen. Die Sache mit Julian zum Beispiel. Ich hätte verdammt noch mal den Mund halten sollen, denn ohne Zweifel läuft hier etwas gegen mich.

»Guten Morgen, Frau Kersten. Setzen Sie sich bitte.«

Ich folge Schweigerts Aufforderung, aber nur, weil mich der Beamte auf den Stuhl drängt. Schweigert nickt ihm zu, dann lässt er mich los.

»Bestimmt wird es Sie interessieren, was mit Ihrem Chef ist«, sagt er in gewohnter Small-Talk-Manier.

Ich beiße auf meiner Lippe herum. Was zum Teufel wird hier gespielt?

»Vor zwei Tagen hat man ihn aus dem Koma geholt. Es geht ihm gut. Die Ärzte rechnen damit, dass er in ein paar Wochen wieder auf den Beinen ist.«

Ich schließe kurz die Augen und bemühe mich, ruhig zu bleiben. »Können Sie mir bitte sagen, warum Candy hier ist?«

Schweigert und Volk werfen sich einen verwirrten Blick zu.

»Sie ist draußen im Flur.«

Frau Volk befeuchtet ihre dünnen Lippen. »Frau Kersten, die Türen sind alle verschlossen. Wie hätte sie denn hier hereinkomm…«

»Woher soll ich das wissen?«, falle ich ihr ins Wort.

»Sie irren sich«, sagt Schweigert.

»Nein.« Ich stütze mich am Tisch ab, will aufstehen und ihm beweisen, dass ich die Wahrheit sage.

Sein harter Tonfall hält mich zurück. »Frau Kersten, wir haben mit Herrn Fendt gesprochen.« Er legt die Hände auf seiner Mappe ab und verschränkt die Finger. »Zwar hat er Ihre Version bestätigt – es ist damals in der Fabrik genauso geschehen, wie sie es uns erzählt haben –, allerdings hat er uns versichert, dass er sich beim Streetfood-Markt mit keiner Candy getroffen hat.«

»Aber … ich habe doch gesagt, dass er sie vermutlich gar nicht unter dem Namen Candy kennt.«

»Die einzige Frau, mit der er sich dort getroffen hat, waren Sie.«

Ich schüttle den Kopf. Das verstehe ich nicht. Warum sagt mir der Redakteur dann, dass er die beiden zusammen gesehen hat?

»Wir haben auch Benjamin Nolte befragt. Er kennt Alina Seifert nicht, hatte nie etwas mit ihr zu tun. Und er kennt auch keine Candy.«

Ich presse beide Hände gegen die Stirn und bin kurz davor, loszuschreien. Das alles beweist doch nur, dass hier jemand lügt!

Schweigert spricht weiter. »Sie haben gesagt, dass diese Candy am selben Abend im Pub gewesen ist wie Herr Barke.«

»Ja. Sie waren die letzten Gäste.«

Schweigert tippt mit dem Zeigefinger ein paar Mal auf die Mappe. »Wir haben noch mal mit Ihrem Kollegen Herrn Berling gesprochen.« Er schaut mich eine Sekunde schweigend an. »Er hat keine Frau gesehen.«

Ich schüttle den Kopf. »Das kann nicht sein. Sie hat nur zwei Tische weiter gesessen, er muss sie gesehen haben.«

»Er hat uns versichert, dass, bevor er Feierabend machte, einzig Herr Barke im Pub gesessen hat. Er meinte wohl noch zu Ihnen, dass Sie sich wegen dem Mann keine Sorgen machen sollen, da er harmloser sei, als er aussah.«

»Das … Ja, das hat er gesagt. Aber Candy war auch da.«

Schweigert schaut zu Frau Volk, als erhoffe er sich von ihr Rückendeckung.

»Sie war da! Ich habe sie doch gesehen!« Ich streiche mir hektisch eine Strähne aus der Stirn. »Ich lüge nicht!«

»Frau Kersten. Hören Sie mir zu.« Frau Volk streckt die Hand nach mir aus, berührt mich aber nicht. »Sie haben damals die Misshandlung und den Mord an dem Mädchen miterlebt und waren überzeugt, dass Herr Barke Sie deshalb töten würde. Das hat Sie traumatisiert. Ihr Unterbewusstsein wollte Sie schützen und hat alles auf einen Schlag verdrängt. Deshalb konnten Sie sich an nichts mehr erinnern, was mit dem Erlebnis in Verbindung stand.« Sie macht eine kurze Pause, atmet einmal tief durch. »Als Sie Herrn Barke wiedergesehen haben, ist irgendwo in ihrer Erinnerung ein Türchen aufgegangen, sodass sich die verdrängten Erinnerungen langsam wieder an die Oberfläche wagten. Allerdings waren diese Erinnerungen noch immer so traumatisch, dass ihr Geist sich davor schützte – Sie dissoziierten und spalteten Ihre Erinnerungen an das Trauma von ihrer normalen Persönlichkeit ab.«

Ich habe keinen blassen Schimmer, was sie mir da sagen will.

Schweigert ergreift das Wort. »Wir wissen, dass Herr Barke Ende August vor acht Jahren eine Affäre mit einer Frau hatte, die er Candy nannte. Inzwischen wissen wir auch, wer diese Frau war. Nämlich Sie.«

Einen Moment lang verharre ich in meiner Position, den Kopf auf meine Hände gestützt. Seine Worte sickern durch mich hindurch wie eine Infusion, die keinen Wirkstoff enthält. Das kann unmöglich sein Ernst sein.

Er räuspert sich, dann fährt er fort. »Wir haben Christoph Kühne vom Hanauer Tagblatt Ihr Foto gezeigt. Er stellte fest, dass Sie diejenige waren, die ihn in der Redaktion aufgesucht hat.«

Ich schüttle den Kopf. Das ist alles nur ein lächerlicher Versuch, mich zu einem Geständnis zu bewegen.

»Was ich Ihnen sagen will, Frau Kersten«, schaltet sich Frau Volk wieder ein. »Als Herr Barke vor ein paar Wochen in den Pub kam, hat das etwas in Ihnen ausgelöst. Ein unbewusster Teil in Ihnen, in dem das traumatische Erlebnis abgespeichert war, hat sich plötzlich von Ihrer Persönlichkeit abgespalten. Während Ihre Psyche Sie weiterhin durch den Erinnerungsverlust zu schützen suchte, drang dieser unbewusste Teil immer wieder durch: Ihr Alter Ego, das zweite Ich mit dem Namen Candy – weil Herr Barke Sie früher so genannt hat. Candy ist ein Trugbild, ein Teil Ihres Selbst, das Ihre Psyche in dem Moment erschaffen hat, als Sie Lukas Barke wiedergesehen haben. Man nennt dieses Phänomen auch dissoziative Identitätsstörung.« Sie sieht mir eine Weile in die Augen, als wolle sie, dass ich ihr recht gebe.

»In Ihre Wohnung ist niemand eingebrochen, Frau Kersten. *Sie* waren es, die die Kette aus dem Schrank genommen und auf den Tisch gelegt hat. Sie selbst haben die Terrassentür zu Ihrem Garten geöffnet und das Messer neben der Gartenbank vergraben. Sie können sich nicht mehr daran erinnern, weil der abgespaltene Teil in Ihnen, der Teil, der die Erlebnisse zu verarbeiten versucht, diese Tat begangen hat. Es genügt ein bestimmter Reiz, schon übernimmt Ihr anderes Ich die Kontrolle. Man nennt das Switchen. Sie selbst bekommen davon nichts mit.«

»Sie wollen mir also sagen, dass ich psychisch krank bin? Dass ich mir Candy nur eingebildet habe?«

Schweigert schiebt seine Mappe ungeöffnet beiseite. »Herr Kühne sagte, dass er Sie beim Streetfood-Markt gesehen hat, zusammen mit David Fendt. Können Sie bestätigen, dass Sie mit Herrn Fendt bei dieser Veranstaltung waren?«

Ich nicke, obwohl ich das alles noch immer nicht begreifen kann. »Ich verstehe das nicht. Außerdem hat sie eine ganz andere Handschrift als ich.«

»Das ist bei dieser Störung nichts Ungewöhnliches. Sobald Ihr anderes Ich die Kontrolle übernimmt, ändert sich Ihr ganzes Wesen, Ihre Haltung, Ihre Interessen, Sie handeln und sprechen sogar, als wären Sie ein anderer Mensch.«

»Aber Patrick hat gesagt, er wüsste, wer Candy ist. Er –« Ich breche ab, denke nach.

»Vermutlich hat er Sie belogen, um sich zu schützen. Er wollte, dass Sie weiterhin im Dunkeln tappen. Wusste er, dass Sie sich nicht erinnern können?«

»Ja.« Michelle hat es ihm bereits im Keller gesagt.

Ich lehne mich im Stuhl zurück.

Candy bin ich? Das will nicht in meinen Kopf.

Frau Volk fängt meinen verwirrten Blick auf. »Sie haben mir erzählt, was Sie in Ihrer Jugend alles angestellt haben. Sie trauten sich zu, Alina etwas angetan zu haben. Sie sagten mir, dass Sie befürchtet haben, zu weit gegangen zu sein. Als Candy behauptete, Sie hätten Alina getötet, sprach sie nur das aus, was Sie selbst von sich geglaubt haben. Mit Candy gaben Sie Ihren verborgenen Ängsten und Befürchtungen ein Gesicht. Sie sind der Meinung, ein schlechter Mensch zu sein. Durch Candy haben Sie sich selbst dafür bestraft. Sie hat aus Ihnen gesprochen und gehandelt. Sie wusste all diese Dinge über Sie, weil Sie selbst sie wissen. Sie hat mit allen Mitteln versucht, ein Gleichgewicht herzustellen, um innerlich Ruhe zu finden.«

Ich kann nichts dazu sagen, denn mein Kopf ist leer. Es fällt mir schwer, das zu begreifen. Es zu glauben. Moment! Das würde bedeuten, dass ich es war, die Luc getötet hat. Das kann nicht wahr sein. Das darf nicht wahr sein!

Frau Volk legt die flache Hand auf den Tisch, behutsam, als würde sie tröstend nach meiner greifen wollen. »Darf ich Ihnen noch ein paar Fragen stellen?«

Ich nicke matt.

»Wussten Sie, wo Candy wohnt?«

»Nein.« Sie hat's mir nicht gesagt.

»Wie kam sie zu Ihnen? Mit einem Auto?«

»Ich weiß nicht. Sie war einfach da.«

Sie lässt mich einen Moment mit meiner Antwort allein, bevor sie mir die nächste Frage stellt. »Gab es Personen, die in Ihrem Beisein mit Candy gesprochen haben?«

Ich muss an Luc denken, als ich das Glas Wodka auf den Tisch gestellt habe. Er hat nur die Brauen zusammengezogen und den Kopf geschüttelt. Als wundere er sich, warum ich ein volles Glas auf einem leeren Tisch abstelle. Ich hole Luft. Kann das sein? Und der Barmann in der Lima Lounge. Er ist zu mir an den Tisch, an dem ich mit Candy saß, und hat gefragt, ob alles in Ordnung sei. Er hat Candy nicht einmal beachtet.

Ich schüttle den Kopf. Niemand hat mit ihr gesprochen. Wie kann das sein?

Mir wird eiskalt. Ich weiß doch, was ich gesehen habe, ich bin doch nicht verrückt. Instinktiv fasse ich zusammen, was ich über Candy in Erfahrung gebracht habe. Sie war Ende August vor acht Jahren mit Luc zusammen. Etwa eine Woche. Zur selben Zeit wie ich. Seit dem Festival hat sie niemand mehr gesehen. Wie mich. Sven Liebert sagte am Telefon, Candy sei beim Festival heulend zu ihm gekommen, weil Luc mit einer anderen nach Niederrodenbach gefahren ist. Mit Alina. Und ich bin ihnen eifersüchtig hinterher.

Ich starre ins Leere. Kann es wirklich sein, dass Candy gar nicht existiert? Aber ich habe sie doch gesehen, ich habe mit ihr geredet. Ich kann nicht glauben, dass es sie nicht gibt.

48

Schon eine Weile stehe ich am vergitterten Fenster und blicke in den begrünten Innenhof. Bis zur Gerichtsverhandlung habe ich Zeit, mich damit abzufinden, dass ich Luc getötet habe. Es fällt mir immer noch schwer, zu glauben, dass zwei Menschen durch meine Hand gestorben sind. Auch wenn ich Alinas Tod dadurch gerächt haben mag, fühle ich mich schlecht dabei.

Nach einer richterlichen Anhörung wurde ich einstweilig in der forensischen Psychiatrie untergebracht. Eine Handvoll Psychologen arbeiten mit mir in Einzelgesprächen und Gruppentherapie daran, dass ich meine Diagnose akzeptiere. Candy akzeptiere. Mich selbst und meine Taten akzeptiere. Aber so einfach ist das nicht. Man kann nicht mal eben Erlebnisse aufarbeiten, die einen zu dem Menschen gemacht haben, der man heute ist.

Erst gestern war Candy da. Sie saß auf dem Bett meiner Zimmergenossin und applaudierte mir.

»Du hast es verdient«, hat sie gesagt. »Du bist ein böser Mensch.«

»Du bist nicht echt«, habe ich erwidert, und sie hat nur gelächelt. Dieses hämische Lächeln, weil sie meint, sie weiß es besser. Inzwischen ist mir bewusst, dass es sie nicht gibt.

Die Psychologen sagen, dass es Zeit braucht, bis ich damit umgehen kann. Bis ich alles verarbeitet habe und loslassen kann. Die Erlebnisse, die Schuld, das schlechte Gewissen, das tief sitzende Gefühl, ein schlechter Mensch zu sein. Ich weiß nicht, ob ich das kann.

Schweigert vermutet, dass Luc mir aufgelauert hat, als ich den Pub verlassen habe. Der verborgene Teil in mir ahnte das, er erinnerte sich an seine Drohung, mich töten zu wollen. Das Messer, das ich unwissentlich mitgenommen habe, war mein Schutz. Vermutlich wollte Luc mich hinter die Büsche zerren und ich habe zugestochen. Zu Hause vergrub ich das Messer dann im Garten und holte meine belastende Vergangenheit hervor. In dem Moment war ich nicht ich selbst, sagen meine Psychologen. Aber wenn Candy ein Teil von mir ist, bin das doch trotzdem ich gewesen. Das Böse steckt also immer noch in mir.

Ich zucke zusammen, als Doktor Habermann, die Stationsärztin, mein Zimmer betritt. Nicht ihretwegen bin ich erschrocken, sie ist sehr nett, einfühlsam, ein gutmütiger Mensch. Es liegt eher daran, dass ich nie weiß, was mich erwartet, wenn die Tür aufgeht. Mein Herz schlägt dann sofort Alarm. Ich hoffe, dass sich auch das irgendwann legen wird.

»Sie haben Besuch«, sagt sie und hält mir die Tür auf, damit ich ihr folge.

Besuch?

Doktor Habermann begleitet mich in einen Raum, der genauso zitronengelb gestrichen ist wie der Stationsflur. In der Mitte stehen ein runder Tisch und drei Stühle. Eine Wand besteht komplett aus abschließbaren Schränken, gegenüber ist ein Fenster und dazwischen eine zweite Tür. Sie öffnet sich, nachdem ich Platz genommen habe.

Als ich Kommissar Schweigert im Türrahmen sehe, werde ich unruhig. Ich weiß nicht, ob ich hoffen oder bangen soll.

Als er keine Anstalten macht, den Raum zu betreten, und stattdessen über seine Schulter blickt, begreife ich, dass er noch jemanden dabeihat. Er schaut mich wieder an, nickt und lächelt mir ermutigend zu. Ich habe ihn noch nie so aufrichtig lächeln gesehen.

Er geht einen Schritt zur Seite, macht Platz, und als ich bemerke, wen er mitgebracht hat, rutscht das Herz in meiner Brust nach unten. Es ist David.

Schweigert lässt uns allein.

»Hi«, sagt David zurückhaltend und setzt sich mir gegenüber an den runden Tisch.

»Hallo, David«, sage ich und schäme mich plötzlich, weil er natürlich weiß, wo ich hier bin. Ich habe das drängende Bedürfnis, mich zu beweisen. Er soll nicht denken, dass ich einen an der Waffel habe, nur weil ich in der Psychiatrie sitze. Noch dazu in der für Strafgefangene. Ob er weiß, warum ich hier bin? Es ist das erste Mal, dass ich ihn sehe, seit er im Koma gelegen hat. Weil die Gefahr bestand, dass wir uns absprechen, durften wir bisher keinen Kontakt zueinander haben. Er sieht gut aus. Ich komme mir richtig blöd vor in meiner Jogginghose und dem labbrigen Sweatshirt. Wie eine Geisteskranke.

»Es gibt keine Candy«, sage ich. Er soll wissen, dass ich bei klarem Verstand bin und nicht länger einer Halluzination hinterherlaufe.

Er nickt. »Ich weiß. Sie haben es mir schon gesagt. Wie geht es dir damit?«

»Nicht so gut.« Ich will bei der Wahrheit bleiben. Will ihn nicht mehr belügen müssen. Ich blinzle die Tränen weg, die sich in meinen Augen sammeln. Jetzt hat auch er feuchte Augen.

Ich räuspere mich. »Werden sie dich anklagen?« Weil ich dich verraten habe?

»Die Polizei hat auf Patricks Computer das Video gefunden, das er in der Fabrik aufgenommen hat. Mein Anwalt meint, dass der Richter mich wegen mildernder Umstände freisprechen wird. Die Polizei hat mich zu allem befragt, was damals passiert ist.« Er schaut an mir vorbei zu den Schränken, als suche er nach den richtigen Worten. »Es tut mir leid. Ich habe mich einfach nicht getraut, dir was zu sagen. Ich habe niemandem davon erzählt.«

»Weil du Angst hattest.« Genauso wie ich. Wir steckten beide fest. In unserer Furcht vor den Konsequenzen und dieser unsäglichen Schuld.

Er zupft an seinem kleinen Finger, dann schaut er zu mir auf und nickt. »Ich dachte, ich könnte das Unrecht einfach so aus meinem Leben aussperren, indem ich alle Menschen scheue, die mit dem Gesetz in Konflikt geraten sind. Ich wusste nicht, dass du damals in der Fabrik gewesen bist. Wenn ich das gewusst hätte, hätte ich …« Er schließt kurz die Augen und atmet schwer. »Ich hätte dich vor Luc und Patrick schützen müssen.«

Mir fällt ein, was Patrick in der Fabrik gesagt hat. »Das Glas, das im Central auf dem Tisch gestanden hat, es war von Patrick, oder? Er hat dir gedroht.«

»Er sagte, wenn ich ein Wort verliere, bin ich tot. Er hat mir später noch mal aufgelauert. Ich wusste nicht, dass du …«

»Woher hättest du es auch wissen sollen?«, unterbreche ich ihn. »Ich habe dich die ganze Zeit belogen. Ich habe alle belogen. Wer behauptet, ich sei ein guter Mensch, der irrt sich.«

»Nein, Kristina.«

»Ich bin eine gestörte Person. Sonst säße ich wohl kaum hier drin.«

Ich würde verstehen, wenn er mich heute das letzte Mal besuchen gekommen wäre. Wenn er den Kontakt zu mir abbräche. Wer will schon mit einer gespaltenen Persönlichkeit sein Leben verbringen? Vielleicht komme ich auch gar nicht mehr hier raus.

»Du hast viel durchgemacht. Niemand macht dir einen Vorwurf.«

»Seien wir doch mal ehrlich. Ich habe tatenlos dabei zugesehen, wie ein Mädchen starb. Neben mir stand keiner, der mir eine Pistole an die Schläfe gehalten hat. Ich habe vor wenigen Wochen einen Menschen getötet, weil mein böses Ich mit mir durchgegangen ist.«

»Du hast dich nur geschützt.«

»Das rechtfertigt meine Taten aber nicht. Ich habe vielen Menschen wehgetan.«

»Manchmal tun wir Dinge, die wir später bereuen. Wir sind halt nur Menschen. Wir taten diese Dinge, weil wir in dem Moment nicht anders konnten. Hass und Vergeltung bringen weder einen verlorenen Menschen zurück, noch machen sie ein Vergehen wieder gut. Was passiert ist, ist nun mal passiert. Du kannst es nicht ändern. Das Einzige, was du tun kannst, ist, dir selbst zu verzeihen.«

Ich vergrabe das Gesicht in den Händen. Das sagt sich so leicht.

»Du wirst es schaffen«, sagt er. »Wir werden es beide schaffen.«

»Ich habe Angst.«

Er greift nach meiner Hand. Drückt sie. »Ich bin für dich da. Ich lasse dich nicht im Stich. Dafür bist du mir zu wichtig.«

Sein Blick geht direkt in mein Herz. Ich nicke und könnte schon wieder heulen.

»Du hast vieles erlebt, Kristina. Niemand erwartet, dass du das einfach so wegsteckst.«

»Aber wer garantiert mir, dass Candy nicht wieder etwas tut, was ich nicht will?«

»Vertrau den Therapeuten. Ich bin mir sicher, sie wissen, was sie tun. Nimm dir die Zeit, die du brauchst, um das an dir zu sehen, was du in Wahrheit bist. Nämlich ein wundervoller und liebenswerter Mensch.«

Jetzt hat er es geschafft. Das Wasser in meinen Augen läuft mir über die Wangen. Seine Worte schenken mir so viel Mut. Vielleicht hat er recht, vielleicht kann ich es wirklich schaffen.

Trotzig verziehe ich das tränennasse Gesicht. »Aber wir wollten doch den Pub umgestalten.«

Er lacht. »Das können wir auch noch tun, wenn du wieder draußen bist. Deine Ideen laufen uns nicht davon.«

»Versprichst du mir das? Auch wenn es zwanzig Jahre dauert, bis ich hier rauskomme?«

Er drückt noch einmal meine Hand. »Auch wenn es zwanzig Jahre dauert.«

Epilog

Fast drei Jahre später

Ich habe mich lange Zeit gehasst. Acht Jahre dachte ich, ich könnte meine Vergangenheit auf ewig verbannen, dabei hatte sie mich fest im Griff. Nach dem Unfall mit Julian fühlte ich mich wertlos. Ich geriet auf die schiefe Bahn und forderte von anderen, was ich mir selbst nicht geben konnte. Respekt und Anerkennung. Ich war bereit, dafür bis ans Äußerste zu gehen. Doch in dieser einen schrecklichen Nacht muss ich erkannt haben, dass ich das falsche Ziel verfolgte. Plötzlich schämte ich mich für meine Taten, fühlte mich schuldig und war davon überzeugt, ein schlechter Mensch zu sein.

Ich wollte mein altes Leben hinter mir, es für immer verschwinden lassen. Aber die Vergangenheit holte mich ein. Sie nötigte mich zum Lügen, und alles, was ich jahrelang vor meinem neuen Umfeld versteckt hatte, drohte aufzufliegen.

David hatte recht. Wir können nicht ungeschehen machen, was passiert ist. Wir können nur Frieden finden, indem wir vergeben und um Vergebung bitten. Dazu gehört auch, sich selbst zu verzeihen.

Seit ich das getan habe, ist Candy nicht mehr aufgetaucht. Nur hin und wieder höre ich, wie sie zu mir spricht. Ganz tief in mir drin. Doch meine Therapeutin meinte, solange ich mir dessen bewusst bin, ist es okay, wenn sie hin und wieder dazwischenfunkt. Eine innere Stimme, die uns negative Gefühle einzureden versucht, hat jeder von uns. Wir müssen nur lernen, damit umzugehen.

Heute ist der Tag meiner Entlassung. Mit einem Stoffsack, in dem mein ganzes Hab und Gut verstaut ist, verlasse ich das Psychiatriegebäude und warte auf David, der versprochen hat, mich abzuholen.

Nachdem mich das Gericht für schuldunfähig befand, verbrachte ich insgesamt drei Jahre in der forensischen Psychiatrie. Bis mich schließlich ein Gutachten für erfolgreich therapiert erachtete. Meine Mutter hat mich mehrmals besucht. Unsere Gespräche gaben mir viel Halt in dieser schweren Zeit. Langsam bekomme ich das Gefühl, dass ich ihr wirklich etwas bedeute. Aber viel wichtiger ist es – das habe ich inzwischen begriffen –, dass ich mir selbst etwas bedeute.

Ein cyanblauer Peugeot fährt auf den Besucherparkplatz. Es ist David.

Er steigt aus, kommt mir entgegen und schließt mich in die Arme. Wie sehr habe ich es vermisst, dieses warme Gefühl. Seinen unvergleichlichen Geruch. Dennoch kommt er mir verändert vor.

»Was ist los?«, frage ich, während er sich auf die Unterlippe beißt, als gäbe es etwas, das er mir dringend sagen muss.

»Ich habe eine gute und eine schlechte Nachricht.«

Oh nein. »Die schlechte zuerst.«

»Ich musste den Pub verkaufen.«

Was? »Aber du hast doch für Karls Haus einen guten Preis bekommen.«

Als wir vor ein paar Wochen telefoniert haben, sagte er, die Schulden seien bis auf den letzten Cent beglichen.

»Seit Adam gekündigt hat, lief es nicht mehr so gut. Und vor allem du hast gefehlt. Aber der ausschlaggebende Grund, weswegen ich verkauft habe, war ein anderer.«

Ich sehe ihn an, bis er endlich mit der Sprache herausrückt.

»Ich brauchte das Geld, um eine Strandbar auf Sylt zu kaufen.«

Mir geht mit einem Mal das Herz auf. »Du hast es getan?«

»Sie befindet sich auf einem Steg. Ich werde ein paar Strandkörbe aufstellen, von denen aus man direkt aufs Meer sehen kann. Ein bisschen werden wir noch renovieren müssen, aber darin bin ich inzwischen gut geübt. Du wirst begeistert sein.«

»Das heißt, du nimmst mich mit?«

David sieht mir in die Augen, dann legt er die Hand auf meinen Arm, streichelt langsam über meine Haut und hinterlässt ein zartes Kribbeln. »Eines solltest du wissen. Meine Autotür steht für dich immer offen.«

Ich muss schmunzeln und denke zurück an damals, als er mich auf der Landstraße aufgelesen hat. Der Gedanke daran wiegt nun nicht mehr schwer in meiner Brust, ich spüre kein Bauchgrummeln, kein Schuldgefühl und keine Angst mehr.

Ein kleiner Seufzer kommt über meine Lippen, ich kann nicht anders, als zu lächeln.

So fühlt sich also Freiheit an.

DANKSAGUNG

Jeder von uns kennt sie wahrscheinlich. Die innere Stimme, die uns einzureden versucht, dass wir vieles falsch machen oder niemals gut genug sind. Wenn ich an einem Buch arbeite, ist diese Stimme besonders laut. Irgendwann fragte ich mich, was wohl geschehen würde, wenn einem diese Stimme als real erscheinende Person gegenüberstünde. Wenn sie auf einen einwirken und einem die eigenen Ängste als Wahrheit verkaufen würde. Daraus entstand die Idee für dieses Buch.

Obwohl mich beim Schreiben ständig Selbstzweifel und die Angst begleiten, es einigen Lesern nicht recht machen zu können, gibt es viele Menschen, die mich in genau diesen Situationen aufbauen und mir unterstützend zur Seite stehen. Diesen Helfern möchte ich danken.

Meinem Vater, der mir bereitwillig erklärt, wie der Hase im Polizei-Business läuft. Auch wenn ich vieles im Roman nicht bringen kann, denn das hätte mir kein Mensch geglaubt. Für eine Thrillerautorin ist es dennoch von unschätzbarem Wert, einen Polizisten zum Vater zu haben.

Marco Löw, der mir auf alle Fragen über Mordermittlung Rede und Antwort gestanden hat. Wenn jemand Ahnung von dieser Materie hat, dann du.

Melanie Metzenthin, die geprüft hat, dass Frau Volk keinen Unsinn redet.

Silvia Übelbacher, meine erste Leserin und die beste Mutmacherin *ever*.

Jutta Maria Herrmann und Thomas Nommensen, die mir wertvolles Feedback und ein gutes Gefühl gegeben haben.

Olga A. Krouk, die den absoluten Durchblick hat und meinen Roman noch mal in die richtigen Bahnen gelenkt hat.

All meinen Testlesern, ohne die ich niemals herausgefunden hätte, ob der Roman funktioniert.

Dem Team rund um Amazon Publishing, dafür, dass ihr an mich glaubt.

Meinem Freund Tristan, der mir geholfen hat, den ganzen Roman zu überarbeiten, und der mich immer auffing, wenn ich mehr als einmal am Verzweifeln war – die Widmung hast du dir redlich verdient.

Meinen Eltern und meinem Sohn, die mir alles bedeuten.

Und ich danke dir, liebe Leserin, lieber Leser, dafür, dass du mein Buch gelesen hast. Ich hoffe sehr, dass dir der Thriller gefallen hat. Wenn ja, würde ich mich freuen, wenn du ihn weiterempfiehlst. An jeden, den du kennst.